À DESSEIN PRÉMÉDITÉ

MONTGOMERY INK

CARRIE ANN RYAN

À DESSEIN PRÉMÉDITÉ

Montgomery Ink
tome 2

Carrie Ann Ryan

À dessein prémédité
Montgomery Ink
Par Carrie Ann Ryan
© 2014 Carrie Ann Ryan
ISBN : 978-1-950443-10-9
Traduit de l'anglais par Viviane Faure pour Valentin Translation

Pour plus d'informations, abonnez-vous à la LISTE DE DIFFUSION de Carrie Ann Ryan.
Pour communiquer avec Carrie Ann Ryan, vous pouvez vous inscrire à son FAN CLUB.

À DESSEIN PRÉMÉDITÉ

Il a gardé ses distances pendant des années, mais la sœur cadette de son meilleur ami semble avoir décidé de passer à la vitesse supérieure.

Decker Kendrick sait qu'il ne devrait pas éprouver de sentiments pour la petite sœur de son meilleur ami, mais ses pensées n'en font qu'à leur tête. Il a beau essayer de rester à l'écart de Miranda, dès lors qu'elle jette son dévolu sur lui, impossible de reculer.

Miranda est peut-être la plus jeune du clan Montgomery, mais elle sait ce qu'elle veut. À savoir : Decker. D'aussi loin qu'elle s'en souvienne, elle a toujours été amoureuse de lui et elle est prête à tout pour arriver à ses fins.

En cédant l'un à l'autre, ils ne sont pas encore au bout de leurs peines. Le père de Decker sort de prison et une ombre issue du passé de Miranda voit cette nouvelle relation d'un mauvais œil. Alors qu'ils tentent d'aller de l'avant et de surmonter leur souffrance, ils ne vont pas tarder à se rendre compte que c'est en eux que se trouvent les plus farouches obstacles.

CHAPITRE UN

L'ODEUR DU BARBECUE, la sensation d'une bière fraîche dans sa main et la compagnie d'une famille qui l'aimait réellement, donnaient à Decker Kendrick l'envie de se détendre après une longue journée de travail. Si on ajoutait à cela le fait qu'il pourrait bientôt rentrer chez lui avec la femme qui se trouvait à ses côtés, et l'avoir dans toutes les positions, cela faisait une fin de journée plutôt géniale.

Colleen l'avait accompagné à ce barbecue de la famille Montgomery qui était aussi une fête de fiançailles. Elle s'appuya contre lui et fit battre ses faux cils. Il ne comprenait pas pourquoi elle les portait. Elle était très bien sans. Mais peu importait, il s'agissait de son corps, elle pouvait bien le travestir comme il lui chantait. Cela faisait quelques mois qu'il voyait Colleen de temps en temps, plus fréquemment ces derniers temps, depuis qu'il l'avait appelée pour se changer les idées d'une certaine brune aux longues jambes à qui il n'aurait jamais dû penser en ces termes.

La brune en question ne s'était pas encore montrée à la

fête, et Decker en était reconnaissant. Difficile de l'ignorer et de ne pas penser à elle, si elle se pointait partout où il allait. C'était assez injuste de sa part, si on prenait en compte le fait qu'elle faisait partie de sa famille.

Enfin, c'était plutôt *lui* qui faisait partie de la sienne.

Il était un Montgomery honoraire et elle était la petite sœur.

Absolument pas une fille pour lui.

— Decker ? Chéri ?

Il cligna des yeux et regarda Colleen. Elle n'était pas la femme qui hantait ses rêves et le tenait éveillé tard le soir. Seigneur, il n'était pas quelqu'un de bien. Bien sûr, il n'y avait rien de sérieux avec Colleen, elle avait mis le sujet sur le tapis dès le départ, mais il n'aurait pas dû penser à une femme qu'il ne pouvait pas avoir quand il se trouvait avec quelqu'un d'autre.

Ce n'était pas le genre de mec qu'il voulait être.

— Colleen ? répondit-il à voix basse.

Normalement, il n'amenait pas de filles aux retrouvailles de la famille Montgomery, aussi ne voulait-il pas que tout le monde entende ce qu'il disait. Ils étaient tous indiscrets, en mode on-fait-partie-de-la-famille-et-ça-nous-donne-le-droit-d'être-indiscrets-si-on-veut, et il avait appris à composer avec ça. Il n'avait pas prévu de l'emmener, à la base, mais quand elle avait appelé pour l'inviter à dîner, il avait expliqué qu'il avait quelque chose de prévu et elle s'était plus ou moins invitée. Ça ne l'avait pas trop dérangé, sur le moment, mais maintenant, il se sentait un peu con. Comme c'était la première fois qu'il emmenait Colleen à un événement avec les Montgomery, il s'était préparé à ce que la famille les assaille de questions jusqu'à ce que mort s'ensuive.

Jusqu'ici, ça n'était pas arrivé, et franchement, c'était assez révélateur de ce que les gens qui faisaient partie de sa vie pensaient de cette relation. Leur politesse et leur manque d'insistance curieuse voulaient dire qu'ils ne voyaient pas de futur à celle-ci. Vu que Colleen n'avait pas voulu d'un futur avec lui à la base, ça lui allait très bien. Il ne se voyait pas l'épouser, de toute façon. Ils étaient amis. En quelque sorte.

— Tu réfléchis trop.

Elle frotta le petit point entre ses sourcils et il plissa les yeux. Elle n'était pas aussi tactile ni attentive, d'habitude. Bizarre.

Il recula, gêné par cette démonstration d'affection, si c'était bien cela, devant la famille qui l'avait adopté si longtemps auparavant.

— Je suis simplement fatigué. Tracter une demi-tonne de porcelaine dans des escaliers toute la journée, c'est crevant. On a aussi fini notre autre projet, hier. Alors je ne dirais pas non à une sieste. Ou à une autre bière.

Elle fronça le nez, probablement parce qu'il venait de mentionner son travail. Une autre raison pour laquelle ça ne deviendrait jamais trop sérieux entre eux. Elle détestait le fait qu'il soit un col bleu, et pas un homme d'affaires capable de la couvrir de diamants et de vêtements en soie. Elle se décarcassait dans son boulot et portait les tenues chics qui allaient avec. Il ne voulait pas quelque chose comme cela sur le long terme. Il travaillait pour Montgomery Inc., la boîte familiale de BTP. Il y était chef de projet, directement sous les ordres de Wes et Storm, les jumeaux Montgomery qui avaient repris l'affaire quand leurs parents, Harry et Marie, avaient pris leur retraite.

Wes était le maniaque de la planification dans l'entreprise, mais il se salissait les mains tous les jours avec la poussière et les gravats, conséquence du fait d'être l'une des meilleures boîtes de bâtiment privée de Denver. Storm était l'architecte en chef et un vrai génie quand il s'agissait de trouver la bonne atmosphère pour un bâtiment rénové ou pour partir de zéro en utilisant un terrain au mieux.

Decker avait commencé quand il était ado en travaillant pour Harry et en faisant tous les travaux qu'on voulait bien lui donner. Il était allé à la fac seulement parce que les jumeaux l'avaient fait, ainsi que son meilleur ami, Griffin, un autre Montgomery, et parce qu'il avait reçu de l'aide de l'État. Il n'aurait pas pu se payer des études autrement. Il était allé dans une fac locale, s'était donné à fond pour avoir son diplôme et était directement retourné travailler pour la famille qui l'avait élevé quand la biologique ne s'en était pas montrée capable.

Il grinça des dents.

Il valait mieux éviter de penser aux autres, là. Pas s'il avait envie de rester correct (il regarda la bière dans ses mains) et sobre.

— Tu es obligé de parler de ça avec moi ? demanda Colleen, interrompant ses pensées.

Il haussa les épaules. Il ne savait pas pourquoi il l'avait emmenée ce soir, en dehors du fait qu'il s'était enlisé dans une routine et n'avait pas pensé à dire non. Ils s'aimaient bien, mais ils n'étaient pas amoureux. Ça faisait des mois qu'il ne couchait pas avec elle. En dépit du fait qu'il se sentait complètement en manque, sa main droite, ce n'était pas la même chose, il n'avait pas envie de coucher avec une femme alors qu'il pensait à une autre. Bien sûr, il avait essayé de faire de nouvelles rencontres pour se sortir ces pensées de la tête, mais il ne voulait pas utiliser une autre femme de cette façon.

— Je travaille sur les chantiers maison ou de bâtiment, dit-il d'une voix basse.

Il avait une voix profonde et râpeuse, d'après la fille-dont-on-ne-devait-pas-prononcer-le-nom, et quand il était agacé ou ému, elle devenait encore plus profonde.

Ça ne plaisait pas spécialement à Colleen.

— Oui, mon chou, mais tu n'es pas obligé d'en parler.

Elle leva le menton et regarda le jardin. Il avait aidé à en faire l'aménagement paysager des années plus tôt, quand il cherchait encore sa place dans la compagnie. Il était plus à l'aise pour creuser des trous et porter des sacs de paillis que pour s'occuper de tout planifier. C'était Marie le cerveau derrière tout ça. Elle leur avait dit quoi faire et ses fils et Decker s'en étaient chargés.

Le résultat final était superbe, avec des tonnes de végétation qui avait l'air naturel, plutôt que quelque chose de bien tracé, carré, qui n'aurait pas eu de logique.

— Tu m'écoutes, Decker ? Qu'est-ce qui t'arrive ? Je t'ai dit de ne pas parler de ce genre de choses, pas d'arrêter de parler totalement.

Il résista à grand-peine à l'envie de lever les yeux au ciel.

— Désolé de t'embêter, marmonna-t-il, pas désolé du tout. Pourquoi est-ce que tu ne vas pas parler avec, heu, les filles, là-bas, pendant que je vais me chercher à boire ?

Il ne se rappelait pas le nom des deux filles qui travaillaient avec Sierra, la récente fiancée et star de la fête, mais elles semblaient bien s'entendre avec tout le monde. Avec un peu de chance, elles deviendraient copines avec Colleen et cette soirée n'aurait pas été une pure perte de temps.

Elle haussa un sourcil et jeta un regard aigu à sa main. Sérieusement ? Seigneur. Il n'aurait pas dû l'amener ici. Ou plutôt, il n'aurait pas dû la laisser s'y inviter. Elle ne faisait pas partie de ce monde, et il ignorait pourquoi il s'embêtait à essayer que ça marche, alors qu'aucun d'eux n'en avait réellement envie.

— J'ai pris une bière et je vais en boire une autre, puisqu'on va rester encore quelques heures ici. Je ne vais pas boire plus que ça.

Il n'aurait pas eu à se justifier, avec les Montgomery. Ils en savaient suffisamment sur son enfance pour comprendre qu'il était hors de question qu'il prenne le volant s'il avait trop bu, même un peu.

— Si tu le dis, décida-t-elle avant de partir voir les filles de l'autre côté du jardin.

Les épaules de Decker se détendirent quelque peu, et il s'en voulut. Il aimait bien Colleen. Elle n'était pas méchante. Mais elle ne le comprenait pas.

Et c'est la faute à qui ?

Il ne lui avait pas raconté grand-chose sur lui ni jamais parlé de son passé.

— Ben alors, mec, on dirait que tu viens d'avaler un truc moisi, déclara Wes en le rejoignant.

Il avait les yeux bleus et les cheveux châtain des Montgomery, sauf que les siens étaient coupés bien nettement, conformément à sa personnalité obsessionnelle compulsive.

Storm, son jumeau, vint se placer à ses côtés. Wes était assez sec, tandis que Storm était plus solidement charpenté. Il avait aussi une apparence un peu moins lisse avec ses cheveux en bataille, sa barbe claire et sa chemise à carreaux par-dessus un tee-shirt, alors que Wes portait une chemise de costume et un jean bien coupé. Decker n'avait jamais trouvé logique que celui des deux qui travaillait le plus avec ses mains en tant que maître d'œuvre préférât les tenues habillées lorsqu'il était en congé. À l'opposé, celui qui restait assis à son bureau à dessiner des plans quand il n'était pas sur le terrain portait des vêtements décontractés. Enfin, vu que chacun d'eux travaillait aux côtés de Decker et se démenait, peu importait ce qu'ils portaient, tant qu'ils travaillaient dur durant la journée.

Ce qui était le cas.

— « Mec » ? reprit Decker avec un sourire. Tu travailles avec les gamins du studio d'Austin, maintenant ?

Austin était le plus vieux des Montgomery et possédait la moitié de Montgomery Ink, le studio de tatouage qui constituait l'autre partie de l'affaire familiale. Sa sœur Maya était son associée. C'étaient les fiançailles d'Austin et Sierra, et la raison pour laquelle ils se trouvaient tous réunis à ce barbecue ce soir-là.

Storm renifla :

— On dit « mec » de temps en temps. Ça ne fait pas de nous des gamins qui veulent des tatouages dégueu.

— Je ne fais pas de tatouage dégueu, enfoiré, rétorqua Maya en arrivant derrière eux.

Elle entoura la taille de Decker de son bras et il la serra contre lui. Pourquoi n'arrivait-il pas à être aussi à l'aise avec *toutes* les femmes de la famille ?

Elle se recula avant qu'il puisse la serrer plus fort. Maya appréciait d'avoir son espace vital, et Decker ne l'en aimait que davantage. Sa frange brune tombait sévèrement sur son front, et elle avait fait un drôle de truc avec son eye-liner, qui lui donnait l'air d'une pin-up des années cinquante. Son rouge à lèvres laissait entendre qu'elle vous sourirait... juste avant de vous botter les fesses.

— Je veux dire qu'ils veulent des tatouages dégueu parce

qu'ils ne savent pas à quoi ressemble un bon tatouage, se rattrapa Storm.

Wes et Storm étaient peut-être les deuxièmes en âge de la famille, mais personne ne pouvait chercher des poux à Maya et s'en sortir en un seul morceau.

— Non pas que tu fasses de mauvais tatouages.

Wes se mit à rire et se tut sous le regard noir de Maya. Decker, qui était le plus malin du groupe, garda une mine neutre. Maya étrécit les yeux en les regardant tous les trois avant de hocher la tête.

— Bon, alors, dites-moi ce qui se passe. Jake n'a pas pu venir ce soir et je me fais chier.

— Quand est-ce que tu vas reconnaître que vous sortez ensemble ? demanda Wes.

Decker ferma les yeux. On aurait pu croire que les jumeaux avaient envie de se faire assassiner par leur sœur, ce soir-là.

— On ne sort pas ensemble, gronda Maya.

Elle releva le menton et continua d'une voix plus douce :

— C'est mon ami. J'aimerais savoir pourquoi ce n'est pas possible pour un mec et une fille d'être simplement amis, sans que le reste du monde se demande s'ils baisent.

Decker haussa un sourcil et regarda l'espace entre eux. Maya fit un signe négligent de la main.

— Tu es un frère, pas un ami. Personne n'irait jamais s'imaginer que tu puisses baiser une Montgomery. Ça serait complètement tordu.

Il déglutit et essaya de ne pas afficher un visage défait. Elle avait raison. Personne n'irait jamais penser qu'il puisse être en couple avec une Montgomery. Maya était comme sa sœur, tout comme Meghan, l'aînée des filles. D'ailleurs,

Meghan était mariée, à un connard, certes, mais mariée quand même.

Miranda, par contre... Miranda était la petite sœur de son meilleur ami et elle l'avait accueilli dans sa famille.

Il n'y avait pas moyen qu'il pense à elle comme à autre chose que cela.

Ou plutôt, il fallait qu'il *arrête* de penser à elle comme à potentiellement autre chose que cela.

— Bref, reprit Wes, on est venu ici pour demander à Decker ce qu'il se passait. On dirait qu'il vient de foutre le pied dans une crotte de chien.

Decker leva les yeux au ciel. Wes aimait faire paraître les choses pires qu'en réalité.

— Ça va. J'ai eu une longue journée.

Il fit rouler ses épaules et les jumeaux firent de même. Ils avaient transporté autant de poids que lui, ce jour-là, et ils avaient les mêmes courbatures que lui.

— Ne m'en parle pas, grommela Storm. Je ne veux plus jamais voir une cuvette de toilettes de ma vie.

— Charmant, lança Maya, pince-sans-rire.

— Alors, vous avez fini par trouver une nouvelle réceptionniste ? demanda Decker à Maya.

Il était passé des toilettes à ce qui était une plaisanterie récurrente dans la famille. Le studio avait vu défiler quatre ou cinq réceptionnistes rien que cette année-là. Ils avaient de super artistes et avaient même fait passer leur apprentie, Callie, à plein temps. Cependant, ils n'arrivaient pas à garder une réceptionniste, quoi qu'ils fassent. Les étudiants qu'ils embauchaient finissaient toujours par partir voir si l'herbe était plus verte ailleurs, et les autres pensaient que c'était une bonne idée de venir se défoncer dans un endroit où on travaillait avec des aiguilles acérées. Fumer était peut-être légal, mais ça ne voulait pas dire qu'il était souhaitable que leur personnel soit sous cannabis pendant le travail.

— Vous ne pouvez pas prendre Tabby, déclara Wes. Elle est à nous.

Tabby était la secrétaire de Montgomery Inc. et une déesse de l'organisation. Elle faisait la paire avec Wes au paradis des TOC. Maya poussa un juron à mi-voix.

— Je ne veux pas de Tabby. Elle mettrait un drôle de code couleur sur mon encre, et puis je n'oserais plus rien bouger. Et non, on n'a pas trouvé de réceptionniste. Je ne comprends pas. Le dernier voulait seulement des tatouages gratuits. Gratuits. Je paie pour mes tatouages, vous savez. Je ne laisse pas Austin me les faire gratuits, parce que son travail *vaut* de l'argent. Nous réclamer ça gratuitement, c'est un manque de respect.

Decker renifla.

— Au moins, tu as un discount pour la famille.

Maya regarda par-dessus son épaule et lui fit un doigt d'honneur discret.

Decker fronça les sourcils sans comprendre pourquoi elle essayait de le cacher puis sourit alors que les enfants de Meghan, Cliff et Sasha, déboulaient comme des fous pour se précipiter vers leurs oncles de l'autre côté du jardin. Ils viendraient bientôt dans leur direction pour les voir eux aussi. Decker adorait ces gosses.

— Toi aussi, tu as droit au discount, frangin, dit Maya. Mais ce n'est pas la même chose. Cet abruti voulait tout ça gratis. Alors il est parti et s'est probablement trouvé un autre studio de tatouage.

Elle haussa les épaules.

— Pas aussi bon que le nôtre, mais ça le regarde.

— Il n'y a pas de studio aussi bon que le vôtre.

Il se passa la main entre les omoplates.

— Puisqu'on en parle, il faut que je prenne rendez-vous pour le tatouage dans mon dos.

Le regard de Maya s'illumina, et il se mordit la langue.

— Avec Austin, ma belle. C'est son tour.

Tous les Montgomery alternaient entre les deux frangins pour leurs tatouages. Les deux étaient talentueux, et il était à peu près impossible de choisir l'un ou l'autre.

Et puis, ils auraient tous les deux fait un scandale s'ils n'avaient pas pu participer aux tatouages de leur famille.

— Très bien. J'ai compris. C'est lui que tu préfères.

Elle renifla et essuya une larme imaginaire au coin de son œil. Elle le fit sans toucher à son maquillage, mais le mouvement rendait bien. Decker leva les yeux au ciel et lui donna un petit coup dans l'épaule.

— La ferme. Tu viens de finir un truc sur mon bras, et tu auras ma jambe ensuite. C'est au tour d'Austin, maintenant.

Elle sourit sans qu'il sache si c'était un vrai sourire ou un sourire qui promettait « tu vas le regretter », mais il décida que cela lui allait.

Il regarda par-dessus son épaule et vit que Colleen était en pleine conversation avec une des employées de Sierra. Il n'avait pas besoin de s'occuper d'elle et regarda la bière vide dans sa main.

— Je vais me reprendre à boire. Quelqu'un veut quelque chose ?

Ils secouèrent la tête et il leur dit au revoir avant de partir vers la glacière. Alex, un autre Montgomery (il y avait huit frères et sœurs, sans compter les cousins, alors on tombait toujours sur un Montgomery ou un autre), se tenait à côté, un verre de liquide ambré à la main.

Decker parcourut la petite foule du regard et fronça les sourcils.

— Où est Jessica ?

Jessica et Alex avaient commencé à sortir ensemble au lycée et s'étaient mariés. Au début de leur mariage, quelques années auparavant, elle venait toujours aux fêtes de famille, même si elle n'y avait jamais semblé à sa place. Elle ne s'était pas réellement donné de mal pour s'intégrer, il fallait dire. Les Montgomery avaient fait de leur mieux pour l'accueillir en leur sein, mais pour une raison ou une autre, ça n'avait jamais collé. Maintenant qu'il y pensait, ça faisait un bail que Decker ne l'avait pas vue à un événement de ce genre.

Alex renifla et but une gorgée. Vu son regard vitreux, ce n'était pas son premier verre.

Eh merde. Ce n'est pas bon, ça, pensa Decker

— Comme si elle allait se donner la peine de venir, lâcha l'autre d'une voix traînante.

Il n'avait pas l'air ivre, mais c'était difficile à dire, avec Alex. Si Decker se rendait compte que quelque chose clochait, c'était par habitude. Il avait connu suffisamment d'ivrognes ou semi-ivrognes pour toute une vie.

— Elle est sortie avec ses copines dans un spa ou je ne sais quoi. Elle ne se voyait pas venir fêter les fiançailles de Sierra et Austin, vu qu'elle n'a jamais rencontré Sierra.

Les sourcils de Decker montèrent si haut qu'ils touchèrent presque ses cheveux.

— Elle n'a pas encore rencontré Sierra ? Comment c'est possible ?

Jessica était déjà une Montgomery, et Sierra n'était pas

nouvelle dans la famille. Elle vivait avec Austin et l'aidait à élever son fils.

— C'est possible quand tu es Jessica.

Alex reprit une gorgée et détourna le regard.

OK, fin de la conversation.

Decker passa d'un pied sur l'autre. Alex avait toujours été du genre à blaguer et à faire rire les gens. Il n'était pas la personne que Decker voyait en ce moment, et ça lui faisait un peu peur. L'homme en face de lui semblait en colère... et ivre. Decker connaissait les alcooliques. Il avait vécu de manière sporadique avec un alcoolique jusqu'à ce qu'il soit enfin capable de s'en libérer.

Il n'avait pas envie de revivre ça.

— Tu veux de l'eau, Alex ? demanda-t-il calmement.

Tourner autour du pot n'aiderait pas, mais mettre les pieds dans le plat et demander à l'homme qu'il considérait comme son frère s'il était alcoolique non plus.

Alex lui fit un petit sourire plutôt que de se mettre en colère, ce qui surprit Decker.

— Ça va.

Il ne partit pas se resservir à boire, mais ça ne voulait pas dire qu'il ne le ferait pas dès que Decker serait hors de vue. Celui-ci ne savait pas quoi faire, mais tant qu'Alex savait qu'il était là, c'était déjà ça.

— D'accord. Tu... tu sais que je suis là pour toi, hein ? interrogea-t-il doucement.

Le visage d'Alex se ferma et il redressa le menton.

Mince.

— Ça va, répéta-t-il.

Decker examina son visage et ne trouva pas moyen de passer outre les barrières qu'il avait érigées. Mais il garderait un œil sur lui. Par le sang ou non, cet homme était son frère.

Il se prit un soda plutôt qu'une bière, peu désireux d'ingérer de l'alcool après ça, et il partit rejoindre son meilleur ami, Griffin. Celui-ci avait le même physique que les autres Montgomery, cheveux sombres et yeux bleus, mais avec la même silhouette fine que Wes, plutôt que la carrure de camionneur d'Austin ou même de Storm. Griffin était le plus facile à vivre de la famille, un écrivain qui passait beaucoup de temps dans la lune, plutôt que dans le monde réel. Sa maison bordélique reflétait cela, mais Decker l'adorait quand même. Ils avaient le même âge, alors en quelque sorte, ils avaient grandi comme des jumeaux. Decker avait peut-être davantage en commun avec Austin, sur certains points, et il travaillait avec Wes et Storm, mais c'était Griffin qu'il connaissait le mieux.

— Je suis content de voir que tu as fini par me trouver, plaisanta Griffin.

Il était assis sur l'une des chaises de jardin et en désigna une autre qui était libre.

— Assieds-toi. J'observe les gens.

Decker rit et s'exécuta.

— D'abord, tu aurais pu venir me trouver toi-même. Ce n'est pas comme si je t'en avais empêché. Ensuite, c'est ta famille. Pourquoi est-ce que tu les observes ?

Griffin prit une gorgée de bière et secoua la tête.

— Tu étais avec Colleen, et je ne supporte pas ses gloussements, alors je n'avais pas envie de venir.

— Ses gloussements ? répéta Decker, un peu agacé que Grif se permette de juger sa compagne.

Colleen et lui n'étaient pas mariés, mais quand même.

Faire remarquer ce genre de chose ne semblait pas très sympathique.

— Ses gloussements, répéta Griffin. Tu sais. À chaque fois qu'elle glousse, tes épaules se tendent et le coin de ta bouche se met à frémir.

Heu, maintenant qu'il le disait… Non, il ne voulait pas réfléchir à ça. Il avait encore le reste de la nuit, et probablement d'autres nuits, avec cette fille. Il n'allait pas se mettre à chercher la petite bête et à s'attarder sur ses défauts. Il ne serait plus capable de penser à autre chose, après.

— Tu as remarqué tout ça ? demanda-t-il en faisant baisser le niveau de son soda.

— Oui. Je te l'ai dit. J'observe les gens. Là, je suis en train d'observer ce connard et ma sœur. J'ai envie de lui foutre une raclée, mais je ne suis pas sûr que ça ferait très plaisir à ma sœur. Elle apprécie moyennement quand l'un de nous menace de mutiler ou d'assassiner son mari.

Decker fronça les sourcils et jeta un coup d'œil vers Meghan et son mari Richard. Meghan avait trois ans de plus que lui, et il l'avait toujours trouvée amicale et chaleureuse, bien qu'il ne faille pas trop la chercher. Elle était une mère poule pour le clan et savait se défendre.

Mais plus maintenant.

Désormais, elle baissait la tête, et ses épaules s'étaient affaissées. Richard lui parlait avec sécheresse et, à chaque fois qu'il ouvrait la bouche, Meghan se renfermait un peu plus sur elle-même. Non. Ça n'allait pas le faire.

Decker se leva, posa son soda et fit craquer ses épaules.

— Tu es prêt ? gronda-t-il en direction de Griffin qui s'était levé en même temps que lui.

Il n'avait pas d'autre façon de réagir quand il voyait quelqu'un à qui il tenait être démoli émotionnellement.

— Oui. On ne va pas le défoncer puisque leurs gamins sont là et que c'est la fête d'Austin et Sierra, mais oui, je suis prêt.

Ils s'avancèrent vers le couple, et Richard gonfla le torse en les voyant arriver. À une époque, il avait une silhouette agréable et des cheveux sur le crâne. Désormais, il affichait un début de calvitie, mais il se coiffait de sorte que ça ne se voie pas pour les gens qui ne l'avaient pas connu avant. Il avait aussi pris un peu de ventre à force de sédentarité, si bien que les costumes coûteux qu'il portait perdaient de leur classe à cause du bouton trop tendu sur son ventre.

— Quoi ? cracha-t-il.

Decker sourit, mais ce n'était pas un sourire agréable. Il passa un bras autour des épaules de Meghan qui se raidit. Il n'en tint pas compte et ne bougea pas. Plus il y avait de gens qui montraient tenir à elle, mieux c'était.

— Je voulais simplement dire bonjour à ma sœur, c'est tout, dit-il avec aisance.

— Ce n'est pas ta sœur, ricana Richard. Tu n'es qu'un cassos. Retire tes mains de ma femme.

Il ne grimaça même pas en entendant le mot cassos. Il avait connu pire, et de la part de gens plus importants pour lui que ce pauvre type.

— Richard, avertit Meghan d'une voix qui avait pris de la force.

Vas-y, ma belle.

— Decker fait partie de la famille.

Decker serra ses épaules plus fort, mais elle ne se détendit pas.

Bon sang.

— Elle a raison, dit Griffin tranquillement.

— Eh bien, mon épouse, tu n'es plus une Montgomery, assena Richard en retroussant les lèvres. Tu ferais bien de t'en souvenir. Va chercher les morveux, on s'en va. On a présenté nos vœux aux amoureux, qui ne le resteront pas longtemps, connaissant cette brute, alors il est temps d'y aller.

Qu'est-ce que Meghan fichait encore avec ce type ? Il la traitait comme une moins que rien et l'attaquait émotionnellement. Decker ne pensait pas qu'il était violent physiquement, mais on ne savait jamais. Il était bien placé pour en être conscient.

Il eut un flash-back de poings épais et d'une haleine parfumée par un alcool bon marché et se secoua.

— Montgomery un jour, Montgomery toujours, dit Griffin à côté de lui.

— C'est ça, approuva Decker avec aisance. Si tu es pressé, tu peux y aller et on ramènera Meghan et les enfants quand ils auront envie de partir.

— C'est *ma* femme. Pas la tienne.

— Decker. Griffin. Laissez tomber, chuchota-t-elle.

Decker secoua la tête.

— Désolé, ma belle, la fête de Sierra et Austin vient de commencer et on n'a pas encore porté les toasts. Tu devrais rester. Si Richard souhaite de partir, il n'a qu'à le faire.

Il la regarda dans les yeux et pria pour qu'elle comprenne qu'il ne disait pas cela uniquement pour ce soir-là.

— Très bien. Garde les morveux avec toi.

— Il me faut les sièges auto.

— Alors tu n'as qu'à venir avec moi, rétorqua Richard.

Meghan le fusilla du regard. Bien. Il y avait encore un peu de feu en elle.

— Je ne vais pas risquer la vie de mes enfants parce que tu as envie de partir tôt.

— Nos enfants, Meghan. Tu ferais bien de t'en souvenir, déclara-t-il avec un sourire froid, et Decker se figea.

Alors c'était pour ça qu'elle restait. Pour les enfants. Quel enfoiré !

— On a des sièges bébé à la maison, dit Griffin. Maman et papa les gardent au cas où les enfants viennent.

Il ne mentionna pas que Decker les avait achetés une fois où Richard avait laissé Meghan seule avec les enfants avant de prendre sa voiture. Elle n'avait pas besoin qu'on lui rappelle cela. Ou peut-être en avait-elle besoin, au contraire.

— Très bien.

Richard ne dit même pas au revoir à Cliff et Sasha avant de se tirer. Meghan se détendit visiblement une fois qu'il fut parti.

— Meghan... commença Decker, mais elle leva la main.

— Non. Pas ici. Il faut que je m'occupe de mes enfants.

Il hocha la tête, conscient qu'elle était plus forte que sa propre mère. Du moins il l'espérait.

— Je suis là si tu as besoin de moi.

— Moi aussi, ajouta Griffin. C'est vrai pour nous tous.

Elle toucha leur joue et sourit tristement.

— Je sais. Je vous aime, tous les deux. Maintenant, voir Austin et Sierra, ou je ne sais pas. J'ai besoin de cinq minutes.

Decker hocha la tête et partit en la laissant seule avec Griffin. Son ami s'occuperait d'elle jusqu'à ce qu'elle le repousse parce qu'elle se pensait trop forte pour s'appuyer sur quelqu'un. Il ne la laisserait pas arriver dans la situation qui avait été la sienne par le passé, mais il n'y avait pas grand-chose à faire, à part l'arracher physiquement à son mari.

Ce qui n'aiderait personne.

— Ce connard est parti ? gronda Austin quand Decker le rejoignit.

Sierra donna un petit coup de poing dans le ventre de son fiancé, et il grimaça avant de la serrer contre lui.

— Surveille tes paroles, murmura-t-elle en jetant un coup d'œil par-dessus l'épaule d'Austin.

Austin et Decker suivirent son regard. Le fils d'Austin, Leif, se tenait à proximité, mais heureusement, son attention était consacrée à Storm plutôt qu'à Austin. Leif était arrivé dans la famille après le décès de sa mère, au moment où Austin avait appris qu'il était père. C'était très étrange, comme situation, mais Decker aimait ce gamin comme s'il avait été élevé parmi eux depuis sa naissance. Il avait parfaitement trouvé sa place dans la famille.

— Oui. Ce connard est parti. Je suis inquiet pour elle. Pour Alex aussi.

Il pouvait bien le dire. Austin était son grand frère, et Sierra allait devenir une sœur de plus. Ils étaient une famille. La jeune femme secoua la tête.

— Nous le sommes tous. Ils savent que nous sommes là, et s'il y a quoi que ce soit qu'on puisse faire, on le fera.

Decker l'arracha aux bras d'Austin et la serra fort contre lui avant de planter un baiser en plein sur ses lèvres.

— Eh, enlève ta bouche de ma fiancée.

Decker se retira et fit un grand sourire à une Sierra rougissante.

— Mais elle est tellement jolie !

Il la fit passer sous son épaule.

— Tu vois ? Elle est parfaitement à sa place.

Austin grogna et tira Sierra qui riait contre lui.

— Non, c'est ici qu'elle est à sa place. Tu es un abruti.

Decker sourit.

— Mais je suis drôle. Avoue.

— Vous êtes tous les deux des idiots, mais je vous aime.

Sierra rit à ses propres mots, mais Austin poussa un grondement.

— Je veux dire, j'aime Decker de façon fraternelle. Je t'aime toi de façon amoureuse et sexuelle. D'accord ?

Decker leva les mains pour mimer sa reddition.

— Je n'ai pas besoin d'entendre ça. Je vais aller voir comment va Harry. Dites-moi si vous avez besoin d'aide pour le toast ou quoi que ce soit.

Austin hocha la tête, mais il n'avait d'yeux que pour Sierra.

Qu'est-ce que ça aurait été d'avoir un amour comme ça ? Une personne qui restait à vos côtés, peu importait ce qui arrivait.

Decker ne pensait pas qu'il aurait cela un jour. Pas alors que son corps et son esprit désiraient la seule personne qu'il ne pouvait pas avoir. D'après son expérience personnelle, l'amour ne durait pas, et les mariages n'étaient qu'une prison dont certaines personnes n'arrivaient jamais à se défaire.

Bien sûr, ce n'était pas tout à fait vrai, et le couple qu'il venait de quitter semblait être sur le bon chemin, mais il n'en était pas encore sûr. Et bien sûr, le couple qui se trouvait maintenant devant lui avait traversé plus de quatre décennies ensemble, et il avait toujours l'air plus amoureux chaque jour qui passait.

Mais l'amour faisait mal quand l'autre était malade.

Harry Montgomery avait toujours été plus vrai que nature. C'était un homme grand, avec un cœur encore plus grand. Mais ce n'était plus l'image que projetait l'homme dans le fauteuil en face de lui. La radiothérapie externe (Decker avait lu sur la question) qui avait été appliquée à Harry pour son cancer de la prostate se faisait sentir. Il avait l'air plus petit, plus faible et plus pâle que Decker ne l'avait jamais vu.

Les médecins assuraient avoir repéré le cancer tôt et disaient que ça se présentait bien, mais le traitement semblait lui avoir fait plus de mal que le cancer lui-même. Et maintenant, aux yeux de Decker, Marie était forcée par l'amour, le devoir et les circonstances de se tenir aux côtés de son mari alors qu'il devenait de plus en plus faible. Était-ce ainsi que l'amour était récompensé ? Comment cela pouvait-il valoir le coup ? La douleur et la perte, inhérentes au fait d'être si proche de quelqu'un, lui paraissaient incompréhensibles. De toute façon, il n'était pas certain de le mériter.

— Viens là, mon garçon, gronda Harry, une étincelle dans le regard.

Dieu merci.

Decker s'accroupit à côté de lui, les mains tremblantes. Il ne savait pas quoi faire. Est-ce qu'il devait le serrer dans ses bras ? On aurait dit qu'une simple étreinte pourrait le briser en deux.

— Comment tu te sens ? demanda-t-il.

Et mince, voilà que sa voix s'était serrée.

Harry lui tapota le bras tandis que Marie venait s'agenouiller à côté de Decker pour pouvoir le serrer dans ses bras. Il l'enlaça et inspira cette odeur maternelle qui avait toujours su le calmer quand il était gosse.

— Je vais mieux, chuchota Harry. On ne dirait pas, mais je ne suis pas mourant. Pas encore.

Decker eut l'impression que ces paroles le poignardaient

en plein cœur. Seigneur. Il ne pouvait pas perdre Harry. Ce n'était pas possible.

— Eh, ne me regarde pas comme ça, s'enhardit Harry. Je vous ai dit que je serais franc avec vous en ce qui concerne ma guérison. On a détecté le cancer au début. Les radiations font un mal de chien, mais on tient bon. Enfin, je voulais que tu viennes ici, de un, parce que tu es mon fils et que j'avais envie de te voir, et de deux parce que tu as donné un coup de main pour qu'on soit débarrassé de ce connard que ma fille a choisi comme mari. Je ne pouvais pas me lever pour m'en occuper moi-même, alors merci.

L'air d'impuissance dans le regard de Harry était de trop. Decker déglutit et essaya d'empêcher ses yeux de se remplir de larmes.

— Je lui aurais bien botté le cul…

Il jeta un regard à Marie.

— Je veux dire, les fesses, mais les petits étaient là.

— Tu peux dire cul quand on parle de Richard, intervint Marie. Il a une tête de cul, après tout.

Decker renversa la tête en arrière et se mit à rire.

— Je vous adore, tous les deux. Je veux que vous le sachiez.

Les yeux de Marie se remplirent de larmes.

— Oh, tu es tellement adorable. Tellement adorable. Nous aussi, on t'aime, mon grand.

Harry hocha la tête, et Decker se laissa aller dans les bras de cette femme forte.

Ses cheveux se dressèrent sur sa nuque et il se leva lentement. Il se retourna pour voir Miranda entrer dans le jardin, ses longues jambes nues sous sa robe d'été.

Elle était superbe.

Il pria pour ne pas se mettre à bander, étant donné qu'il se tenait entre ses parents. Griffin le rejoignit. Decker savait qu'un emplacement spécial était réservé en Enfer pour les types qui bavaient sur la petite sœur de leur meilleur ami.

Harry et Marie lui jetèrent un regard sagace et il retint un gémissement. Oui, un aller simple pour l'Enfer. Il y brûlerait pour l'éternité et l'aurait bien mérité.

Miranda se tourna vers eux et leur sourit gaiement, les yeux pétillants.

Decker lutta pour garder les yeux sur son visage, et non pas sur ses seins ou ses jambes qui n'en finissaient pas.

Il en était capable.

Il s'agissait de Miranda Montgomery. La femme qui n'était plus une petite fille, mais qui n'était pas pour lui pour autant.

Il n'allait pas se mettre à lui baver dessus. Il n'allait pas se ridiculiser.

Griffin lui jeta un regard bizarre, et Decker gémit intérieurement.

Oui.

Droit en Enfer.

CHAPITRE DEUX

MIRANDA MONTGOMERY ÉTAIT AMOUREUSE. En réalité, elle était amoureuse depuis qu'elle avait six ans et lui douze. Son amour avait grandi, s'était estompé, était revenu de plus belle et était devenu ce qu'il était aujourd'hui.

À sens unique et incroyablement douloureux.

Elle lissa ses mains sur sa robe et afficha un sourire radieux. Elle était en retard pour les fiançailles d'Austin et Sierra parce qu'elle avait fait des ajustements de dernière minute à sa préparation de cours pour le lendemain, mais maintenant, elle aurait voulu faire une entrée moins remarquée.

De ses sept frères et sœurs, de leurs époux, épouses, partenaires, enfants, voisins et amis, la première personne qu'elle avait vue était la seule qu'elle redoutait de croiser.

Colleen.

Elle n'aurait pas dû être énervée que Decker ait emmené une fille à une fête de famille. Si Miranda avait eu une relation sérieuse, elle aurait probablement invité son petit copain. Elle avait eu un rendez-vous le mois dernier avec le mec le plus ennuyeux de la terre, et c'était tout. Peut-être fallait-il qu'elle commence à faire comme si l'homme qu'elle aimait n'existait pas et qu'elle se mette à vivre sa vie.

Peut-être.

Miranda n'aimait pas Colleen. Certes, Colleen avait l'homme que Miranda voulait, mais ce n'était pas uniquement pour ça.

Colleen n'aimait pas du tout le travail de Decker. Colleen méprisait les gens qui devaient se salir les mains pour gagner leur vie. Parmi les frères et sœurs de Miranda se trouvaient des artistes-tatoueurs, des travailleurs du bâtiment, un écrivain et un photographe. Il n'y avait pas de cols blancs dans leur famille. Et tout ce qui importait à Colleen, c'étaient le statut et le prestige. À part sa beauté, Miranda ne voyait pas ce qui pouvait la lier à Decker.

Au-delà de ce problème avec son travail, Colleen ne semblait pas capable de comprendre pourquoi les Montgomery voyaient Decker comme un membre de leur famille.

Decker était arrivé chez eux avec Griffin un jour, quand Miranda était encore bébé, et il n'était jamais reparti, en-dehors des rares occasions où il avait été forcé d'aller chez ses parents biologiques. Les parents de Miranda l'avaient recueilli parce que les siens avaient échoué à faire la seule chose qu'ils étaient censés faire : élever leur enfant. La loi n'autorisait pas les Montgomery à adopter Decker, mais ses frères le voyaient comme l'un d'entre eux malgré tout.

Miranda, par contre, n'avait jamais pensé à lui comme à un frère, elle avait été trop amoureuse pour cela, à ses yeux, il avait toujours été plus que simplement un membre de sa famille.

Elle était presque certaine que Colleen ne connaissait rien de l'histoire de Decker. Tout le monde voyait bien qu'elle était complètement perplexe quant à sa place dans cette famille. C'était à Decker de lui parler de son passé s'il le souhaitait. Le fait qu'il ne se soit pas confié à Colleen voulait dire qu'elle n'était pas encore très implantée dans sa vie.

Miranda l'avait entendu dire à Griffin que leur relation n'était pas sérieuse, qu'aucun d'eux ne la voyait ainsi, mais ça ne lui donnait pas le droit de se mettre entre eux et d'essayer de s'accaparer Decker.

Elle n'était ni mesquine ni garce, mais en ce moment, elle pensait comme une garce et elle ne s'aimait pas quand elle était comme ça.

Ce n'était pas comme si elle avait pu avoir Decker, de toute façon.

À moins que ?

— Tante Miranda ! Pourquoi tu es triste ? demanda Cliff.

Seigneur, pourquoi Meghan avait-elle permis à son mari d'appeler ce pauvre gamin Cliff ? Les gens se moquaient de son nom, mais il le prenait avec la tête haute.

Miranda lui sourit et s'agenouilla à sa hauteur. Elle ne l'avait pas entendu arriver, mais ce bout de chou était le remède idéal contre le cœur gros.

— Salut, Cliff. Je ne suis pas triste, Mais dans les nuages. Je peux avoir un câlin ?

Elle écarta les bras et il sauta sur elle pour l'étreindre. Elle poussa un « ouf » et le serra contre elle avec force.

— Tu sens le chocolat. Est-ce que Papy ou Mamy t'en ont donné en cachette ?

Elle le chatouilla comme il secouait la tête jusqu'à ce qu'il tombe par terre en riant.

— Pouce. Pouce !

— Dis-moi ! s'écria Miranda en riant et en continuant à le chatouiller.

— C'est trop bon, le chocolat, chuchota-t-il au milieu de son fou rire.

— Je sais. Maintenant, j'en veux aussi, répondit-elle sur le même ton avant de l'embrasser sur le front.

Elle poussa un autre petit « ouf » quand Sasha, la fille de Meghan, lui sauta sur le dos. Du haut de ses trois ans, elle était une petite boule d'énergie, comparée à son frère de six ans qui était une vraie *tornade*.

Seigneur, elle adorait ces deux gamins. Elle avait hâte qu'Austin et Sierra commencent à faire des bébés pour avoir encore plus de neveux et nièces à gâter. Elle avait craqué pour le fils d'Austin, Leif, dès qu'elle l'avait rencontré, et elle avait envie qu'il puisse avoir des frères et sœurs bientôt. Elle avait le sentiment que ça ne tarderait peut-être pas, à voir Austin et Sierra parler. Naguère, elle pensait qu'il y aurait les enfants d'Alex et Jessica avec qui jouer, aussi, mais après toutes ces années, elle n'était plus certaine que ça allait arriver. Jessica n'était pas parmi les personnes les plus gentilles au monde, et même si Alex aurait fait un super père, Miranda aurait été inquiète de la voir devenir mère.

Bon sang. Depuis quand elle se permettait de juger comme ça ? Il fallait qu'elle arrête ça.

Elle fit glisser Sasha de son dos et se mit à la chatouiller elle aussi. Les enfants riaient de ses attaques et elle leur sourit à tous les deux. Ils auraient pu rendre plus lumineuse la journée de n'importe qui, et elle en était heureuse.

— Je vois que les monstres t'ont trouvée, lança Meghan au-dessus d'elle.

Miranda leva la tête et se prit un pied dans le menton.

— Cliff ! Fais attention à tes pieds, mon cœur. Ça va, Miranda ?

Miranda se frotta la mâchoire. Ses yeux la brûlaient.

— Oui. Il n'a pas tapé fort.

Heureusement, parce qu'elle n'était pas sûre d'avoir le temps de se faire poser des implants dentaires. Ni l'argent, d'ailleurs.

— Je me suis laissé distraire.

Elle posa les mains sur sa taille pour se redresser.

— Allez, la fine équipe. Je crois que vous avez compris la leçon.

— La leçon ? demanda Sasha en battant des cils.

Oh oui, cette petite allait en briser, des cœurs. Elle était adorable.

— Je suis ta tante préférée. Retiens bien ça.

— J'ai entendu ! cria Maya de là où elle se trouvait, mais elle ne les rejoignit pas.

Les enfants gloussèrent et lui sourirent. Meghan rayonnait.

Tu vois. La préférée. Peu importe ce que dit Maya.

Cliff et Sasha se relevèrent, l'embrassèrent sur la joue et filèrent pour aller jouer avec Leif. La prochaine génération de Montgomery était réunie, et ils hurlaient et s'amusaient avec une parfaite insouciance.

— Et voilà mes M&Ms, déclara son père à côté d'elle.

Elle releva la tête et lui sourit en essayant d'ignorer le fait que Decker se trouvait à côté d'elle.

Ses parents avaient baptisé les garçons sans réfléchir à des surnoms mignons. Austin et Alex commençaient par la même lettre, mais ce n'était pas le cas des noms des autres. Cependant, ils avaient appelé les filles Meghan, Maya et Miranda

Montgomery. M&Ms. Avec tout ce qui c'était passé ces derniers mois, Miranda n'aurait changé ça pour rien au monde. Elle aimait avoir ce lien particulier, non seulement avec ses sœurs, mais aussi avec ses parents. Elle se sentait bizarrement précieuse dans cette foule de Montgomery.

Elle se leva rapidement et enlaça son père en retenant ses larmes. Elle était plus forte que ça, et s'effondrer parce que son père avait l'air si faible n'aiderait personne. À côté de lui, Decker se dressait de toute sa taille, la mine impassible. Elle ne savait pas ce qu'il pensait, mais elle savait sans l'ombre d'un doute qu'elle devait se montrer coriace.

— Salut, papa, murmura-t-elle en le serrant doucement contre elle.

Il ne lui rendit pas son étreinte avec sa force habituelle, et elle se mordit la lèvre. Decker la tira à ses côtés, comme il l'avait toujours fait, et passa un bras autour de ses épaules. Elle prit une inspiration et se força à se détendre. Il avait toujours été doué pour décrypter ses humeurs et s'assurer qu'elle avait tout ce qu'il lui fallait, mais ça voulait simplement dire qu'il tenait à elle comme un frère... rien d'autre. Rien n'avait changé, et si elle restait telle qu'elle était, rien ne changerait jamais.

Ça, elle allait devoir y réfléchir davantage plus tard. Pour l'instant, il fallait qu'elle se concentre sur le présent, pas sur un futur fait de « et si ».

Meghan étreignit également Harry puis commença à parler de Cliff et Sasha. Miranda l'écouta d'une oreille, son attention rivée sur Decker. Il l'avait laissée là pour aller chercher une chaise à son père, mais revenait avec deux dans une main.

Elle refusait de regarder ses avant-bras sexy tandis qu'il portait ces chaises.

Elle. Refusait.

Bon, OK, rien qu'un petit coup d'œil.

Non, tiens-toi un peu, Miranda.

Elle s'assit sur une des chaises. Meghan refusa l'autre et partit voir ses enfants. Decker s'assit de l'autre côté de son père sur la chaise vide. Ça aurait dû être gênant d'être assise aussi près de l'homme qu'elle aimait et qu'elle ne pouvait pas avoir, mais ça ne l'était pas.

Ces gens étaient sa famille et ils le resteraient, quoi qu'il arrive.

— Decker ? Il va falloir que je rentre. Je commence tôt demain.

Miranda sourit à Colleen. Là, voilà. Elle était capable de se montrer mature.

Oh, elle avait *envie* de faire voler cette fille au loin et de se jeter sur Decker, mais ça ne voulait pas dire qu'elle *allait* le faire.

Decker sortit son téléphone, regarda l'heure et fronça les sourcils.

— D'accord. Allons dire au revoir à Sierra et Austin, puis on pourra y aller.

Colleen soupira, mais Decker ne sembla pas le remarquer. Ça devenait de plus en plus dur d'apprécier cette femme, même si Miranda n'avait jamais été très douée pour ça.

— On va y aller.

Cette annonce était un peu superflue. Il se tourna vers Harry :

— Pense à me donner des nouvelles et n'hésite pas si tu as besoin d'aide dans la maison.

— C'est promis, répondit-il en lui tendant la main.

Mais Decker le serra dans ses bras et se releva.

Miranda resta plantée là maladroitement, pendant un instant, avant d'ouvrir ses bras. Elle faisait *toujours* un câlin à Decker. Il n'y avait pas de raison que ce soit différent aujourd'-hui. Decker était très doué pour les câlins, en plus. Il ne retenait pas son affection avec les gens qui faisaient partie de son cercle. Avec les autres, il gardait ses distances.

C'est alors que Colleen attrapa l'un des bras de Decker avec un sourire sirupeux. Sérieusement ? Il cligna des yeux, et son regard passa de l'une à l'autre. Aucun moyen de se sortir de cette situation sans avoir l'air d'une idiote, ou en tout cas, sans avoir l'air aussi mesquine que Colleen. Miranda laissa retomber l'un de ses bras et tapota son épaule libre. Tiens, avait-il toujours été aussi bien charpenté ?

Oui. Oui, toujours.

— Ça m'a fait plaisir de te voir. À une prochaine.

Et voilà. Bien. Plus. Mature.

— À plus, Moustique.

Argh. Elle détestait ce surnom.

Elle était une adulte, bon sang.

Même s'il ne s'en rendait pas compte.

Personne ne s'en rendait compte. Elle était la petite sœur des Montgomery. Le bébé. Elle ne pourrait jamais changer l'ordre de leur naissance, mais ça aurait été sympa que les autres la traitent comme l'adulte qu'elle était. Cela dit, rester là à faire la bouille à cause de ça, ce n'était pas le comportement le plus mature. Alors elle sourit au couple :

— Je m'appelle Miranda, pas Moustique. Ça fait des années que je ne suis plus un moustique. Bonne soirée à vous deux.

Son père glissa sa main dans la sienne et elle se détendit un peu.

— Tu es ma petite fille, chérie. Tu ne peux pas changer ça.

Miranda se détourna de Decker et Colleen et regarda son père.

— Toi, tu peux m'appeler comme ça si tu veux. Tu en as gagné le droit.

Elle vit la lumière dans ses yeux s'intensifier. Elle pensait ce qu'elle venait de dire de tout son cœur. Elle serait toujours la petite fille de son père – tant qu'elle aurait un père.

Maudit cancer.

Elle sentit plus qu'elle ne vit Decker et Colleen partir, et elle se détendit enfin pour de bon. À chaque fois que Decker était dans le coin, son corps passait en mode alerte rouge, comme une sirène qui l'appellerait à elle. Visiblement une sirène incapable d'attirer les hommes, mais bon... Bien sûr, quand Colleen était là, elle avait tendance à se transformer en garce complètement à cran, et il fallait qu'elle arrête ça. Ce n'était pas la faute de l'autre femme, si Decker l'avait choisie, même s'il disait que ce n'était pas sérieux.

Elle passa encore un peu plus d'une heure avec ses frères et sœurs, puis elle sut qu'il était temps pour elle de rentrer. Elle se levait tôt le lendemain matin et ne pouvait pas donner l'impression d'avoir fait la fête toute la nuit. Il n'était que dix-neuf heures et quelques, mais il y avait école demain.

Elle sourit. *École demain.* Toute sa vie avait tourné autour de l'école d'une façon ou d'une autre. Maintenant, elle était prof de maths dans un lycée, alors ce serait le cas jusqu'à la retraite. Tout lui plaisait, dans ce métier, surtout le défi que représentaient les élèves qui n'avaient pas envie d'être là. Si elle parvenait à trouver le bon catalyseur, elle pouvait les faire changer d'avis. Elle ne serait peut-être pas capable de tous les atteindre, mais même s'il n'y en avait qu'un, cela en valait la peine.

Elle dit au revoir à tout le monde, serra son père dans ses bras encore une fois, puis sortit du jardin de ses parents et prit le chemin de chez elle. Elle ne vivait qu'à une dizaine de minutes de là, suffisamment loin pour lui donner le sentiment qu'elle était chez elle. C'était le but. Elle aimait Golden dans le Colorado. Comme Arvada et Westminster où une partie de sa famille vivait, il s'agissait d'un faubourg ouest, collé aux montages plutôt qu'aux plaines de l'est. Il y avait des brasseries et des carrières tout autour, et son appartement était au milieu d'un petit parc boisé.

Et elle aimait que Decker vive à moins de deux kilomètres de là.

Elle n'avait pas choisi ce quartier pour ça. Elle avait choisi Golden, car son poste au lycée se trouvait là. C'était super dur de trouver du travail par ici. C'était une heureuse coïncidence que Decker vive si près de là.

Et maintenant, elle se donnait l'impression de le harceler.

Ça suffisait.

Elle se gara à sa place et rentra dans son appartement. Elle adorait cet endroit. Même si c'était un petit F2, elle ne pouvait pas se permettre plus avec son maigre salaire, c'était *chez elle*. Elle l'avait décoré avec des meubles confortables, des couleurs vives, et, comme il y avait un bar dans la cuisine, plutôt que d'installer une table de salle à manger, elle avait ajouté un bureau auquel travailler. Elle n'avait pas besoin de plus.

Ça lui convenait parfaitement ainsi. Elle avait son petit appartement, un travail qu'elle aimait, des amis et une famille qui l'adoraient, et des élèves qui l'appréciaient. En tout cas, la plupart d'entre eux.

Ce qui lui manquait, c'était un homme dans sa vie. Elle n'en avait pas besoin pour vivre, elle n'était pas si désespérée que ça, mais elle était suffisamment romantique pour savoir qu'elle avait besoin de... compagnie.

Elle renifla.

Et de sexe. C'était pas mal, le sexe. Elle aimait ça. Cependant, faisait si longtemps qu'elle n'avait rien fait que ça en devenait agaçant. Elle aurait dû aller au lit et utiliser son fidèle compagnon de table de nuit pour se détendre et rêver d'un homme barbu et tatoué qu'elle ne pouvait avoir.

En tout cas, pas pour le moment.

— Alors, ta deuxième semaine au lycée se passe bien ? demanda Jack.

Son collègue se tenait à côté d'elle dans la salle des profs. Miranda se tourna avec son café et hocha la tête.

— Eh bien, oui. C'est la première année que je suis toute seule, mais je n'ai pas encore perdu mes illusions.

— Tout le monde finit par avoir son épiphanie, ma belle, déclara Mrs Perkins, assise à table.

C'était une prof d'anglais d'une soixantaine d'années. Jack et Miranda étaient debout devant le plan de travail à se servir en café, pendant que les autres profs vaquaient à leurs occupations, se préparant pour la première heure de cours. Miranda se contenta de secouer la tête et de sourire.

— Alors autant en profiter maintenant.

Mrs Perkins regarda par-dessus ses lunettes, et sa bouche rejoignit son menton pointu en une drôle de moue.

— Si ça peut t'aider, alors continue. Quand tu t'effondreras, tu sauras qui venir voir.

Un peu pessimiste, non ? Miranda n'avait pas envie de devenir une Mrs Perkins quand elle serait plus vieille. Ce n'était pas une mégère non plus, pas comme certains des profs que Miranda avait eus en tant qu'élève, mais elle ne débordait pas de joie de vivre pour autant.

— Ne l'écoute pas, chuchota Jack à son oreille.

Son souffle était chaud dans son cou et elle fit un pas vers la droite. Il ne la mettait pas mal à l'aise en soi, mais elle se trouvait au travail et n'avait pas besoin qu'il y ait de rumeurs sur la nouvelle et le prof d'histoire sexy, ainsi que le voyaient les filles de Terminale et certaines des profs.

Miranda se tourna, ce qui mit plus d'espace entre eux.

— Non, t'inquiète, répondit-elle doucement.

Jack sourit et elle vit ce que les autres lui trouvaient. Il avait un beau sourire. Ses yeux bleus pétillaient, si la lumière était bonne. Il avait une allure angélique avec ses cheveux blonds en pagaille et sa peau bronzée. C'était franchement injuste d'être aussi canon... et prof d'histoire. Il était aussi le prof le plus proche d'elle en âge, a priori. Il devait avoir une trentaine d'années, et elle en avait vingt-trois. Ça ne voulait rien dire, bien sûr. Il fallait qu'elle oublie un certain garçon avant de pouvoir se permettre de penser à quelqu'un d'autre. Et se mettre à voir dès le départ un collègue de cette façon-là ne serait pas le truc le plus malin à faire.

Elle finit son café et regarda sa montre.

— Il faut que j'y aille. Ces gamins ne vont pas apprendre l'algèbre tout seuls.

— Ça serait plus simple, hein, intervint Mrs Perkins. Avec

tous les tests que nous fait passer l'État, ils s'en sortiraient mieux comme ça, de toute façon.

Elle se leva, épousseta sa tenue un peu mémère et quitta la salle de repos.

Miranda baissa les yeux sur ses jolies ballerines, son pantalon en lin et son haut en soie. Elle n'avait peut-être pas le look que les gens attendaient de la part d'une prof, mais elle aimait les fringues. Elle assumait. De toute façon, elle était persuadée que, avec les années, ce qu'elle portait maintenant deviendrait démodé. Elle finirait par coller à l'image de la prof de lycée au fur et à mesure que le temps passerait.

— Passe une bonne journée, dit Jack avant de la devancer dans le couloir.

Il lui adressa un grand sourire auquel elle répondit. Elle ne ressentit pas les papillons dans le ventre qui la prenaient chaque fois que Decker lui souriait, mais Jack n'en était pas moins agréable à regarder.

Elle se rendit jusqu'à sa salle et mit en place la table de la visionneuse. L'école venait de passer à un système de projecteur qui ne nécessitait pas de baisser la lumière et d'écrire sur des transparents. Elle pouvait simplement placer ses manuels sous la caméra et montrer à l'écran ce dont elle était en train de parler, tout comme elle pouvait écrire en direct. Elle utilisait aussi le tableau blanc quand elle faisait cours, car il y avait de la place de chaque côté de l'espace de projection, même si elle s'en servait surtout pour faire bouger les élèves de leur place et leur demander de montrer leur travail. Et si elle remarquait que trop d'élèves dodelinaient, elle pouvait bouger aussi pour les réveiller.

Mrs Perkins avait raison quand elle parlait des tests qu'ils devaient passer et de la bureaucratie inhérente à une école publique, mais Miranda acceptait cela sans sourciller. Ce n'était pas comme si c'était nouveau, le bas salaire, les longues semaines, le manque de budget et les profs surmenés. Elle savait à quoi s'attendre quand elle avait commencé. Maintenant, il fallait qu'elle fasse avec. Enfin, elle verrait comment ça irait d'ici la fin de l'année. Le surmenage enseignement n'était pas un mythe, après tout.

La première sonnerie retentit et les élèves entrèrent. Elle commençait par un cours d'algèbre de Troisième, même si elle avait quelques Secondes dans le lot. La plupart des élèves de l'école avaient pris ce cours en Quatrième et étaient maintenant passés à la géométrie, le prochain cours de la journée, mais elle avait quand même un groupe d'une bonne taille.

La deuxième sonnerie retentit et les deux derniers élèves entrèrent, l'air troublé et, si Miranda ne se trompait pas, un peu débraillés. Le garçon lui adressa un sourire plein d'assurance, alors que la fille à son bras rougissait. Elle se précipita à sa place, tandis que lui prenait son temps pour regagner la sienne.

Il semblait que la tradition de se rouler des pelles dans le couloir ne s'était pas arrêtée avec sa génération.

Ah, les jeunes...

Elle sourit et nota leur nom dans sa tête, au cas où.

— Bonjour. Après l'appel, nous nous occuperons de notre ami, x, alors ouvrez vos livres au chapitre 2, s'il vous plaît.

Il y eut les grognements et les chuchotements habituels, mais ça ne la dérangeait pas. C'était sa vie, désormais. Elle comptait la vivre et en profiter.

En dépit de tout.

· · ·

Quand la journée se termina, elle avait mal aux reins et se dit qu'il lui faudrait intensifier ses séances de yoga au niveau de la ceinture abdominale. Les courbatures et les douleurs, parce qu'elle restait debout toute la journée, n'allaient pas s'améliorer si elle ne faisait pas quelque chose pour lutter contre. Elle était arrivée à sa voiture avec les devoirs de la veille dans sa besace quand Jack la rattrapa. ,

Elle cligna des yeux, surprise de voir sa voiture garée à côté de la sienne. Elle ne s'en était pas rendu compte en arrivant. Bien sûr, elle avait eu la tête à son planning de la journée, et non pas à regarder les autres voitures sur le parking.

— Tu as passé une bonne journée ? demanda Jack en faisant glisser la besace de son épaule.

Elle la retint, elle ne souhaitait pas lâcher les copies de ses élèves. Ils avaient le droit à ce qu'elles restent privées, et elle ne voulait pas avoir l'air d'une demoiselle en détresse.

Elle était une Montgomery. Elle pouvait se débrouiller toute seule.

— C'est bon, dit-elle gentiment.

Il lâcha le sac et elle le tint plus serré contre elle.

— Mais merci. Et oui, j'ai passé une bonne journée. On est peut-être lundi, mais on est encore en août, alors on a de l'énergie. Pas vrai ?

Il hocha la tête et s'appuya à sa voiture.

— Je suis content que tu sois venue travailler ici, Miranda. Tu es une bouffée d'air frais en ces lieux.

Elle espérait que c'était vrai, même s'il fallait qu'elle rentre chez elle et commence à corriger ses copies et à se préparer pour le lendemain. Et puis, il fallait qu'elle appelle son père pour voir comment ça allait, avec le traitement. Bon, OK, elle se sentait un peu fatiguée rien que de penser à tout ça.

Haut les cœurs, Montgomery.

— C'est gentil, Jack.

— Qu'est-ce que tu dirais si je t'invitais à dîner ce week-end, pour fêter ton nouveau poste ?

Elle cligna des yeux, un peu stupéfaite. Il voulait sortir avec elle ? Elle ne savait pas qu'il pensait à elle en ces termes. Il était gentil, et elle n'avait pas entendu dire qu'il s'agissait d'un séducteur, alors c'était déjà ça. Oui, ils travaillaient ensemble, mais il y avait déjà eu des profs qui étaient sortis ensemble et le monde ne s'était pas effondré. Rien dans leur contrat de travail ne leur interdisait de se rapprocher.

Mais quand même.

Elle n'était pas tout à fait prête.

Il fallait qu'elle fasse son deuil de Decker… ou quelque chose comme ça.

— Oh, heu. Je suis très occupée.

Ce n'était pas un mensonge. Elle avait des tonnes de boulot. Elle voulait aussi aller voir son père suite à ses traitements, et parler avec Sierra des préparatifs pour le mariage. Elle détestait blesser les gens. Pourquoi n'était-elle simplement pas capable de dire non ?

— Peut-être une autre fois ?

Bon sang, pourquoi est-ce qu'elle avait dit ça ?

Jack lui sourit avec aisance.

— Pas de souci. Je saurai te le rappeler. Rentre bien, Miranda, et à demain.

Elle hocha la tête et monta dans sa voiture. Jack s'installa dans la sienne et démarra. Elle se détendit et prit le chemin de la maison. Il était gentil et canon. Elle aurait probablement dû dire oui, histoire d'avoir une vie sociale en dehors de ses frères et sœurs, mais comme elle s'en était déjà fait la réflexion, elle ne se sentait pas prête à sortir avec qui que ce soit tant qu'elle était amoureuse de quelqu'un d'autre.

Elle se gara devant chez elle, attrapa ses affaires et rentra dans son appartement.

Elle poussa un hurlement en voyant Maya sur son canapé, et l'ami de sa sœur, Jake, qui fouillait dans le frigo.

Maya hurla à son tour, et Jake poussa un juron.

— Mince. Je me suis tapé la tête dans le freezer, marmonna-t-il.

Il était carrément beau gosse, et Miranda ne savait pas comment Maya faisait pour ne pas déraper, ou peut-être qu'elle dérapait, mais ça ne répondait pas à la question de savoir ce qu'ils faisaient dans son appartement.

— C'est quoi ce délire ? demanda-t-elle une fois qu'elle eut repris son souffle.

Elle posa ses affaires sur la table basse et fusilla sa grande sœur du regard.

— Je t'ai donné un double des clés en cas d'urgence. Qu'est-ce qui se passe ? Tu m'as fichu la trouille.

Maya avait la main posée sur son cœur et elle haussa un sourcil piercé.

— On est ta famille et on voulait savoir comment s'était passée ta journée.

— Et il y a à manger dans ton frigo, dit Jake avec un bol de salade de pommes de terre dans les mains.

— Vous avez tous les deux des frigos chez vous. Allez vous acheter à manger.

Il lui sourit et elle soupira. Bon sang, il était sexy. Pas aussi sexy que Decker, mais bon, bref.

— J'aime bien ta bouffe. Maya a raison. On voulait te voir.

Il se laissa tomber au milieu du canapé si bien que Maya se trouvait d'un côté et qu'il restait une place de l'autre côté.

Elle leva les yeux au ciel et s'assit avec d'eux.

— Je comptais manger ça pour dîner avec un reste de poulet pané froid.

— Tu as du poulet ? Attends, tiens-moi ça.

Jake lui passa la salade et se releva. Il revint vite avec des serviettes en papier, trois cuillères et un bac de poulet.

— On va se faire un pique-nique sur le canapé et tu pourras nous raconter ta journée.

Miranda prit une cuillère et leva les yeux au ciel. Elle n'aurait pas dû être surprise par leur présence. Tous les membres de la famille avaient l'habitude de s'inviter les uns chez les autres, car ils y étaient toujours les bienvenus. C'était chouette d'avoir quelqu'un ici à qui raconter sa journée.

— On m'a invitée à sortir, aujourd'hui.

Maya écarquilla les yeux puis elle prit une bouchée de son pilon.

— Alors ? C'est quoi son nom ? Est-ce qu'il est mignon ? Quand est-ce que tu sors avec lui ?

Miranda rit et prit une cuisse. Il n'y avait rien de tel que des restes de poulet froid pour la mettre en joie.

— Il s'appelle Jack. Il est plutôt mignon. Et j'ai dit non.

— Pourquoi ? Il t'embête ? demanda Jake. Tu veux que je lui casse la gueule ?

Elle sourit et lui tapota l'épaule.

— Tu es un vrai ami. Et il a été parfaitement agréable. Seulement je ne suis pas prête à sortir avec lui pour le moment.

— Parce que tu craques pour Decker ? demanda-t-il.

Miranda s'étouffa sur son morceau de poulet. Jake lui

attrapa tout ce qu'elle avait dans les mains et lui tapa dans le dos.

— Désolé, désolé.

— Mec ! Tu peux pas balancer les choses comme ça, le réprimanda Maya.

Miranda s'essuya les yeux, les mains tremblantes.

— Je ne vois pas de quoi tu parles.

Maya lui adressa un petit sourire triste.

— Bien sûr que si, ma douce. Je ne crois pas que les garçons soient au courant, mais Meghan et moi, on sait. On est les M&Ms. On le sait toujours, quand l'une de nous craque sur quelqu'un.

Étant donné que Miranda n'arrivait pas à savoir ce que Maya ressentait pour Jake, elle n'était pas sûre que ce soit vrai... Peut-être que ça fonctionnait uniquement pour Meghan et Maya.

— Heu. Eh bien. Je ne sais pas quoi dire, marmonna-t-elle.

Maya lui fit un autre sourire triste, et Miranda eut envie de leur demander de partir.

— Ma belle, tu as toujours craqué sur lui, mais je ne crois pas qu'il s'en soit jamais rendu compte. C'est un mec.

— Eh, intervint Jake. Je suis un mec et j'ai remarqué.

Maya étrécit les yeux.

— Non, je te l'ai dit. Ce n'est pas pareil.

Elle se retourna vers Miranda.

— Et je me suis permis de lui dire parce que c'est Jake. Je n'irais jamais le dire à nos frères ou à Decker. Je ne cafte que sur les trucs qui se passent pour de vrai, pas sur les trucs qui *pourraient* arriver, au risque que ça ne se fasse pas à cause de moi. C'est à toi de voir ce que tu veux faire avec Decker, ou avec Jack. Mais rappelle-toi que si tu laisses tomber sans rien essayer parce que tu as trop la trouille, tu risques de manquer un truc.

Miranda hocha la tête en déglutissant avec peine.

— Je... Je ne sais pas. Je n'ai pas envie d'en parler, d'accord ?

Maya tendit la main par-dessus Jake pour prendre la sienne.

— Je suis là si tu as besoin de moi. Je serai toujours là pour toi.

Miranda soupira et mordit dans le morceau de poulet qu'elle avait repris à Jake. Elle savait que Maya avait raison. Il fallait qu'elle parle à Decker, qu'elle lui dise. Sans aller jusqu'à lui dévoiler toute l'intensité de ses sentiments, mais au moins essayer... quelque chose.

Elle le regretterait, si elle n'essayait pas.

Mais ce que ça risquait de lui coûter si ça se passait mal ?

C'était encore pire.

Bien, bien pire.

CHAPITRE TROIS

AUSTIN MONTGOMERY POUSSA un grondement bas et roula sur le côté, en ramenant Sierra contre lui. Il garda les yeux fermés, se contenta de reconnaître par le toucher le moindre centimètre carré de sa peau contre ses mains calleuses. Elle gigota contre lui et ses fesses vinrent frotter sa verge. Ç'aurait pu être une simple érection matinale, mais avec sa fiancée dans son lit, c'était pour elle, et non pas une simple réaction physique.

Il fit lentement remonter sa main sur son flanc en effleurant les longues cicatrices de son passé pour arriver jusqu'à son sein. Son téton durcit contre sa peau et il fit rouler la pointe entre ses doigts, ravi par ses petits halètements endormis.

Elle se retourna pour se mettre sur le dos et il ouvrit les yeux pour la voir lui sourire. Ses longs cheveux couleur de miel foncé encadraient son visage et se déployaient sur l'oreiller. Il les repoussa de ses joues et en profita pour caresser sa peau. Bon sang, elle avait la peau douce.

— On va devoir être silencieux, murmura-t-elle.

Ce petit sourire sur son visage était une incitation à l'embrasser, alors il appuya ses lèvres contre le coin des siennes et inspira sa merveilleuse odeur.

Il se retira et elle se lécha les lèvres, s'arc-boutant pour essayer de l'atteindre. Il sourit et vint reposer sa bouche sur la sienne.

— C'est toi qui es bruyante, Gambettes.

Il se positionna entre ses cuisses et se fraya lentement un chemin en elle. Il avait fait courir ses mains sur son corps assez longtemps pour qu'elle soit déjà mouillée et prête à l'accueillir. Il adorait la sentir autour de lui, sans rien entre eux, toute à lui.

— Alors tu ferais mieux de m'embrasser pour que je ne crie pas.

Il suivit ses ordres tout en allant et venant à rythme paresseux, parfait. Il adorait se réveiller en faisant l'amour à sa copine, sa fiancée.

Il aimait ce mot.

Il avait hâte de pouvoir l'appeler sa femme.

Bientôt, pensa-t-il. *Bientôt*.

Ils firent l'amour tranquillement et, quand elle se désintégra dans ses bras, il s'empara de sa bouche pour étouffer ses gémissements et ses cris. Il la rejoignit bientôt en se vidant profondément en elle.

— Je t'aime, dit-elle une fois qu'ils eurent repris leur respiration.

Il l'embrassa à nouveau.

— Je t'aime aussi.

— Sierra ! Papa ! On va être en retard !

Austin appuya son front contre celui de Sierra et retint un rire.

— Eh bien au moins, je suis réveillé, maintenant, lui murmura-t-il.

Il cria à l'intention de Leif :

— J'arrive dans une minute !

Elle rit doucement et le poussa du lit.

— Va préparer le petit déjeuner de ton fils et assure-toi qu'il a bien ses devoirs dans son cartable. Je les y ai mis hier soir, mais il sort ses affaires pour vérifier qu'il a tout et ensuite il oublie de les y remettre.

Austin leva les yeux au ciel et lui donna une claque sur les fesses tandis qu'elle se levait.

— Va prendre une douche. Même si j'aime bien l'idée qu'une part de moi reste en toi toute la journée.

Elle tordit le nez.

— Heu, non. Je n'ai pas franchement envie de sentir ça couler le long de ma jambe pendant que je suis au travail.

Il fit à nouveau claquer sa main sur ses fesses. Il aimait la façon dont son regard s'assombrissait sous la brûlure de ce contact. Oh oui, sa copine avait besoin qu'il s'occupe d'elle de cette façon plus tard. Il trouverait le temps. Depuis que Leif était arrivé dans leurs vies, ils avaient dû se contenir sur certaines composantes de leur relation, mais ils commençaient lentement à trouver un équilibre. Il s'assurerait de passer un bon moment avec Sierra durant la soirée, en accord avec leurs goûts particuliers.

— Je n'aime pas cette expression dans tes yeux, Austin Montgomery.

Il se lécha les lèvres en enfilant son jean qu'il ajusta du mieux possible.

— Tu aimeras ça ce soir. Allez, file sous la douche.

Elle leva les yeux au ciel et partit nonchalamment vers la

salle de bains, toute nue. Il adorait sa vie. Il descendit dans la cuisine où Leif revoyait un exercice d'orthographe. Austin lui piqua son cahier et se mit à lui poser des questions.

Son fils souffla, mais répondit et épela tout avec la bonne orthographe. C'était un gamin intelligent. Austin prépara rapidement du porridge avec des fruits pour eux trois et fit du café pour lui et Sierra. Ils n'étaient pas trop en retard, et comme Sierra aimait arriver en avance, mais travaillait vite s'il le fallait, ils parviendraient probablement à tenir leur planning de la journée.

Ils avaient eu bien raison de faire l'amour le matin.

Austin prit une douche rapide et quand il en sortit, Sierra finissait de se préparer et Leif était parti prendre le bus scolaire. Le fait d'avoir un fils de dix ans le laissait toujours stupéfait. Leif était arrivé tard dans sa vie, mais il n'aurait changé son futur pour rien au monde.

Il avait Sierra et Leif, un mariage à organiser, une famille qui le rendait dingue, un père qui retrouvait la santé, en tout cas, d'après ce qu'il disait, et un boulot qu'il adorait.

La vie était belle.

Il se gara sur le parking derrière Montgomery Ink et se pencha pour embrasser Sierra et lui dire au revoir. Il appréciait le fait que sa boutique, Eden, se trouve en face de son travail. Bien sûr, il ne l'aurait jamais rencontrée sans ça. La vie était drôle, parfois.

— Passe une bonne journée, d'accord ? dit Sierra tandis qu'ils rejoignaient la rue.

Austin entoura sa taille de ses bras et l'embrassa à nouveau.

— Ça marche. Fais en sorte de ne pas porter de culotte ce soir.

Elle cligna des yeux et rougit.

— Austin, murmura-t-elle avant de regarder par-dessus son épaule.

Il prit son menton entre ses doigts et croisa son regard.

— Pas. De. Culotte.

— D'accord, dit-elle doucement en souriant. Oh ! Demain nous avons un rendez-vous à la salle de réception pour le mariage. Je sais qu'aucun de nous ne veut un grand mariage, mais il y a tellement de Montgomery qu'on ne peut pas faire sans une taille minimum.

— Pas de souci, Gambettes.

Il l'embrassa à nouveau et lui donna une claque sur les fesses avant qu'elle ne traverse la rue. Elle le fusilla du regard par-dessus son épaule et sourit. Oh, elle paierait pour ce regard noir avec une autre fessée. Elle sembla saisir l'idée à son expression et rougit. Oui, ça lui plaisait.

Austin fit craquer ses épaules et rentra dans Montgomery Ink. Maya se tenait à la fenêtre et elle fit semblant de vomir.

— Si tu étais plus collé à elle, vous seriez en train de baiser contre le mur.

Il lui fit un doigt d'honneur et partit dans l'arrière-boutique en croisant Decker au passage. Il fronça les sourcils puis se rappela la date.

— Merde. J'avais oublié que nous avions avancé le rendez-vous. Laisse-moi préparer mes affaires.

Decker haussa les épaules.

— Je suis un peu en avance, mais je voulais jeter un coup d'œil au placo que j'ai posé le mois dernier.

Austin hocha la tête et passa dans le bureau pour prendre ses affaires. Quand il revient, Decker était confortablement installé à sa place, à boire un café qu'il avait dû aller chercher chez Hailey, leur voisine.

— Tu m'en as pris un ? demanda-t-il en s'asseyant.

Decker hocha la tête et désigna une tasse sur son bureau.

— Il risque d'avoir un peu refroidi parce que je ne savais pas que tu venais plus tard aujourd'hui.

— Va te faire foutre ! lança Austin. J'ai cinq minutes de retard, à peine.

Decker se contenta de sourire et retira son tee-shirt.

— Tu vas travailler sur mon dos, hein ? Je voulais vérifier que tu n'avais pas changé d'avis et décidé de tatouer un truc au pif sur moi.

Austin renifla. Il n'aurait pas fait ça à un membre de sa famille, même s'il se permettait des blagues à ce sujet. Il prépara rapidement son matériel, sortit les encres et les aiguilles dont il aurait besoin pour ce projet.

— Oui, Maya a fait le dragon sur ton bras, j'ai fait les pattes de chien, mais c'est mon tour pour le dos.

— Je prends ses jambes ! leur cria Maya.

Decker pouffa de rire.

— Regardez-vous, toujours à vous battre pour moi. Il y en aura assez pour chacun.

— Comme je t'ai dit, va te faire foutre !

— Non, merci bien.

Austin renifla puis fit tourner Decker pour voir son dos.

— On va travailler sur l'arbre mort, aujourd'hui. Je vais rajouter plus de détails, petit à petit.

— Ça me va.

— Bon, et puisqu'on parle de foutre... reprit Austin en essuyant le dos de Decker.

Celui-ci se mit à rire et Austin eut un grand sourire.

— Oui ?

— Comment ça se passe entre toi et Colleen ?

Decker lui jeta un coup d'œil par-dessus son épaule.

— On est des gonzesses, maintenant ? Tu veux qu'on parle de nos sentiments ?

— Allez vous faire foutre, tous les deux, leur cracha Maya depuis son poste de travail.

Les deux hommes lui firent un doigt d'honneur sans se donner la peine de relever la tête.

— Je demande, c'est tout. Et puis Sierra voulait savoir.

Elle avait mentionné ça en passant, mais peu importait. Decker haussa un sourcil, pas dupe pour un sou.

— Ce n'est pas sérieux entre nous. Je sais que je n'arrête pas de le dire, mais c'est la vérité. De temps en temps, on mange ensemble, mais c'est à peu près tout, ces temps-ci.

Austin cligna des yeux.

— Tu veux dire que vous...

— Non, grogna Decker. Ça te pose un problème ? Et depuis quand on parle de sexe ?

— Depuis qu'on fréquente la scène BDSM ensemble. Même si maintenant, on ne sort plus en public.

Ils avaient tous les deux leurs propres fétiches, comme c'était le cas pour beaucoup de la famille et parmi leurs amis, mais ils n'étaient pas des Dominants en continu, comme une grande partie des mecs qu'ils connaissaient à l'époque.

Decker haussa les épaules.

— Je suis bien là où je suis. J'aime bien Colleen, mais... je ne sais pas.

Austin fronça les sourcils.

— D'accord. Si tu as besoin de parler à quelqu'un...

Il se racla la gorge.

— Appelle Maya.

— Je me répète, allez vous faire foutre. Mais il a raison. Si tu as envie de parler de sexe, viens me parler. Mais je ne compte pas te baiser. Désolée.

— Sérieux, Maya, gémit Austin. Arrête. Je n'ai *vraiment* pas envie de penser à une de mes sœurs en train de baiser.

Decker se racla la gorge et se détourna avec une drôle d'expression.

Hum. Qu'est-ce que ça veut dire, ça ? pensa Austin

Peu importait. Il finirait par découvrir ce qui n'allait pas avec son ami. C'était sa responsabilité. Il était l'aîné des Montgomery. Il trouvait des solutions. Et comme sa vie était enfin bien partie pour être géniale, il pouvait bien étendre son bonheur autour de lui.

CHAPITRE QUATRE

POURQUOI PORTAIT-ELLE un short aussi court, bon sang ? Ses jambes étaient magnifiques comme ça, et tout ce dont Decker avait envie, c'était de les voir enroulées autour de son cou tandis qu'il la lécherait et lui ferait hurler son nom.

Merde.

Il y avait maintenant une porte à son nom quelque part en Enfer. Il avait un marteau à la main et l'envie de glisser l'autre dans son caleçon à cause d'une certaine petite brune à qui il n'aurait jamais dû penser en ces termes. La petite sœur de son meilleur ami ne le regardait même pas, pourtant il n'arrivait pas à se sortir son image de la tête.

Est-ce qu'elle avait toujours été aussi sexy ?

Non.

Non, il ne voulait même pas y penser.

Mélanger le sexe et Miranda Montgomery ne pouvait mener qu'à des ennuis.

Comme se faire arracher les boules par Meghan et Maya, et se faire casser la gueule par les frères Montgomery.

Grif, cet enfoiré, lui avait demandé de venir aider Miranda à installer quelques étagères. Pour cela, il fallait qu'il vienne prendre des mesures d'abord vu qu'il voulait les construire lui-même. Oui, il était un pigeon, mais il voulait qu'elle ait quelque chose de bien, pas du contreplaqué qui pourrait à peine soutenir quelques livres. Vu le nombre de livres qu'elle possédait, il lui fallait du solide.

Bien sûr. Continue à te raconter des histoires.

— Tu n'es pas obligé de faire ça, tu sais, répéta Miranda.

— Si, grogna-t-il en reculant.

— Non, je t'assure. Je sais que Grif t'a demandé de venir m'aider pour ces étagères, et je trouve ça super gentil, mais je peux me débrouiller. Mes parents m'ont appris à faire ce genre de choses.

Decker lui sourit.

— Je sais. Tous les Montgomery savent bricoler. Enfin, certains plus que d'autres, si on pense à la dernière fois que Grif a essayé d'utiliser une scie.

Miranda rejeta la tête en arrière et éclata de rire.

— Il ne s'est pas coupé de doigt, c'est déjà ça.

— C'est vrai ! Mais franchement, tes frères veulent que tu aies un bel appartement, alors je viens t'aider.

Et voilà. Fraternel. Pas « j'ai envie de te sauter ».

— Je ne vais pas réussir à te faire lâcher l'affaire, hein ?

Decker secoua la tête et se remit à enfoncer un clou. Tant qu'il était là, il avait installé le grand miroir dans l'entrée. Ça permettait d'ouvrir l'espace et donnait l'impression que c'était plus grand qu'en réalité. C'était trop lourd pour qu'elle le fasse toute seule et il voulait l'aider. Il avait déjà pris la plupart des cotes dont il avait besoin pour lui construire ses étagères sur mesure. Quand elle partirait d'ici, ils pourraient les démonter et les déménager. Où qu'elle aille, ce serait toujours plus grand qu'ici alors ça ne serait pas un problème.

— Eh bien, merci alors.

Miranda fit courir une main dans son dos et il se raidit.

Calme-toi, supplia-t-il son sexe. *Pour l'amour de Dieu, calme-toi.*

Il regarda par-dessus son épaule et vit sur son visage qu'elle était blessée par sa réaction avant qu'elle ait le temps d'afficher une mine neutre. Il s'y prenait n'importe comment. Il n'arrivait pas à penser quand il était près d'elle, et quand elle le touchait... bon sang.

Ce qu'il avait *envie* de faire, c'était poser ses outils, la plaquer contre un mur et goûter le moindre centimètre carré de sa peau.

Ce qu'il *allait* faire, c'était finir de prendre ses mesures et rentrer chez lui pour travailler sur les étagères. Il n'arrivait pas à respirer ici sans avoir les narines pleines de son parfum sucré. Elle avait toujours une nouvelle crème ou lotion, alors on ne savait jamais quelle serait son odeur d'un jour sur l'autre.

Aujourd'hui, c'était chèvrefeuille ou quelque chose dans ce style, et il se détestait d'avoir envie de vérifier si elle en avait le goût aussi.

— J'ai presque fini, dit-il d'une voix bourrue. Je vais bientôt pouvoir te ficher la paix.

— Oh. D'accord. Tu veux manger un truc, peut-être ?

— Non. Ça va. J'ai des trucs à faire.

— D'accord, lança-t-elle avec bonne humeur.

Elle n'avait pas l'air blessée, mais bon sang, ce n'était pas comme si elle avait eu envie d'être avec lui de cette façon-là. Il se comportait surtout comme un con avec quelqu'un à qui il tenait, justement parce qu'il tenait trop à elle. Il avait trop envie d'être avec elle.

S'il tentait quelque chose avec elle, elle lui ficherait un coup de genou dans les parties, lui flanquerait une bonne claque puis appellerait ses frères pour qu'ils viennent lui casser la gueule.

Ou Maya.

Il retint un frisson.

Il n'avait pas envie que Maya lui tombe sur le paletot.

Ou sur ses boules.

— Tu n'as qu'à vaquer à tes occupations, je finirai plus vite et tu seras tranquille.

— Très bien, rétorqua Miranda. Mais tu n'es pas obligé de le prendre comme ça. Si tu n'as pas envie de le faire, ne le fais pas.

Decker jura et se retourna.

— Je suis désolé. Je suis fatigué et je me suis levé du mauvais pied.

Il se sentait excité et coupable, surtout, mais ce n'était pas la question.

— J'ai envie de t'aider. Tu fais partie de la famille.

Elle leva les yeux au ciel et s'en alla en lui jetant un dernier coup d'œil par-dessus son épaule.

— Admettons. Merci quand même. Dis-moi si tu as besoin de quoi que ce soit.

— T'inquiète, murmura-t-il.

Ce dont il avait besoin, elle ne le lui donnerait pas.

Il finit rapidement son travail et partit en la saluant d'un signe de main. Il fallait qu'il s'en aille de chez elle pour retrouver ses esprits. Elle vivait si près de chez lui qu'il aurait pu venir à pied, c'était autant une bénédiction qu'une malédiction, alors le trajet en voiture fut rapide. Son dos lui faisait toujours mal, car Austin avait travaillé sur le contour de son tatouage la veille, alors il était content que ce soit samedi et d'être en congé.

Il aimait son tatouage. Entre Maya et Austin, il avait la crème de la crème en matière d'artistes. Chaque dessin voulait dire quelque chose pour lui, même s'il ne révélait pas leur signification à n'importe qui. Le dragon sur son bras droit avait été son premier tatouage, un symbole du feu et de la rage qu'il avait essayé de maîtriser pour devenir l'adulte qu'il était aujourd'hui. Les empreintes de chien sur son bas gauche... eh bien, ça, c'était pour Sparky.

Il appuya son front contre le volant une fois garé devant chez lui.

Bon sang. Il n'avait pas envie de penser à Sparky aujourd'hui.

Il adorait ce clébard. Il l'aimait tellement que l'homme qui était censé prendre soin de Decker avait tué ce chien pour montrer qu'il le pouvait.

Parce qu'il était un enfoiré, un crevard sans âme.

Il se précipita hors de son véhicule et entra chez lui d'un pas lourd, énervé d'avoir laissé l'homme qu'il détestait plus que tout au monde se frayer un chemin dans ses pensées.

Il y avait une autre raison pour laquelle il ne pouvait pas avoir Miranda. Le sang qui coulait dans ses veines était souillé, c'était le même que celui de son géniteur, et il ne voulait pas que Miranda ait affaire à ça.

Enfin, ce n'était pas comme si elle avait voulu de lui.

Il soupira et posa ses affaires dans le salon. Il avait économisé suffisamment pour s'acheter une maison de trois chambres dans le style ranch, avec un sous-sol complet. Ça aurait probablement été un gouffre financier pour la plupart des gens, mais c'était son métier de construire des maisons, et il savait que l'ossature valait le coup, malgré une apparence extérieure terne.

Il ferma les yeux et poussa un juron. Visiblement, c'était le jour des sens cachés. Il était temps d'arrêter et de penser à autre chose.

Il prit un soda dans le frigo et passa dans le garage. Quand il avait acheté cette maison, il avait transformé celui-ci en atelier pour pouvoir y construire des trucs sans salir tout le reste. Il aimait travailler le bois, sculpter et construire des choses avec ses mains. Bien sûr, il utilisait du plâtre, de la peinture et d'autres matériaux quand il travaillait sur des bâtiments pour Montgomery Inc., mais ce qu'il préférait, c'était les détails en bois. C'était généralement à lui que l'on confiait les escaliers en bois, les rambardes sculptées et les moulures, tandis que Wes et Storm faisaient d'autres choses. Le fait qu'ils lui fassent suffisamment confiance pour s'occuper de ça était énorme pour lui.

Encore une autre raison pour laquelle il ne comptait pas essayer de se taper leur sœur.

Seigneur, il fallait qu'il se ressaisisse.

Il vida son esprit de tout ce qui concernait les brunes sexy avec de longues jambes et les pères aux mains comme des battoirs, capables de faire sauter une cervelle à coups de marteau.

Il s'interrompit et ravala la bile remontée dans sa gorge.

Seigneur, ça faisait si longtemps qu'il n'avait pas pensé à ça.

Non, c'était un mensonge.

Chaque fois qu'il voyait un marteau, il se rappelait le bruit qu'avait fait son chien en mourant sous les coups de son père. Mais à chaque fois qu'il voyait les empreintes de pattes sur son bras, il se rappelait les bons moments, pas uniquement les mauvais.

Peut-être qu'il aurait dû reprendre un chien. Il n'en avait plus eu depuis Sparky. Il avait eu trop peur des souvenirs. Mais ils le hantaient déjà, de toute façon, alors pourquoi ne pas aller dans un refuge et y choisir un chien ?

Légèrement rasséréné, il alluma la radio et prit une gorgée de sa boisson avant de se mettre au travail. Miranda avait de chouettes meubles, doux et d'aspect relaxant. Les couleurs sombres du bois se mêlaient agréablement aux crèmes et aux touches vives de sa décoration. Il voulait que les étagères s'accordent à l'ensemble, et il était décidé à faire de son mieux pour que ce soit le cas. Il ne pouvait peut-être pas la faire sienne, mais il pouvait lui offrir ce qu'il y avait de mieux.

Ce qu'il y avait de mieux n'incluait pas Decker Kendrick.

Il avait dit oui à Griffin quand celui-ci lui avait demandé de l'aide parce que c'était Miranda. Mais maintenant, il se sentait coupable. Grif n'avait pas la moindre idée des pensées qui lui traversaient l'esprit. Si ça avait été le cas, eh bien, Decker aurait bien mérité de se prendre son poing dans la gueule. Les Montgomery lui avaient accordé leur confiance et l'avaient fait rentrer chez eux. Il ne pouvait pas renier cela et débaucher leur plus jeune sœur. Ses pensées et ses désirs étaient déjà de trop.

Il fallait qu'il tourne la page. S'assurer qu'elle soit heureuse et continuer à sortir avec Colleen ou quelqu'un du même genre. Quelqu'un qui lui plaisait suffisamment et qu'il avait une chance de parvenir à rendre heureuse. Il ne voulait pas l'utiliser, mais il ne risquait pas non plus de la souiller par sa simple identité.

Avec un soupir, il se mit au travail et se perdit dans son art. Il mesura deux fois, coupa et se mit à tailler le bois jusqu'à ce que son dos lui fasse mal d'avoir été courbé trop longtemps. Mais il persévéra. Il préférait supporter un peu de douleur et se défoncer au travail que rester assis à réfléchir à des trucs auxquels il ne devait pas penser.

Son téléphone vibra sur la table et il posa ses outils pour décrocher. Il poussa un juron en voyant l'écran.

Maman.

Il n'avait pas l'énergie pour gérer ça en ce moment, mais comme toujours, il était incapable de l'abandonner. Elle n'avait peut-être pas été la meilleure mère possible, mais elle avait essayé, de temps en temps. Elle avait ses propres soucis à gérer.

Il se prépara mentalement et répondit.

— Allô.

— Oh, Decker, super, j'ai réussi à t'avoir.

Il y avait dans sa voix ce ton abattu et ce manque d'énergie qu'il redoutait quand il était gamin. Elle parlait toujours trop doucement, trop inquiète, trop effrayée pour dire ce qu'elle pensait.

Il se passa la main dans les cheveux et revint dans la maison. Il n'avait pas envie d'être à côté de ce qu'il allait installer chez Miranda pendant cette conversation. Ce n'était pas logique, mais il ne voulait pas que ce qu'elle toucherait soit souillé par son passé.

Et cela, encore une fois, incluait Decker en personne.

Il résista à l'envie de prendre une bière dans le frigo, car l'alcool n'avait jamais aidé sa famille. Au lieu de quoi il s'appuya au plan de travail de la cuisine et se força à ne pas demander à sa mère si elle avait besoin d'aide. À chaque fois qu'il le faisait, ça n'avait pour résultat que de les blesser tous les deux. Elle devait bien savoir, maintenant, qu'il serait toujours là pour elle, mais ça n'avait pas d'importance puisqu'elle avait choisi de l'ignorer.

— Eh oui, je suis là. Quoi de neuf, maman ?

Il fit en sorte que sa voix soit douce, pas menaçante. Il détestait le fait que, s'il parlait de la voix grave qui était la sienne, elle paniquerait ou raccrocherait. Il n'avait jamais levé la main sur sa mère, mais il partageait ses gènes avec un homme qui l'avait fait.

Elle se racla la gorge et marmonna quelque chose qu'il ne parvint pas à distinguer. Une boule d'angoisse se forma dans son ventre, mais il insista.

— Je n'ai pas entendu. Tu peux répéter ?

Seigneur, faites que ce ne soit pas ce qu'il croyait. Faites que ce soit quelque chose de bien, pour une fois.

Ce n'était jamais quelque chose de bien.

— Ton père sera libéré demain. On dînera à dix-sept heures trente et on aimerait que tu viennes.

Le bourdonnement dans ses oreilles augmenta et il grinça des dents. Il se força à ne pas hurler dans le combiné, raccrocher ou le broyer dans sa main. Sa mère ne méritait pas sa colère, même si son manque de cran le rendait dingue. C'était la violence dont elle avait été victime qui l'avait rendue ainsi, et il ne pouvait pas lui en vouloir. Il pouvait essayer de l'aider, comme elle ne l'avait pas aidé quand il était petit.

Il fallait qu'il raccroche, ou il allait péter un câble.

— Je croyais qu'il en avait encore pour un an, dit-il d'une voix basse et sans émotion.

Seigneur, pourquoi est-ce que son père sortait de taule ? Son corps se couvrit d'une pellicule de sueur et il prit une brève inspiration.

Non, il fallait qu'il reste calme. Il n'était plus un petit garçon. Il était un adulte, un homme avec des mains et des bras puissants. Il n'avait plus besoin d'avoir peur.

En tout cas, peur pour lui.

— Oh, Decker, tu sais bien, il trouve toujours un moyen de s'en sortir.

Elle avait murmuré cette dernière partie, et le cœur de Decker se serra à nouveau. *Eh merde !*

— C'est quoi l'excuse, cette fois-ci ?

— La surpopulation, je crois. Ça n'a pas d'importance, mon chéri.

Elle s'interrompit et il retint sa respiration.

— Il rentre, et il faut que tu viennes dîner à la maison. Il veut que tu sois là.

Et quand Frank Kendrick voulait quelque chose, il l'obtenait.

Eh bien pas cette fois.

— Non, je ne viendrai pas, maman.

— Decker, il faut que tu viennes. Il... il a dit que tu devais être là.

Il ferma les yeux en entendant sa voix accrocher. Il serra le poing, mais il se retint. Être violent en réaction à une menace de violence n'aiderait personne.

— Tu n'es pas obligé de le laisser revenir, maman. Tu peux partir.

— On en a déjà parlé, mon chéri.

Un silence désagréable s'installa et Decker soupira.

— Maman.

— Tout sera différent, maintenant.

Elle disait toujours ça.

Et elle avait toujours tort.

— Je ne viendrai pas dîner. Je ne veux plus le voir. Jamais. Il faut que tu le quittes, maman. Tu es la bienvenue ici. Tu seras toujours bienvenue chez moi.

S'il te plaît, maman. S'il te plaît, quitte-le.

— Je suis désolée d'entendre que tu ne pourras pas venir. Appelle-moi si tu changes d'avis, mon chéri.

Elle raccrocha avant qu'il puisse continuer à essayer de la convaincre, avant qu'il puisse lui dire qu'il l'aimait… faire n'importe quoi d'autre que rester planté dans sa foutue de cuisine avec le téléphone comme englué à sa main.

Il ne s'était jamais senti aussi inutile.

Il reposa le téléphone sur le plan de travail et se passa une main sur le visage. Il essayait d'aider sa mère depuis qu'il était assez grand pour s'opposer à son père. Peu importait ce qu'il faisait, ça ne suffisait jamais. Finalement, la deuxième fois où il s'était fait casser le nez, il avait quitté la maison. Il avait essayé d'emmener sa mère, essayé de faire en sorte qu'elle sache qu'il était là, mais ça ne fonctionnait pas.

Elle ne quitterait jamais son père.

Elle l'avait juré devant Dieu, et c'était comme ça.

Mais il ne voulait pas l'abandonner. C'était sa mère. Même si elle avait été incapable de l'élever, y compris quand le vieux était en prison, parce qu'elle était trop faible.

Il ne pouvait pas la laisser tomber.

Il n'avait plus que l'image de cette bière en tête quand la sonnette retentit. Il espérait que ce n'était pas sa mère, venue lui demander en personne de dîner chez eux. Peut-être qu'elle était sur son téléphone, à côté de chez lui. Elle ne se déplaçait jamais chez lui, mais il y avait une première fois à tout. Il ne savait pas s'il aurait le courage de lui dire non en face, devant ses yeux fatigués.

Il ouvrit la porte et retint un gémissement. Ce n'était pas sa journée, et son self-control continuait à être mis à rude épreuve.

— Miranda, qu'est-ce que tu fais là ?

Il ne grogna pas les mots, mais il n'en était pas loin.

Elle s'était changée et avait remplacé son short par une robe violette encore plus courte, dans laquelle elle était incroyablement sexy. Le tissu avait l'air doux, comme du coton, et il eut envie de passer ses mains partout sur son corps.

Il était bon pour un aller simple en Enfer.

Au lieu d'avoir l'air agacé par sa réaction peu accueillante, elle pencha la tête et sourit. Son sexe tressaillit et il prit une grande inspiration.

C'était une erreur.

Il sentait son parfum sucré et, maintenant, il devait gérer ça en plus de tout le reste.

Comment était-il censé rester sobre au milieu de tout ce bordel ?

Il aurait préféré défoncer son punching ball ou bien construire une étagère.

— Il faut que je te parle. Je peux rentrer ?

Elle avait l'air nerveux mais étrangement déterminée. Il n'avait pas la moindre idée de ce qui se passait.

Il recula sans savoir quoi dire. Il n'aimait pas se sentir perdu, mais ça lui arrivait plus souvent qu'à son tour quand Miranda Montgomery était dans les parages.

Elle passa devant lui, laissant un sillage de chèvrefeuille derrière elle. Il referma la porte et fourra ses mains dans ses poches. C'était le seul endroit où il ne semblait pas dangereux de les mettre.

Il ne voulait pas d'elle ici. Dans son espace personnel. C'était déjà assez dur de la garder hors de ses pensées quand ils étaient en public ou avec les Montgomery, mais maintenant, elle allait laisser son parfum chez lui et il ne parviendrait jamais à s'en débarrasser. Il ne voulait pas qu'elle ait quoi que ce soit à voir avec qui il était, d'où il venait. Et voilà qu'elle était chez lui alors qu'il était préoccupé par son père.

Il fallait qu'elle lui laisse son espace.

— Qu'est-ce que tu veux, Miranda ? grinça-t-il.

Il fallait qu'elle parte. Maintenant.

Elle se lécha les lèvres, génial, et il grinça des dents.

— Je...

Elle n'avait plus l'air aussi assurée que quelques instants auparavant. Que voulait-elle ? Déjà en colère à cause de son père et ce que sa mère acceptait de sa part, il n'avait pas l'énergie nécessaire pour gérer Miranda. Ce n'était pas de sa faute à elle, mais la façon dont *lui* réagissait à sa présence. Une autre raison pour laquelle il n'était pas assez bien pour elle.

— Je voulais savoir si ça te disait de dîner avec moi.

Elle cligna des yeux, semblant retenir sa respiration.

— Dîner ? répéta-t-il stupidement.

— Oui.

Elle se racla la gorge.

— Dîner. Tu sais ? Manger dehors, le soir, vu que j'ai envie de sortir. Qu'est-ce que tu en dis ?

— Avec qui ?

Seigneur. Il était un pauvre imbécile. D'habitude, il arrivait à faire des phrases de plus de deux mots, mais là, ça semblait mal parti. Le sang se mit à battre contre sa tempe et il sut qu'il était sur le point de craquer. Des images des poings de son père se mêlèrent au sourire de Miranda, et il dut prendre une autre grande inspiration.

Elle lui sourit, ce sourire spécial qu'elle avait, et il serra les poings dans ses poches.

— Avec moi, idiot. Toi et moi. Pour dîner.

— Pourquoi ?

Pourquoi avait-elle envie de sortir dîner avec lui ?

— Est-ce que quelque chose ne va pas ?

Merde.

— Est-ce que c'est Harry ? Tu veux parler de lui ? Est-ce que quelque chose est arrivé et que personne ne m'a rien dit ?

Il passa devant elle pour aller vérifier son téléphone. Pas d'appels manqués, donc ce n'était pas une urgence. Ou peut-être qu'ils avaient essayé de l'appeler pendant qu'il était au téléphone avec sa mère et qu'il n'avait pas reçu de message.

— Peut-être qu'on devrait aller là-bas, pour voir.

Elle grimaça quand il releva la tête, et il fronça les sourcils.

— Quoi ? Qu'est-ce qu'il y a ?

— Papa va bien.

Sa bouche se mit à trembler, mais elle tint bon. Il avait toujours pensé que Miranda était plus forte que ses frères et sœurs l'imaginaient. Elle pleurait peut-être plus que les autres devant une mauvaise nouvelle, mais ça ne voulait pas dire qu'elle était faible. C'était quelque chose qui lui plaisait chez elle.

Elle souffla et lança ses mains dans les airs.

— Bon sang, Decker. D'habitude je m'en sors mieux que ça. Ce n'est pas comme si je n'avais jamais dragué quelqu'un.

— Draguer ? gronda-t-il.

Qui draguait-elle et quel était le rapport avec cette conversation ?

— Oui. Draguer. Je veux sortir avec toi. Pour aller dîner. Pas pour parler de mon père, même si ça arrivera peut-être, car il compte beaucoup pour nous deux. Donc. Qu'est-ce que tu en dis ?

Elle voulait sortir avec lui ? Avec lui ? Seigneur. À quoi pensait-elle, bon sang ? Il n'était pas assez bien pour elle. Alors peu importait qu'il eût envie d'elle. Peu importait qu'il rêve de l'avoir dans son lit la nuit et à ses côtés la journée. Ça n'arriverait jamais, et ce rêve de petite fille qu'elle lui confiait était idiot.

Peut-être qu'elle avait un genre de fantasme dans lequel elle sortait avec le gamin à problèmes, le cas social, mais il ne comptait pas le laisser se réaliser. Miranda Montgomery était trop bien pour quelqu'un comme lui.

Toujours en colère à cause du système judiciaire et de son père, il ne prit pas la peine de surveiller ses paroles.

Est-ce que tu te fous de ma gueule ?

Son sourire retomba et la lumière dans ses yeux s'éteignit. Il se sentit super mal d'en être le responsable, mais il valait mieux que ça arrive maintenant plutôt qu'elle ne le regrette plus tard.

— Non, Decker. Je suis sérieuse. Je suis venue t'inviter à dîner. Tu n'es pas obligé de réagir comme un connard.

Il avança vers elle comme un fauve vers sa proie et elle fit un pas en arrière. Bien. Elle avait raison d'avoir peur. Elle recula jusqu'à ce qu'elle soit coincée contre le plan de travail, et il la rendit captive de son corps, les mains posées à plat de part et d'autre d'elle.

— Je *suis* un connard, petite fille. Tu ferais mieux de t'en rappeler. Je suis bien trop compliqué à gérer, et ce n'est pas ce que tu veux pour ta première nuit de folie.

Parce que ça aurait été une nuit de folie. Mais ça n'allait pas arriver.

Elle étrécit les yeux avec toute l'intensité brûlante d'une Montgomery.

— Va te faire foutre ! J'ai eu quelques nuits de folie sans toi, merci bien. Tu ne serais pas le premier, alors tu peux descendre de tes grands chevaux. Et arrête d'essayer de me faire peur, putain.

Elle avait été avec quelqu'un d'autre. Il serra les poings sur le plan de travail. Le petit enfoiré qui avait osé la toucher était mort. Mais le sujet n'était pas là.

— C'est bien, si je te fais peur. On fait partie de la même famille, Miranda. On ne se met pas à baiser avec sa famille parce qu'on a une envie soudaine.

Bon sang, il se comportait comme un enfoiré, mais s'il ne la repoussait pas comme il le fallait, il y avait un risque qu'elle réessaie. Il ne devait pas laisser cela arriver. Il valait mieux la vexer maintenant et qu'elle parte vivre sa vie de son côté, plutôt que risquer d'empirer les choses plus tard.

Des larmes emplirent ses yeux, mais elle fit battre ses paupières, une fois, deux fois, et elles disparurent.

— Bon sang, Decker. C'est quoi ton problème ? Pourquoi tu réagis comme ça ? Si tu penses que je suis trop jeune ou pas ce qu'il te faut, tu n'as qu'à le dire. Ne fais pas comme si tu n'étais pas assez bien pour moi. On sait tous les deux que ce n'est pas vrai.

Ce mensonge lui fit étrécir les yeux.

— Ma belle, c'est pourtant une évidence. Je ne sais pas ce que tu cherches, mais ce n'est pas ici que tu vas le trouver.

Elle n'avait pas l'air de vouloir renoncer, alors il fit la seule chose qu'il pouvait faire.

Il l'embrassa.

Il prit son visage entre ses mains, sa peau si douce contre ses paumes calleuses et il abattit sa bouche sur la sienne. Elle hoqueta avant de s'ouvrir pour lui. Il en voulait plus, il lui en *fallait* plus, mais ça n'allait pas arriver. Leurs langues bataillèrent, leurs dents mordillèrent, attaquèrent la peau. Il fit onduler son corps contre le sien et la poussa plus rudement contre le plan de travail. Son sexe s'incrusta contre son ventre, sans plus bouger. Il bandait.

Elle gémit et fut prise d'un tremblement.

Il l'agrippa par les cheveux et tira sa tête en arrière pour pouvoir approfondir le baiser, s'appropriant sa bouche de sa langue même s'il savait qu'il fallait qu'il arrête.

Avant de pouvoir aller plus loin, il recula et appuya son front contre le sien. Il respirait vite, au même rythme qu'elle. Il fallait qu'il lui fasse peur.

Putain, gamine. Tu as senti ça ? C'est moi alors que j'y vais doucement avec toi. Tu ne peux pas gérer ce que j'ai à t'offrir. Tu ferais mieux de retourner chez papa et maman et d'arrêter de vouloir jouer avec un mauvais garçon. C'est compris ?

— Quoi ?

Elle le poussa et il recula. Peu importait à quel point il souhaitait l'impressionner pour qu'elle garde ses distances, jamais il ne lui aurait fait de mal.

La contradiction dans ses actions ne lui échappa pas.

— Rentre chez toi, petite fille.

Il ne la supplia pas, mais il n'en était pas loin. Elle lécha ses lèvres gonflées et rougies, le regard perdu. Ses joues et son cou étaient marqués par sa barbe, et ses cheveux étaient sens dessus dessous, comme s'il y avait passé les mains et les avait tirés avec force.

Ce qui était le cas.

Si elle était allée chez un de ses frères ou une de ses sœurs à cet instant, ils auraient foutu une raclée à Decker. Et il l'aurait méritée.

— Qu'est-ce qui ne va pas, Decker ?

— Il faut que tu t'en ailles, Miranda. C'est ça qui ne va pas. Je n'ai pas envie que tu sois ici.

Elle secoua la tête.

— Non. Je ne vais nulle part. Tu voulais me faire peur ? Très bien. Tu as réussi. Je ne vais pas t'inviter à nouveau. Je ne vais pas me ridiculiser une seconde fois. Mais comme tu as si bien su le faire remarquer, on fait partie d'une famille. Tu étais déjà sous pression quand je suis arrivée, et j'étais tellement concentrée sur mes propres problèmes que j'ai ignoré les tiens. Qu'est-ce qui se passe ?

Il se passa une main sur le visage et tira sur sa barbe.

— Va-t'en, Miranda.

Il soupira. Elle posa les mains sur ses hanches. Il savait que quand elle avait cette expression dans le regard, il était à peu près impossible de la faire changer d'avis.

— Très bien. Tu veux une bière ? J'ai besoin d'une bière, moi.

Il passa devant elle et se servit.

— Oui. Je veux bien. Ça a été une drôle de journée, pour sûr.

Il lui en sortit une et les ouvrit toutes les deux. Elle prit la sienne et ils burent chacun de longues gorgées avant de s'interrompre pour respirer.

— Dis-moi, murmura-t-elle avant de se hisser sur la pointe des pieds et de venir frotter le point entre ses sourcils.

Il ferma les yeux, inspira son odeur et se calma à son contact. Quand Colleen l'avait touché de cette façon, il avait trouvé ça bizarre, comme si elle en faisait trop.

Mais Miranda ?

Bon sang.

Il fit un pas en arrière, ignorant la douleur dans les yeux de la jeune femme.

Il valait mieux simplement lui dire, comme ça elle partirait et le laisserait régler ses problèmes tout seul.

— Ma mère m'a appelé aujourd'hui. Apparemment, mon père sort de taule demain, et ils veulent que j'aille dîner chez eux.

Miranda ne savait pas tout ce qui se passait chez lui quand il n'était pas avec sa famille, mais elle en savait suffisamment puisqu'elle était une Montgomery. Même Griffin ne savait pas tout alors qu'à une époque, Decker et Grif étaient plus proches que des jumeaux.

Le visage de Miranda s'adoucit tandis qu'une étincelle de colère luisait dans ses yeux.

— Oh, Decker. Je suis désolée. Je déteste ton père. Je sais que ça ne change rien, mais j'aimerais qu'on mette dans un endroit d'où il ne pourrait plus te blesser.

Il ne pensait pas qu'elle puisse faire quoi que ce soit, mais le fait qu'elle s'en soucie ? Ça comptait forcément, même s'il devait ignorer cela parce qu'il ne pouvait pas continuer comme ça.

Elle baissa les yeux sur le tatouage sur son avant-bras et

fronça les sourcils. Elle ne pouvait pas savoir ce qu'il signifiait... si ?

— Je le déteste, murmura-t-elle en effleurant les empreintes de chien du doigt.

Il serra les poings.

— Pourquoi est-ce que tu regardes mon tatouage ?

Elle croisa son regard avec des yeux humides et il jura.

— Personne ne m'a dit... Mais j'ai entendu mes parents en parler quand tu te l'es fait tatouer. Ne sois pas en colère contre eux, mais ils savaient ce qui est arrivé à ton chien et pourquoi tu t'es fait tatouer des empreintes de pattes sur le bras. Je suis tellement désolée que nous n'ayons pas pu empêcher cela d'arriver.

Il ravala la bile que ce souvenir faisait remonter et secoua la tête. Il ne voulait pas que Miranda ait un lien avec tout ça, qu'elle se retrouve mêlée au souvenir des violences de son père.

— C'était il y a longtemps, dit-il d'une voix rauque.

À son regard, il sut qu'elle n'y croyait pas plus que lui.

— Est-ce qu'il y a quelque chose qu'on puisse faire ? Quelque chose pour te mettre en sécurité ?

Elle posa sa main sur son bras, par-dessus le tatouage, et il la laissa faire. Elle l'avait déjà touché par le passé, et il n'était pas entré en combustion spontanée. Il allait tout faire mieux pour que ça n'arrive pas maintenant.

— Rien, grogna-t-il. Juste aller de l'avant et essayer d'ignorer ma famille de dégénérés.

— Tu as une famille, Decker, et ce n'est pas eux. Et si ce que j'ai fait aujourd'hui a gâché ça, j'en suis désolée. Je ferai de mon mieux pour que ça ne se reproduise pas.

Il soupira et secoua la tête.

— On va oublier ça.

Comme s'il pouvait jamais oublier le goût de ses baisers, mais la question n'était pas là. Elle grimaça, mais lui fit un petit sourire.

— D'accord. Et je suis désolée, Decker. Tellement désolée qu'ils le laissent sortir de prison et qu'il n'y ait rien qu'on puisse y faire. J'aimerais pouvoir aller lui foutre une raclée ou quoi, mais ça ne réglerait rien.

Miranda comprenait.

Elle comprenait toujours.

C'était pour ça qu'il ne pouvait pas être avec elle.

Elle en savait trop et elle voyait tout.

Ou en tout cas, presque.

Il n'était pas assez bien pour elle, et un jour, elle verrait cela aussi.

CHAPITRE CINQ

ELLE S'ÉTAIT JETÉE à sa tête.

Seigneur. Dieu.

Elle était allée chez lui et avait mis les pieds dans le plat...
pour se rendre compte que ça ne servait à rien.

Elle avait été complètement idiote. Elle se tapa la tête
contre le mur de sa chambre et se maudit. Elle espérait simplement ne pas avoir gâché ce qu'il y avait entre eux. Il était son
ami. Quelqu'un qui la connaissait, ou qui connaissait celle
qu'elle avait été, aussi bien que sa famille. Si ce n'était mieux,
pour être honnête. Bien sûr, ça allait être super gênant, aux
fêtes de famille, mais elle s'en remettrait. Il le fallait.

Ce qu'elle savait depuis le départ, c'était que Decker faisait
partie de la famille Montgomery, même s'il ne lui était pas lié
par le sang, et elle ne le laisserait pas renoncer à ça. Elle était
bien placée pour voir ce qui lui arrivait quand son ancienne vie
essayait de se rappeler à lui, de le vampiriser alors qu'il se
défendait de toutes ses forces. Elle n'allait pas le laisser se déta-
cher de la seule famille qu'il connaissait.

Bordel.

Elle se déshabilla rapidement et passa sous la douche, désireuse de se laver de cette journée. Une petite partie d'elle, bon, d'accord, une plus grande part que ce qu'elle avait envie d'avouer, voulait garder son odeur sur sa peau, mais elle n'avait pas envie de devenir une obsédée flippante. L'eau glissa sur sa peau et elle ferma les yeux. Le sentiment de... d'infériorité ? De deuil ? Peu importait ce que c'était, ça passerait. Elle était plus forte que ça, elle n'était pas une gamine pleurnicheuse, mais c'était super dur pour le moment, pas d'erreur à ce sujet.

Ça avait été important pour elle de prendre ce risque et de parler à Decker. Si elle s'était tenue à distance à se languir pour lui sans rien faire, elle l'aurait regretté. Elle aurait regretté de ne pas *savoir*, même si ce savoir faisait mal, maintenant. Elle se passa une main sur le cœur, entre ses seins. Oui, ça faisait un mal de chien qu'il ne veuille pas d'elle, mais maintenant, elle était fixée.

Oui, il l'avait embrassée.

Embrassée pour de vrai, mais ça avait été une démonstration.

Elle gémit lourdement à ce souvenir. Il avait été si brusque, si plein de contrôle, si *puissant*, qu'elle avait failli lui grimper dessus comme un chat à un arbre. Il était super bien foutu et elle avait senti son érection contre son ventre. Il n'avait pas à rougir de sa taille. Son sexe était long, épais et parfaitement prêt à être en elle. Peut-être dans ses profondeurs intimes, peut-être dans sa bouche, peut-être même entre ses seins. Elle geignit doucement et laissa sa main glisser entre ses jambes.

Juste une dernière fois.

Une dernière fois, et elle ne s'autoriserait plus jamais à se faire jouir en pensant à lui.

C'était tellement, *tellement*, mal, mais elle s'en fichait. En cet instant, ça n'avait pas d'importance.

Une de ses mains vint prendre un sein en coupe tandis que l'autre se faufilait entre ses cuisses. Decker l'avait fait monter en température si vite que même après avoir parlé avec lui pendant vingt minutes de quelque chose qui n'avait rien à voir avec ses désirs, elle sentait toujours sa présence. Elle sentait encore son odeur sur elle et sa barbe piquante dans son cou.

Seigneur, et s'il avait fait passer sa barbe sur la soie de ses cuisses tandis qu'il lui faisait un cunni, qu'il la léchait partout et jouait avec son clitoris ? Elle ne pouvait qu'imaginer cette autre tension, cet autre plaisir.

Elle fit rouler son téton entre ses doigts, le tordit et tira dessus pour ressentir cette légère douleur qu'elle avait toujours aimée pendant qu'elle se faisait jouir. Aucun homme n'avait jamais trouvé cet équilibre pour elle, mais elle avait la sensation que Decker l'aurait trouvé rapidement.

Elle souleva ses hanches de façon à ce que l'eau chaude coule entre ses doigts et sur son sexe. Le gémissement qui lui échappa se fit plus fort alors qu'elle imaginait la verge épaisse de Decker glissant entre ses jambes pour la pénétrer d'un seul coup de reins. Elle fit aller et venir ses doigts en elle, mimant ce qu'elle aurait voulu que Decker lui fasse. Il aurait imprimé son rythme, et elle l'aurait laissé faire. Seigneur, ce qu'elle avait envie de renoncer à son self-control pour simplement *ressentir*.

Elle imagina Decker parcourir son cou de ses lèvres et venir mordre son téton. Avec force. D'un mouvement du poignet, elle mit davantage de pression sur son clitoris et jouit. Ses jambes se mirent à trembler, et elle se laissa lentement glisser le long du mur carrelé jusqu'à ce qu'elle soit assise par terre, l'eau continuant à couler sur elle. Seigneur, ce qu'elle avait envie de lui. Elle voulait plus que ce qu'elle avait de lui actuellement.

Mais elle ne l'aurait jamais, et il faudrait qu'elle apprenne à accepter cela. On n'obtenait jamais tout ce qu'on désirait, et Miranda devait rester positive.

Même si ça faisait mal et qu'elle l'aimerait toujours, se languir d'un homme qui ne lui rendrait jamais ses sentiments ne ferait qu'empirer les choses.

Elle se releva et lava rapidement ses cheveux et son corps en essayant de garder Decker hors de ses pensées. Elle avait fait ce qu'elle avait décidé et lui avait proposé de sortir avec elle. Ça n'avait pas marché et, avec un peu de chance, elle n'avait pas gâché ce qui existait déjà entre eux. Vouloir garder ce qu'elle avait, même si elle n'en effleurait que la surface, ne faisait pas d'elle une personne capricieuse. Elle protégeait seulement son cœur et les liens qu'elle avait construits.

Maintenant, elle comptait passer à la prochaine étape de son plan et s'assurer qu'elle était heureuse avant de trouver quelqu'un d'autre. Elle ne comptait pas passer sa vie toute seule, et elle n'avait pas envie que toute son existence tourne autour d'un homme. Mais trouver un équilibre aurait été sympa.

Simplement, ça ne se ferait pas avec Decker Kendrick.

Et elle allait devoir l'accepter.

Un jour.

— Tu as l'air d'avoir la situation en main.

Miranda regarda par-dessus son épaule et sourit à Jack. Cela faisait deux semaines qu'elle s'était rendue vulnérable auprès de Decker, et le monde n'avait pas arrêté de tourner.

Quatorze jours pendant lesquels elle avait grandi et s'était montrée adulte.

Ça allait bien se passer.

Ça se passait *très bien*.

— J'espère, oui, répondit-elle en fermant les dossiers qu'elle emportait à la maison.

La cloche de fin avait retenti une vingtaine de minutes auparavant et elle avait hâte d'être en week-end. Peut-être encore plus que ses élèves.

Le semestre avait démarré pour de bon et les premiers examens auraient lieu la semaine suivante. Elle espérait que ses élèves étaient prêts, mais elle ne pouvait pas faire grand-chose de plus. À un moment donné, il fallait qu'ils apprennent à travailler par eux-mêmes avec leurs parents, et qu'ils montrent à Miranda ce dont ils étaient capables.

Seigneur, est-ce que c'était aussi stressant quand *elle* était élève ?

— On dirait que ça ne te ferait pas de mal de sortir prendre un verre. Tu veux dîner avec moi, ce soir ?

Elle cligna des yeux en le regardant, surprise qu'il repose la question. Il ne lui en avait pas reparlé depuis cet après-midi sur le parking, alors elle pensait qu'il avait laissé tomber ou qu'il lui avait simplement proposé une sortie entre collègues. L'espace d'un instant, elle pensa lui dire non poliment avant de passer à autre chose, mais pour une raison qu'elle ignorait, elle n'était pas tout à fait prête à faire cela.

Il fallait qu'elle oublie Decker, et sortir avec quelqu'un serait une façon de le faire. Et puis Jack n'était pas désagréable à regarder ; en fait, il était même plutôt canon. Elle aurait pu tomber sur pire. Le lycée n'aurait pas de souci avec ça, à moins qu'elle-même en fasse un problème. Elle avait jeté un coup d'œil au règlement, au cas où le simple fait de lui demander de sortir avec elle dépasse déjà les bornes, mais ce n'était pas le cas.

Elle avait fait l'effort de se renseigner donc elle sut qu'il fallait qu'elle essaie.

— Tu sais quoi ? C'est une très bonne idée. Tu voudrais aller où ?

Son visage s'inonda de satisfaction et il eut un grand sourire. Il avait un beau sourire. Pas aussi beau ou dangereux que celui de Decker, mais...

Non. Assez. Elle devait arrêter de comparer l'homme qui se trouvait devant elle et voulait sortir avec elle avec un homme qui resterait son ami sans jamais devenir plus.

— On peut aller à ce piano-bar que je connais à côté de chez moi. Ils ont de la super bouffe, des boissons encore meilleures et des animations géniales.

Elle n'était jamais allée dans un piano-bar, mais il y avait une première fois à tout.

— Ça me va. Vers quelle heure ?

Jack prit son sac sur le bureau et l'enfila en bandoulière. Elle soupira intérieurement, mais garda son sourire avant de le lui reprendre. Elle était parfaitement capable de porter ses affaires. Jack haussa un sourcil, mais la laissa récupérer son sac.

— Dix-neuf heures, si ça te va ? Je peux passer te chercher ?

Elle secoua la tête.

— Je te retrouverai là-bas à dix-neuf heures, tu n'as qu'à me donner le nom ou l'adresse.

Hors de question qu'elle donne son adresse à un homme lors d'un premier rendez-vous. Elle était plus maligne que ça.

Quelque chose passa sur son visage avant qu'il sourie à nouveau et lui donne le nom du bar.

— À dix-neuf heures, alors, Miranda. J'ai hâte de te voir dans une robe.

Apparemment, il avait envie qu'elle porte une robe, ce soir-là. Bon, ça tombait bien, car elle avait prévu de le faire, mais mine de rien, ça l'agaçait un peu qu'il parte du principe qu'il obtiendrait ce qu'il voulait. C'était comme le coup du sac sur le parking. Des petites choses comme autant de signaux d'alarme. Peut-être qu'il fallait qu'elle mette son instinct de côté. C'était sûrement à cause de Decker qu'elle interprétait les choses ainsi. Elle cherchait la petite bête et n'aurait pas dû gâcher les choses avant d'avoir eu l'occasion de voir ce que ça pouvait donner.

— À ce soir, alors.

Il l'accompagna jusqu'à sa voiture et l'effleura légèrement en marchant. Elle se mit un peu de côté pour accroître la distance entre eux sans qu'ils aient l'air d'idiots. Même s'ils sortent ensemble, ce n'était pas une bonne idée de le crier sur les toits.

— Sept frères et sœurs ? C'est dingue.

Miranda leva les yeux au ciel et prit une gorgée du verre de vin qu'elle s'accordait pour la soirée. La réaction de Jack à la taille de sa famille ne la surprenait pas. De nos jours, avoir autant de frères et sœurs était plus ou moins une bizarrerie. Elle le savait, tout comme le reste de sa famille, mais elle n'aurait voulu changer ça pour rien au monde. Elle aimait la façon dont ils avaient grandi ensemble, tous les huit. Elle aimait le bruit, les liens constants, et les soucis inhérents au fait d'avoir autant de gens à gérer.

Elle avait grandi avec deux parents et sept frères et sœurs plus âgés qui semblaient être au courant de tout ce qu'elle faisait. Parfois, cela l'agaçait profondément parce qu'elle n'avait jamais pu faire le mur et aller à des fêtes comme certaines des filles de sa classe, mais elle s'était rattrapée à la fac. Entre sa famille proche, ses nombreux cousins et Decker, elle avait toujours quelqu'un avec qui passer du temps, si bien qu'elle n'avait jamais été seule. Peu de monde pouvait en dire autant, en dehors de sa famille.

Et ce serait la dernière fois qu'elle penserait à Decker ce soir, bon sang.

— C'était bruyant, il se passait toujours plein de choses, c'est comme ça que j'ai grandi et j'ai adoré ça, finit-elle par répondre.

Elle joua avec le pied de son verre à vin.

— Je ne sais pas ce que c'est que de ne *pas* avoir une grande famille. Je suis la petite dernière, alors j'ai toujours eu tous ces frères et sœurs. Les autres ont eu du temps avec moins de monde jusqu'à ce que nous soyons au complet.

Jack secoua la tête. Le sourire sur son visage ne la faisait pas trembler de désir, mais il était agréable à regarder.

Agréable ?

Seigneur, il allait falloir qu'elle fasse plus d'efforts.

— Je n'arrive pas à croire que ton frère aîné a, quoi, quinze ans de plus que toi ? Il s'appelle Austin, c'est ça ?

Elle sourit en pensant à ce grand frère qui n'avait jamais été un parent pour elle, comme c'était le cas dans certaines grandes familles. Ses parents avaient trouvé un moyen de faire fonctionner leur différence d'âge sans que les plus âgés n'aient jamais à élever les plus jeunes.

— Oui, il s'appelle Austin. Et maintenant, la différence d'âge ne semble plus si importante.

Enfin, les plus vieux continuaient un peu à la traiter comme un bébé, mais ça commençait à passer. Plus ou moins.

— Je n'ai jamais eu l'expérience d'une si grande famille. Est-ce que tu as des nièces et neveux ?

Il semblait réellement intéressé, il ne parlait pas simplement pour faire passer le temps, alors elle sourit.

— Oui, j'ai deux neveux et une nièce.

Jack écarquilla les yeux.

— Si peu, alors que vous êtes si nombreux ?

Miranda haussa les épaules. Elle n'allait pas lui raconter toute l'histoire du bébé caché qui était arrivée à Austin, ou le fait qu'Alex n'avait pas d'enfants avec sa femme, même si, d'après elle, il en avait toujours voulu. Certaines choses ne se partageaient avec n'importe qui, et Jack ne faisait pas encore assez partie de sa vie pour cela.

La plupart d'entre nous ne sommes pas casés. Je crois qu'on est à ce stade où d'autres mariages et bébés arriveront bientôt. En tout cas, c'est ce que j'aime à me dire.

Jack lui fit un clin d'œil et Miranda rougit, mortifiée.

— Je veux dire, pour les autres. Seigneur ! Désolée. Ce n'était pas du tout comme ça que je voulais le dire. Je n'étais pas en train de dire que je cherchais à me marier rapidement ou un truc du genre. Mince ! Oh, achève-moi tout de suite.

Jack renversa la tête en arrière et éclata de rire.

— Pas de soucis. J'avais compris ce que tu voulais dire.

Il haussa un sourcil.

— Du moins, c'est ce que j'aime à me dire.

Miranda prit une gorgée d'eau, appréciant le fait qu'il n'ait pas paniqué. Elle ne voulait peut-être pas dire les choses ainsi, mais elle avait *envie* de se marier et d'avoir des enfants. Un jour.

— Donc, je sais que tu es prof et que certains de tes frères travaillent dans le bâtiment. Et les autres ? Austin, il fait quoi ? demanda Jack alors que la serveuse leur amenait les hors-d'œuvre.

Ils commencèrent à grignoter les calamars pendant que l'homme au piano jouait un peu de Billy Joel, évidemment.

— Austin et Maya possèdent un studio de tatouage. Montgomery Ink ? C'est sur 16th Street Mall. Sierra, la fiancée d'Austin, possède Eden, la boutique d'en face. C'est comme ça qu'ils se sont rencontrés.

Jack inclina la tête, son visage déformé par une moue.

— Un studio de tatouage ? C'est... intéressant.

Miranda fit de son mieux pour ne pas se départir de son sourire. Seigneur, elle détestait quand les gens jugeaient sans rien connaître du milieu du tatouage. La plupart des gens pensaient qu'avoir un tatouage ou être tatoueur signifiait être une espèce de criminel, dégénéré et idiot. Bien sûr, dans le monde de l'art et au sein de la dernière génération, sa génération, les gens avaient plus de tatouages et ça commençait à être plus accepté, mais les artistes-tatoueurs, eux, portaient toujours ce stigma.

Peut-être que Jack serait différent.

Peut-être.

— Oui. C'est effectivement intéressant. Austin et Maya sont deux des artistes les plus recherchés dans l'ouest, en dehors de Los Angeles. D'ailleurs, ils arrivent même que des gens de Los Angeles viennent se faire tatouer par l'un d'eux.

Ils ont monté leur studio à partir de rien et, maintenant, ils ont six artistes à plein temps, et des gens qui viennent pour faire des remplacements quand ils sont en congé.

Jack hocha la tête et la moue disparut de son visage. Il ne souriait pas, mais il n'avait pas l'air de les juger non plus. C'était déjà ça, supposait Miranda.

Elle savait aussi quelle serait la question suivante.

— Et alors, tu as des tatouages, toi ?

Et voilà. Une question prévisible, mais qui ne la dérangeait pas. Son tatouage avait beau être caché à cause de son travail et de la façon dont les gens pourraient y réagir, jamais elle n'aurait laissé quelqu'un marquer sa peau avec de l'encre si elle n'en avait pas été fière.

Il fallait qu'elle se rappelle, tout de même, que c'était un rancard, pas une enquête. Jack était curieux, et elle se tendait facilement quand elle sentait qu'on jugeait sa famille. Elle était une Montgomery et elle l'assumait.

Au lieu de se sentir agacée par ses questions, elle les laissa glisser sur elle. Du moins, elle essaya. Elle pencha la tête de côté, sourit et repoussa les cheveux de son épaule. Les pupilles de Jack se dilatèrent tandis que son regard suivait la longue ligne de son cou pour descendre sur la peau nue de son épaule.

Eh bien, elle savait toujours y faire.

— C'est possible. Mais ce n'est généralement pas quelque chose que je dévoile lors d'un premier rendez-vous, dit-elle en flirtant un peu.

Jack sourit et tendit la main à travers la table pour prendre la sienne. Elle retourna tranquillement sa main pour qu'il puisse jouer avec sa paume.

— Ça me plaît. Je n'ai jamais vu les tatouages comme

quelque chose de sexy, mais... eh bien, c'est un premier rendez-vous, après tout.

Il fit signe à la serveuse et, comme si elle répondait à un ordre secret, elle hocha la tête.

— Viens danser, l'invita-t-il en reportant son attention vers elle.

— Mais notre repas ? demanda-t-elle, surprise par le tour que prenaient les événements.

— Quand nous sommes arrivés, je lui ai demandé de mettre notre commande de côté au cas où on voudrait danser. Elle va la faire préparer maintenant, alors on peut danser pendant une chanson ou deux. Notre repas sera prêt quand on s'arrêtera.

Ouah. Il avait tout prévu. Et pourtant, ça semblait un peu... forcé. Non, ce n'était pas le mot, mais il donnait l'impression d'avoir déjà fait ça avant.

Sois réaliste, Miranda. Ce n'était pas comme si elle n'avait jamais eu de rendez-vous avec quiconque. Fichtre, elle ne savait pas pourquoi elle réagissait ainsi. Enfin si, elle savait, mais elle n'avait pas envie de formuler cette pensée.

Jack se leva, une main toujours sur la sienne, et elle le suivit. Il les mena jusqu'à la piste de danse et posa son autre main au creux de ses reins quand ils furent au centre.

— Tu es superbe, ce soir.

Il dansait bien, pas comme quelqu'un qui avait pris des cours, mais comme si ça lui venait naturellement. Jack semblait ce genre de personne à qui beaucoup de choses venaient naturellement. Et voilà qu'elle recommençait à le juger parce qu'elle avait le bourdon.

— Merci, répondit-elle. Tu n'es pas trop mal non plus.

Il l'attira plus près, de façon à ce que leurs corps soient

collés l'un à l'autre. Elle percevait son érection contre son ventre, mais ça ne l'excitait pas. Elle recula légèrement pour ne pas se sentir aussi coincée. Elle avait eu des années pour apprendre à ressentir cette étincelle avec celui-dont-on-ne-devait-pas-prononcer-le-nom, alors le fait qu'elle ne ressente pas exactement la même chose avec l'homme dans ses bras n'était pas la faute de Jack. Uniquement une affaire de mauvais timing.

Mais elle ne voulait pas laisser tomber. Ce n'était pas une corvée de danser avec Jack, de dîner avec lui ou de profiter de sa présence. Le fait qu'il n'y ait pas d'étincelle pour le moment ne voulait pas dire qu'il n'y en aurait jamais. Son attirance pour lui se construirait peut-être lentement.

Il la fit tournoyer avec aisance sur la piste et la fit rire en dansant une petite gigue, comme s'il devinait qu'elle avait besoin de sourire davantage. Leur repas fut servi après quelques danses et ils revinrent à leur table. Ils parlèrent du travail, parce qu'ils avaient cela en commun et que c'était sincèrement une de ses passions, puis ils revinrent à sa famille. Ils ne s'appesantirent pas trop sur sa vie à lui. Il était fils unique et avait perdu ses deux parents des années auparavant. Le cœur de Miranda se serra à la pensée de ce deuil, et elle prit sa main dans la sienne, même s'il sembla avoir envie de la retirer. Elle ne savait pas ce qu'elle ferait si elle perdait sa famille.

Elle déglutit avec difficulté devant ce rappel violent de ce que son père traversait. Elle n'en avait pas parlé à Jack et elle ne comptait pas le faire. Pas lors d'un premier rendez-vous. Cela restait profondément personnel, et comme il ne connaissait pas sa famille ni son père, elle n'était pas sûre qu'il comprenne la douleur, ce coup de poignard en plein cœur à l'idée de ce qui se passait.

Elle détestait ne pas savoir, que les choses ne soient pas sous son contrôle. C'était pour ça qu'elle faisait des listes et des plannings pour les choses qu'elle *pouvait* contrôler. Ou au moins qu'elle *pensait* pouvoir contrôler.

Sortir avec des hommes était l'une des choses sur sa liste. Avec un peu de chance, ça ne partirait pas à vau-l'eau.

APRÈS LE DESSERT, Jack la raccompagna à sa voiture. À la différence de l'autre fois, au lycée, elle avait plutôt hâte de voir ce qui suivrait. Elle aimait embrasser. Elle aimait le sexe.

Quand ils arrivèrent à sa voiture, elle se tourna pour lui faire face. Avec ses talons, elle ne faisait que quelques centimètres de moins que lui, donc la distance était parfaitement gérable pour se souhaiter bonne nuit avec un baiser. Même si elle n'avait pas ressenti les étincelles dont elle se languissait, elle avait passé une bonne soirée. C'était déjà ça.

Jack se tenait devant elle, les mains sur ses bras. Elle sourit et il baissa la tête. Elle leva le menton et ses lèvres effleurèrent les siennes avant qu'elle le laisse approfondir le baiser.

Il n'était pas mauvais, loin de là. Seulement, il n'était pas... Decker. Ou peut-être qu'elle réfléchissait trop et qu'elle aurait simplement dû profiter de l'instant.

Elle se retira et lui fit un petit sourire. Il n'avait pas l'air déçu, mais elle était incapable de refréner cette émotion de son côté. C'était correct. Bien. Pas génial. Mais bien.

— Eh bien, je suppose qu'on se voit lundi, dit-elle d'une voix agréable en se forçant à ne pas remonter trop vite dans sa voiture.

C'était un mec bien, seulement il ne faisait pas grimper ses hormones au plafond. Le fait qu'elle ait envie de s'enfuir et de se mettre en jogging avec un bac de crème glacée ne faisait pas de lui quelqu'un de mauvais.

— J'aimerais sortir avec toi un autre soir, Miranda.

Elle retint un soupir. Elle n'avait pas de raison de dire non, elle-même si elle ne souhaitait pas lui sauter dessus comme une fille affamée.

Ce n'était pas de sa faute à lui.

Après tout, elle voulait oublier Decker.

— Super.

— J'ai des copies à corriger et d'autres choses à faire, ce week-end, alors peut-être le week-end prochain ? demanda Jack avec son grand sourire.

— On n'a qu'à voir ça une fois qu'on saura quelle est notre charge de travail. Ça te va ?

Miranda, tu es chiante.

Jack fit courir son doigt sur sa mâchoire. Rien. Pas de picotement. Pas d'étincelle. Peut-être qu'avec plus de temps...

— Ça marche. À lundi, Miranda.

Il l'embrassa à nouveau, et elle soupira quand il se retira. Le regard de Jack se réchauffa devant ce soupir, et elle n'eut pas le cœur de lui dire que ce n'était pas de la passion.

Jack n'était certes pas Decker, mais cela ne signifiait pas qu'il ne pouvait pas lui convenir.

Elle devait s'en souvenir. Et oublier un certain barbu grognon et tatoué.

Plus facile à dire qu'à faire.

CHAPITRE SIX

— IL S'APPELLE Gunner et il a trois ans.

Decker regarda la cage, les mains dans les poches.

— C'est quoi comme race ?

Il n'aurait pas su le dire, avec ces grandes oreilles, ces taches brunes et noires et ces pattes trop grandes pour son corps. Vu que le chien avait trois ans, sa croissance était terminée. Apparemment, il n'avait jamais rattrapé la taille de ses pattes.

— Un mélange avec du berger dedans, a priori. Ce n'est pas facile à dire pour certains croisements, mais il est propre. Il aime bien mâchouiller, par contre, alors il faudra lui acheter des os à mâcher et peut-être cacher vos chaussures au début, le temps qu'il s'habitue à vous.

Parfait. Un chien qui ne faisait pas pipi à l'intérieur, mais qui aimait bouffer tout ce qui se trouvait sur son passage. Hum, ça lui rappelait quelqu'un.

Franchement, ce corniaud avait une gueule que seul un Montgomery aurait pu aimer.

Decker le voulait.

Rien n'était comparable au fait d'être un vagabond et de devoir mendier pour des miettes. Il ne serait plus jamais ce petit garçon et ferait tout son possible pour ce que ce chien ne soit plus jamais dans cette position non plus.

— Je le prends, grogna Decker avant de s'agenouiller devant la cage.

Gunner posa les pattes sur le métal qui les séparait et aboya. Il tira la langue et se mit à haleter. C'était comme si le chien souriait.

Un éclair de douleur parcourut Decker au souvenir de Sparky faisant la même chose, mais il le repoussa. Il n'y avait rien qu'il puisse faire pour le chien qu'il avait perdu, mais il comptait bien s'occuper de celui qui se trouvait devant lui. Il ne laisserait pas son père le toucher. Maintenant, Decker était plus grand, ses poings s'étaient épaissis. Il protégerait ce qui était sien comme il le faisait depuis qu'il en était capable.

Sur cette pensée plaisante, il se redressa et posa la main sur la porte de la cage.

— Allons-nous occuper de la paperasse, qu'on puisse faire sortir Gunner de sa cage.

La fille du refuge lui sourit, ainsi qu'à Gunner.

— Je pense que vous êtes bien assortis.

Elle battit des cils en le regardant et il retint un reniflement. *Désolé, ma belle, tu es encore plus jeune que Miranda. Non merci.*

Il fallait qu'il arrête de penser à Miranda.

— Les papiers ? grogna-t-il à nouveau.

Le sourire de la fille s'évanouit, mais elle traversa néanmoins la pièce d'une démarche guillerette. Elle était semblable à certains des jeunes chiens à qui elle essayait de trouver une maison. Elle croquait la vie à pleines dents, sans soucis. Enfin, tant mieux, si ça permettait à Decker de ressortir d'ici au plus vite. Le bruit des aboiements et des causes perdues commençait à le rendre irritable. Il ne pouvait ramener qu'un seul animal avec lui, mais s'il restait ici plus longtemps, il risquait de changer d'avis.

S'il avait amené Miranda, elle aurait probablement voulu tous les adopter, ou en offrir un ou deux à chacun de ses frères et sœurs. Elle était toujours comme ça, à essayer de sauver tout et n'importe quoi quand elle était petite. Elle avait essayé de le sauver en étant simplement elle-même, il le savait.

Bon, il fallait qu'il arrête avec Miranda.

Il remplit la paperasse, paya les frais qui permettaient au refuge de fonctionner et se retrouva avec Gunner au bout d'une laisse une demi-heure plus tard. Venir ici chercher un chien ne s'était pas fait sur un coup de tête, vu qu'il avait un peu aménagé sa maison pour cela. Mais il avait eu cela en tête depuis bien plus que quelques jours. Depuis qu'il avait viré Miranda de chez lui après lui avoir balancé tout ce qu'il avait sur le cœur et l'avoir embrassée de force, il était de sale humeur. Ce chien l'aiderait peut-être.

Peut-être que mettre les actes de son père derrière lui, ou du moins essayer, l'aiderait sur le long terme. Qui aurait pu le dire ? En tout cas, maintenant, il avait un chien sous sa responsabilité.

Il installa Gunner sur le siège passager et ferma la porte pour passer du côté conducteur. Gunner se tenait parfaitement immobile, comme s'il ne savait pas ce qui se passait, ou peut-être qu'il n'arrivait pas à croire qu'il lui arrivait quelque chose de bien. Decker était passé par là.

Il devait arrêter de se voir lui-même dans ce chien. Ça n'allait pas aider son humeur exécrable.

Avant de démarrer la voiture, il regarda Gunner qui lui rendit son regard, ses grands yeux remplis… d'espoir ? Il n'aurait su le dire, mais au moins ça ne ressemblait pas à de la peur. Il ne savait pas s'il aurait pu gérer le fait qu'un chien ait peur de lui en ce moment, alors qu'il avait fait de son mieux pour foutre la trouille à Miranda.

— Eh bien… tu vas venir vivre chez moi.

Le chien ne bougea pas.

— Ça fait longtemps que je n'ai pas eu de chien. En fait, je n'avais rien ni personne de qui prendre soin à part moi-même, alors il va falloir qu'on apprenne ensemble.

Gunner inclina la tête comme s'il évaluait Decker.

Bizarre.

— Je te donnerai à manger, à boire et un endroit où courir. Je ne vais pas te garder à l'intérieur toute la journée. En fait, si tu te tiens bien, je pense que tu pourras venir sur les chantiers avec moi. Ça ferait marrer Wes et Storm.

Il sourit en imaginant Wes essayer d'organiser la vie d'un chien tout en organisant la sienne. Oui, ça vaudrait le coup.

— Maintenant, tout ce que je demande en échange, c'est que tu ne pisses pas dans ma maison et que tu ne mâchouilles pas mes affaires. Je sais que tu vas en avoir envie alors on va trouver quelque chose pour remplacer, mais essaie d'être sage. D'accord ?

Gunner abaissa la tête avant de la relever.

Ce ne pouvait sérieusement pas être un hochement de tête, mais Decker allait faire comme si. Ce satané chien sourit à nouveau et il faillit lui sourire en retour.

Jusqu'à ce qu'il sente l'odeur.

— Seigneur Jésus. Est-ce que tu essaies de me virer de ma bagnole en pétant ?

Il toussa et ouvrit les fenêtres.

— Bordel. Ça pue, Gunner. À quoi tu pensais ?

Gunner passa la tête par la fenêtre et poussa un petit soupir.

Génial. Une famille parfaite. Decker démarra et prit le chemin de la maison, les yeux humides.

— Je ne sais pas ce que tu as bouffé pour que ça pue comme ça, mais on va trouver autre chose à la maison, parce que bon sang...

Gunner regarda par-dessus son épaule, aboya, et puis se remit à essayer de respirer de l'air ou d'attraper des moucherons par la fenêtre. Bon, le chien avait l'air heureux, c'était déjà ça. Quand Decker se gara dans son allée, quelqu'un était déjà là.

Il coupa le moteur et ouvrit la porte.

— Tu as une clé, crétin. Qu'est-ce que tu fous là, assis dans ta voiture ?

Griffin regarda à travers la fenêtre ouverte du côté passager.

— Hein ? Je ne m'étais pas rendu compte que j'étais resté ici aussi longtemps. J'ai enfin trouvé comment améliorer ce chapitre et il fallait que je l'écrive. Alors je l'ai fait dans ma voiture.

Decker leva les yeux au ciel. Certaines choses ne changeaient jamais.

— Au moins, tu n'étais pas en train de conduire.

— Eh, je ne suis pas idiot.

Decker ne broncha pas. Grif soupira.

— Bon, d'accord. C'est arrivé une fois et comme tu étais en

voiture avec moi, tu m'as défoncé. Ça fait longtemps que je n'ai pas mis quelqu'un d'autre en danger en rêvassant, merci. Et s'il l'avait fallu, cette fois-ci, je me serais garé.

Grif fronça les sourcils.

— Mec. Tu sais que tu as un chien moche dans ta bagnole, hein ?

Decker sourit et jeta un coup d'œil à Gunner par-dessus son épaule. Son nouveau chien n'était pas descendu de voiture, même s'il avait laissé la porte ouverte. Tant mieux. Il avait de la chance que Gunner ne se soit pas enfui puisqu'il lui en avait laissé la possibilité. La prochaine fois, il serait moins con.

— Eh, Gunner. Tu peux sortir maintenant. Viens me voir.

Il tendit la main et Gunner sauta de voiture avec bonne volonté. Decke prit le bout de la laisse qu'il avait laissée attachée et se retourna vers un Grif fort surpris.

— C'est bien. Grif, je te présente Gunner. Je viens de le prendre à un refuge. Gunner, je te présente Grif. C'est un idiot, mais il est gentil.

Grif lui fit un doigt d'honneur avant de descendre de sa voiture.

— Bon sang, Decker. Je ne savais pas que tu voulais un chien. Cool.

Il fit le tour de sa voiture et tendit la main. Gunner regarda Decker et celui-ci hocha la tête. Le chien alla voir Grif et le renifla avant de l'autoriser à le caresser.

— Eh, il a l'air bien dressé. Bien joué.

Decker haussa les épaules.

— J'ai eu de la chance, je crois. Je l'ai vu dans une cage et je me suis dit que c'était le bon.

— Eh bien, il est trop moche pour que quelqu'un d'autre veuille le prendre pour son gosse, déclara Griffin avec un grand sourire. Je pense que vous êtes parfaitement assortis avec vos sales gueules tous les deux.

— Tu peux me sucer, lança Decker en lui faisant un doigt d'honneur.

— Plus tard, mon cœur. Il faut que tu prennes une douche d'abord.

Decker renifla.

— Seigneur. Ne me mets pas d'images pareilles dans la tête. Putain. Maintenant je vais devoir aller me doucher pour me purifier de tes idées dégueu.

Ce n'était pas le fait que ce soit un mec qui le dégoûtait, plutôt l'aspect incestueux.

— Je fais ce que je peux. Tu as des bières ?

— Bien sûr. J'ai dû refaire les stocks après ta dernière visite ici.

Il passa une main sur la tête de Gunner.

— Allez, mon grand. Je vais te montrer ta nouvelle maison.

Decker donna un petit coup dans le bras de Grif et il ouvrit la porte.

— Tu peux entrer, Gunner.

Il regarda par-dessus son épaule.

— Tu peux aller chercher le sac avec ses affaires et sa bouffe que j'ai laissé à l'arrière de la bagnole ?

— Ça dépend la taille du sac, dit Griffin en se passant la main sur les bras.

Il n'était pas aussi costaud que ses frères, mais il allait à la gym comme les autres. Passer des heures assis à écrire chaque jour ne semblait pas faire de mal à sa silhouette.

— Tu n'as qu'à faire deux voyages. Laisse-moi faire le tour du propriétaire pour mon chien. Je te sortirai une bière.

Grif grommela et s'éloigna. Il aurait eu une bière de toute

façon, mais comme ça, Decker pouvait observer le comportement de Gunner. Le chien parcourut la maison en reniflant et en se frottant contre tout ce qu'il pouvait trouver. Decker le suivit, rattrapa une lampe avant qu'elle ne tombe, parce que Gunner remuait la queue comme si sa vie en dépendait.

Il entendit Grif souffler derrière puis entrer dans la cuisine avec un paquet de dix kilos de croquettes sur une épaule et le sac qui contenait les gamelles, les jouets et le reste dans sa main libre. Decker sortit deux bières du frigo et s'appuya au plan de travail. Il avait déjà installé un panier pour chien dans la cuisine, car il ne prenait généralement pas de décisions impulsives. Il savait qu'il prendrait un chien aujourd'hui. Même s'il ne savait pas quel chien ce serait.

Gunner renifla autour du panier avant de s'y installer.

Ça semblait lui convenir.

— Donne-moi ça.

Griffin prit une des bouteilles des mains de Decker et l'ouvrit avant d'en prendre une gorgée.

— Bon sang, ça fait du bien.

Decker haussa un sourcil et prit une gorgée de sa propre cannette.

— Il est à peine quatre heures de l'après-midi. Pourquoi est-ce que tu avais besoin d'une bière ?

Griffin leva les yeux au ciel.

— C'est de la bière, tiens. Et puis, cette scène m'a achevé. J'ai mis quatre jours à venir à bout de ce chapitre, alors que d'habitude, il me faut peut-être une journée. Je déteste quand il faut que j'extirpe les mots un à un comme si j'arrachais des dents.

Decker fit courir sa langue sur les siennes et grimaça.

— Ce n'est pas le genre d'images dont j'ai envie. Content

que tu t'en sois sorti. Bon, c'est pas que ça me dérange que tu sois là, mais il y a une raison pour laquelle tu montais la garde devant chez moi ?

Decker posa sa bière et commença à sortir les affaires du sac. Il remplit une gamelle d'eau et la posa à côté de Gunner qui y lapa avec bonheur et éclaboussa copieusement tout autour de lui. Enfin, au moins, il avait mis un parquet en bois dur avec de multiples couches de vernis. C'était déjà ça.

— Quoi ? Ah, oui. C'est le bordel chez moi.

Decker haussa un sourcil.

— Sans déc' ? J'étais déjà au courant.

— Oui, bon, ça a toujours été le bordel et à moins que je ne change quelque chose, ça va *rester* le bordel. Je ne peux pas m'en empêcher. Quand j'ai une deadline, tout ce qui est ménage et courses passe au second plan. Si Meghan ne passait pas de temps en temps pour s'assurer que je me nourrisse, je suis sûr que je finirais par mourir d'inanition.

Decker renifla et but un peu de sa bière.

— Tu es un sale gosse pourri gâté. Meghan a deux gamins et un mari qui est un gros connard, et elle prend quand même du temps de s'occuper de toi. Tu es vraiment gâté.

Griffin retroussa les lèvres.

— Je sais que j'ai de la chance. Maya et Miranda alternent aussi pour voir comment je vais. En fait, je pense que les autres font ça aussi, mais ils se retrouvent à manger ma bouffe au lieu de me nourrir. Austin a abandonné l'idée de prendre soin de moi depuis longtemps. Enfin, ce n'est pas comme si je lui avais jamais demandé de le faire, à la base.

Decker fit de son mieux pour ignorer la mention de Miranda.

— Et il a bien raison. Tu as vingt-neuf ans, Grif. Il est temps que tu grandisses.

Griffin leva les mains vers le ciel.

— Je sais. J'ai un boulot qui a tendance à me faire bouillir la cervelle. Je le sais. C'est pour ça que j'ai besoin d'aide.

Decker prit une balle dans le sac sur le plan de travail et marcha jusqu'à la porte de derrière pour que Gunner comprenne où il pouvait faire ses besoins et courir. Le chien le suivit en s'appuyant contre sa jambe autant que possible. Ils eurent de la chance que Decker ne trébuche pas et ne les fasse pas tomber tous les deux.

— Je ne vais pas devenir ta bonniche, Grif, alors tu peux abandonner cette idée tout de suite.

— Mais tu serais tellement sexy dans un costume de soubrette.

— Va te faire...

Decker jeta la balle à l'autre bout du jardin, de son côté de la clôture.

— Va la chercher, Gunner, et ramène-la-moi.

Le chien le regarda avec ce fameux sourire, la langue pendante, et partit comme un bolide à l'autre bout du terrain, en s'emmêlant les pattes quelques fois au passage.

Sacré clébard.

— Je n'ai pas besoin d'une femme de ménage. J'ai besoin... d'organisation.

— D'organisation, répéta Decker.

Gunner revint en courant avec la balle et déposa le jouet couvert de bave aux pieds de Decker.

— C'est bien, mon chien.

Il la ramassa et la jeta à nouveau, sans se soucier de la bave. Gunner courut derrière.

— Oui, d'organisation. J'ai beaucoup de livres.

C'était un euphémisme, mais Decker avait la sensation que Griffin le savait.

— C'est vrai.

— Il me faut des étagères.

Gunner laissa la balle au milieu du jardin pour se mettre à courir derrière sa propre queue. Eh bien, il faut de tout pour faire un monde !

— Des étagères.

— Oui. Des étagères. Et arrête de répéter tout ce que je dis.

— Désolé. Mais comment des étagères sont censées garder ta maison propre, au juste ?

— Ça serait déjà ça.

Decker hocha la tête. Ce n'était pas faux. Ça ne changerait pas grand-chose, mais ce serait un début.

— Tu veux que je te construise des étagères pour t'aider à garder ta maison propre ?

— Oui. J'ai besoin d'aide.

— Ça, ça va sans dire, répliqua Decker avec un grand sourire.

— Tu peux me sucer.

— Tu n'es pas mon genre, répondit-il d'une voix plaisante en faisant de son mieux pour ne pas laisser ses pensées s'égarer du côté de la personne qui était son genre. Et d'accord, je te construirai des étagères. Tu me dis ce que tu veux et je m'en charge. Pourquoi tu n'as pas demandé à Wes ou Storm ?

Griffin haussa les épaules.

— Je l'aurais fait, mais c'est à toi que j'ai pensé en premier. Et puisqu'il paraît que je n'ai plus le droit d'utiliser de scie, je ne peux pas le faire moi-même.

— Il y a une bonne raison à cela, fit remarquer Decker.

— J'ai toujours mes dix doigts, rétorqua Griffin.

— Ce n'est pas franchement l'argument le plus convaincant pour t'autoriser à utiliser une scie, Grif. Viens dans mon atelier, je vais noter quelques idées pour toi. Gunner ! Rentre, mon chien.

Gunner se roula dans la boue encore quelques secondes avant de foncer à l'intérieur. Il laissa des empreintes sales partout sur son sillage.

— Cool, s'amusa Griffin. On dirait que je ne serai plus le seul à avoir une maison en bordel.

Il se pencha et frictionna Gunner.

— Tu sais, je suis surpris de voir qu'il est aussi bien dressé.

Griffin s'accroupit et caressa la tête du chien.

— Oui, moi aussi. Mais va savoir ce qu'il se passera quand il y aura de l'orage ou simplement quand il se sentira plus à l'aise. La fille du refuge ne savait pas d'où il venait, ils l'ont trouvé devant la porte un matin. Alors je ne sais pas comment il est avec les enfants ou quoi que ce soit. J'appellerai Austin et Meghan pour les prévenir, histoire de ne pas foutre la trouille aux gosses ni à Gunner. Tu comprends ?

— C'est pas bête. Tu t'en sortiras. Tu t'en sors toujours.

— J'espère. Allez viens. Pendant qu'on y est, j'aimerais voir si je peux faire une porte spéciale pour le chien. Je ne veux pas le forcer à rester à l'intérieur tout le temps. Je ne sais pas comment il va prendre les bruits de scie et de bricolage, mais je ne veux pas lui foutre la trouille dès le premier jour. Reste, Gunner.

Avec un peu de chance, ses meubles ne finiraient pas en morceaux parce qu'il laissait Gunner seul dans la maison. Il faudrait bien qu'il le laisse seul un jour ou l'autre, de toute façon.

— Oh, regarde comme tu es un bon papa pour le toutou ! le taquina Griffin avant de se baisser pour échapper au coup de poing sans agressivité que lui balançait Decker.

— Tu es trop lent, mon vieux. Aïe !

Il grimaça et se frotta l'épaule. Decker n'avait pas manqué la deuxième fois.

— Ne me cherche pas, répondit tranquillement Decker alors qu'ils passaient dans le garage.

— Eh, regarde ces étagères, dit Griffin quand ils entrèrent. Je les aime beaucoup. Elles sont pour Miranda ?

Decker déglutit avec difficulté. Si jamais Griffin découvrait ce qui s'était passé dans sa cuisine seulement quelques jours auparavant... eh bien... il était mort, c'était sûr.

— Oui. Je les ai presque finies.

Ensuite, il faudrait qu'il aille les installer chez elle. Avec un peu de chance, il pourrait le faire à un moment où elle serait absente, car il n'était pas sûr de pouvoir gérer à nouveau sa proximité et ses shorts courts.

— Elles sont belles. Je viendrai peut-être avec toi quand tu les installeras, comme ça je pourrai lui poser toutes mes questions sur son nouveau mec, Jack.

Decker se figea et le bourdonnement dans ses oreilles s'amplifia. Il devait avoir mal entendu, mais il aurait pu jurer que Griffin avait mentionné un certain Jack, qui n'avait plus très longtemps à vivre, qui sortait avec Miranda.

— Hein ?

Griffin lui jeta un drôle de regard.

— Je veux passer Miranda sur le grill par rapport à son nouveau petit copain, Jack. Apparemment, il travaille avec elle. Il est prof ou un truc du genre. Je ne sais pas grand-chose sur lui, alors j'ai envie de lui faire cracher tous les détails dès que possible. Tu pourras la distraire avec les étagères pendant que je choperai les infos.

— Elle sort avec quelqu'un ? Elle sort avec un prof qui s'appelle Jack ?

Griffin haussa les sourcils.

— Oui, mon vieux. Tiens-toi au courant. Enfin, personne ne l'a rencontré et de ce que j'ai entendu, ils ne sont sortis ensemble qu'une seule fois pour le moment. En tout cas, c'est ce qu'elle a dit à Maya. Maya ne veut rien nous dire d'autre, soi-disant elles ont un lien privilégié en tant que sœurs ou je ne sais quelle connerie.

Eh ben, il semblait que Miranda n'avait pas perdu son temps après avoir essayé avec lui dans sa cuisine. Il ne pouvait pas lui en vouloir, pas avec la façon dont il s'était comporté. Mais bon sang, il aurait voulu que son plan ne fonctionne pas aussi bien, pas aussi vite.

Certes, il était mal placé pour dire quoi que ce soit vu que techniquement, il sortait toujours avec Colleen. Bon, ils ne s'étaient pas parlé depuis une semaine, et ça faisait six mois qu'il n'avait pas couché avec elle, mais quand même. Miranda n'était pas sa possession, et il n'avait rien à dire sur ce qu'elle faisait.

Il fallait qu'il s'en souvienne.

— Est-ce que ça va, Deck ?

Il se racla la gorge et hocha la tête.

— Oui, j'étais en train de réfléchir à comment on allait lui faire lâcher le morceau, mentit-il.

Bon, ce n'était pas génial, comme mensonge, mais il faisait ce qu'il pouvait. Griffin sourit.

— Je savais que je pouvais compter sur toi.

Non, mon vieux, vraiment pas.

Son téléphone vibra et il décrocha sans regarder l'identifiant. Grossière erreur.

— Decker, mon chéri, je suis tellement heureuse que tu aies décroché.

Il jura et reposa sa bière. Griffin haussa un sourcil et fit de même avant de croiser les bras sur son torse.

— Qu'est-ce qui se passe, maman ? Est-ce que ça va ?

Il était incapable de refréner ces questions. Tant pis s'il était dingue de vouloir faire sortir sa mère d'une situation à laquelle elle refusait de tourner le dos, et dont elle refusait de le protéger.

— Oui, bien sûr.

Il sentait que c'était un mensonge, mais n'insista pas. Pas cette fois.

Griffin jura dans sa barbe et attrapa son coude. Il le laissa le ramener dans la maison et jusqu'au salon, tandis que sa mère parlait de choses sans importance qui se passaient dans le quartier. Decker s'assit sur le canapé avec Griffin à l'autre bout. Gunner sauta entre eux et Decker le laissa faire. C'était une mauvaise habitude, mais il ne possédait pas de mobilier de luxe de toute façon. Il avait besoin de son chien et le chien avait besoin d'un endroit où se coucher.

— Maman, l'interrompit-il alors qu'elle parlait de confiture ou d'une autre connerie dont il se fichait.

Elle ne l'appelait pas pour ça, de toute façon. Ils le savaient tous les deux. Bon sang, même Griffin le savait.

— Oh, mon chéri. Il faut que tu viennes dîner, dit-elle d'une petite voix. Ton père veut que tu viennes. Et tu sais comment il est.

Oui, il savait comment il était. Et c'était pour ça qu'il ne comptait pas y aller. Il ne pouvait pas laisser sa mère là-bas toute seule, mais il s'était fait la promesse, longtemps auparavant, qu'il ne laisserait pas cet homme gagner.

— Maman, je ne vais pas venir. Tu sais pourquoi je ne peux pas. Tant qu'il sera là, je ne mettrai pas un pied dans cette maison. Quand il sera de retour en taule, parce que je sais que ça arrivera, alors je serai là pour toi. Tu veux venir dîner ici ? Je nous préparerai quelque chose ou bien on pourra sortir. Uniquement nous deux.

— Tu sais que je ne peux pas faire ça, murmura-t-elle.

— Maman.

Il ferma les yeux et essaya de dissiper ses souvenirs. C'était impossible.

— S'il te plaît.

— Je ne peux pas. Si tu ne veux pas venir dîner... eh bien, je vais lui dire.

Elle raccrocha et Decker hurla.

Dès qu'elle lui dirait qu'il avait refusé, son père se vengerait sur elle. S'ils avaient de la chance, Frank ne ferait que lui hurler dessus. Il était sorti de prison depuis trop peu de temps pour risquer à utiliser ses poings.

Pour le moment.

— Ce n'est pas de ta faute, Decker.

— Tu parles. Il va finir par la tabasser parce que je ne veux pas aller dîner là-bas. Je devrais me faire violence et y aller.

Griffin poussa un juron.

— Non. Certainement pas. Ce n'est pas de ta faute. Tu comprends ? Ce n'est pas de ta faute si ton père est un foutu ivrogne et qu'il la trompe. C'est sa faute à lui. Le fait que ta mère soit incapable de le quitter même quand tu essaies de la faire partir, eh bien, je ne crois pas que ce soit sa faute à elle, ça reste la faute de ton père. Pas la tienne.

Decker se passa une main sur le visage et Gunner posa la tête sur ses genoux. Le chien tremblait et il soupira. Super, voilà qu'il faisait peur aux chiens aussi, maintenant.

— Désolé, mon grand.

Il le caressa et serra les dents.

— Tu ne veux pas m'écouter et je comprends. Mais ce que tu vas faire, c'est monter dans ta bagnole et me suivre chez mes parents. Je comptais aller là-bas pour le dîner de toute façon, pour voir comment se passe le traitement de mon père, alors tu viens avec moi.

Il jeta un coup d'œil à Gunner.

— Le chien aussi. Ils seront contents de vous voir tous les deux.

— Je ne vais pas être de bonne compagnie, Grif.

Il avait envie d'être seul et d'oublier tous ses ennuis. Peut-être qu'il taperait encore un peu sur son punching-ball. Ça ne l'avait pas aidé à faire sortir Miranda de sa tête, et ses doigts écorchés lui faisaient un mal de chien, mais il préférait ça au type de douleur qu'il ressentait actuellement.

— Et alors ? C'est la famille. Donc bouge tes fesses, finis ta bière et allons-y. Je vais appeler pour prévenir maman. Comme ça, elle ne sera pas surprise. Mais bon sang, Decker, tu viens dîner chez nous !

Decker se frotta l'arête du nez.

— Je n'ai pas envie d'aller dîner là-bas. Pourquoi est-ce que je devrais venir avec toi ?

— Parce que c'est la famille, répondit simplement Griffin.

Decker soupira. Il allait suivre Grif ce soir et serait accueilli comme un fils, un frère et un ami. Bon sang, même Gunner serait accepté comme l'un d'entre eux sans une seconde d'hésitation. C'était une autre des raisons pour lesquelles les Montgomery étaient les meilleures personnes dans sa vie. Il ne les aurait échangés pour rien au monde. Sans cette relation, celle qu'il avait avec Marie et Harry, eh bien, il ne serait pas l'homme qu'il était aujourd'hui. Ils lui avaient ouvert leurs bras et ne l'avaient pas lâché.

Il en avait eu plus besoin qu'ils ne s'en étaient jamais doutés.

Il en avait *toujours* besoin aujourd'hui.

Encore une raison pour laquelle il ne pouvait pas être avec Miranda Montgomery.

Elles s'accumulaient, les raisons, pourtant il ne pouvait pas se la sortir de la tête. Mais il trouverait un moyen. Il n'avait pas d'autre option.

CHAPITRE SEPT

C'ÉTAIT NUL DE VIEILLIR.

Se sentir vieille à vingt-neuf ans, c'était archinul.

Sierra se frotta la hanche et grimaça. L'accident avait eu lieu une décennie auparavant, et pourtant, elle avait toujours mal chaque matin et chaque soir après une longue journée. Parfois, elle avait même mal dans l'après-midi. On ne se remettait pas comme ça des dégâts causés par un accident de moto, qu'ils soient internes ou externes.

Avec un soupir, elle se tourna pour contempler ses cicatrices plissées dans toute leur gloire. Elle venait de sortir de la douche et des gouttelettes d'eau dévalaient sur sa peau abîmée et sur les pétales de marguerite qu'Austin avait tracés avec soin. Ses doigts dansèrent sur les fleurs, sachant que son fiancé avait touché chacune d'elle, avec douceur ou non, mais toujours avec intensité.

Elle étira ses bras au-dessus de sa tête, ignorant la douleur. Ses seins se soulevèrent et ses tétons durcirent dans l'air frais de la salle de bain. Austin pensait que son corps était parfait, qu'il était *sien* et, après s'être enfin abandonnée, elle était d'accord avec lui. Elle était parfaite pour elle-même. Parfaite pour lui. Les preuves de leur rude session amoureuse de la veille étaient inscrites sur sa peau. Les brûlures de sa barbe à l'intérieur de ses cuisses, dans son cou. Des morsures sur ses seins et son ventre. Elle voyait encore la marque de ses mains sur ses hanches, là où il l'avait agrippée avec force pendant qu'il la pilonnait. Elle s'était contractée autour de lui, le suppliant de lui en donner davantage. Ses poignets avaient été attachés à la tête de lit, si bien qu'elle n'avait pas pu le toucher.

Elle frissonna à ce souvenir.

Austin savait exactement comment l'aimer, comment lui faire l'amour, et la laisser être elle-même. C'était pour ça qu'elle l'aimait autant. Cela l'effrayait de penser qu'elle avait failli le perdre parce qu'elle avait eu peur de prendre ce risque, peur de s'autoriser à aimer à nouveau. Quand elle avait perdu son fiancé dans l'accident, elle avait pensé que l'amour se trouvait derrière elle. Elle l'avait perdu ainsi que le bébé qu'elle portait. Elle ne savait pas qu'elle était enceinte sur le moment. Non, cette horrible surprise qui l'attendait à l'hôpital.

Maintenant, à cause de cette journée, de cet affreux souvenir, ses articulations lui faisaient mal comme s'il avait quatre-vingts ans, et il fallait qu'elle parle de leur futur à Austin. Elle allait l'épouser. Ça ne changerait pas. Mais elle craignait tellement de ne jamais pouvoir tomber enceinte. Elle n'était certes pas en train d'essayer, mais cela lui tournait dans la tête depuis bien trop longtemps.

Sierra n'avait que vingt-neuf ans, sans cet accident, elle aurait eu encore cinq à dix ans devant elle pour porter un enfant. Mais dans les circonstances actuelles, elle n'en était pas sûre. L'accident n'avait pas seulement brisé son cœur, mais aussi de nombreux organes. Ça n'allait pas être facile. Son médecin avait abordé le sujet des années auparavant. Alors maintenant, il fallait qu'elle parle à Austin de ce qui se passerait si – non, *quand* – ils essaieraient d'avoir un bébé.

Ils avaient encore pas mal de temps avant la petite cérémonie de mariage, si tant est qu'un événement incluant des Montgomery puisse être petit. Mais Austin aurait quarante ans l'année suivante, et il voulait pouvoir courir avec ses enfants sans se sentir comme un vieillard. Il ne serait jamais vieux à ses yeux à elle, car elle le trouvait carrément sexy malgré ses trente-neuf ans, et ça ne changerait pas. Mais ils voulaient tous les deux que son fils, Leif, ait des frères et sœurs le plus proche possible de son âge.

Leif était arrivé récemment dans leur vie, alors que son existence avait été dissimulée par sa mère durant ses dix premières années. Après un début un peu chaotique, il s'était bien adapté à leur vie. Il appelait Austin « papa » et Sierra par son prénom. Ça ne la blessait pas du tout qu'il ne l'appelle pas « maman ». Il avait eu une mère qui s'était occupée de lui, même si elle avait caché sa naissance à Austin pendant toutes ces années. Mais maintenant, Maggie était morte, et Sierra élevait Leif aux côtés d'Austin.

Sierra était peut-être une fille unique, mais Austin venait d'une grande famille. Ils avaient envie de trouver un compromis entre les deux.

Si seulement son corps acceptait de coopérer.

Bien sûr, elle commençait à s'inquiéter et à paniquer alors qu'il ne s'était encore rien passé, mais elle ne pouvait pas s'en empêcher. Elle refusait de cacher quoi que ce soit à Austin, alors il faudrait qu'elle lui parle de ses inquiétudes. Ils pourraient toujours adopter si elle était stérile. Elle n'y était pas opposée. En fait, s'ils voulaient une famille plus grande que la moyenne, l'adoption serait d'après elle une façon formidable d'y parvenir. Mais elle n'arrivait pas à se débarrasser de la part agaçante qui lui disait que, si elle n'était pas capable d'avoir un bébé, c'était, car quelque chose n'allait pas dans son corps.

N'était-ce pas idiot ?

Stupide.

Faux.

Et terriblement malavisé.

C'était pour cela qu'il fallait qu'elle parle à Austin. Si elle pouvait avoir un bébé à elle, tant mieux. Sinon, ils trouveraient un autre moyen. La vie offrait toujours plusieurs options, et se rendre malade pour un truc auquel elle ne pouvait rien changer n'arrangerait rien.

— Toc, toc, dit Austin de l'autre côté de la porte.

Elle se passa une main sur le visage et soupira.

— Je suis toute nue.

Le battant s'ouvrit et Austin s'invita à l'intérieur.

— Toute nue ? demanda-t-il, les pupilles écarquillées. Mmh, c'est ma tenue de toi préférée.

Elle leva les yeux au ciel, mais ses paroles la réchauffèrent. Il entoura sa taille de ses bras et elle se laissa aller contre lui.

— Tu es con. Je croyais que ce petit ensemble noir que j'avais hier te plaisait.

Austin grogna et saisit ses fesses à pleines mains. Elle soupira, appréciant sa prise rude.

— C'est une autre de mes tenues préférées. On dirait que j'ai beaucoup de préférées, quand c'est de toi qu'il s'agit.

Ses doigts vinrent jouer dans le sillon entre ses fesses et partirent plus bas quand elle se mit à frissonner.

— Austin, hoqueta-t-elle. J'ai rendez-vous avec les filles à Taboo, et ensuite il faut que j'aille au travail.

Il fit lentement coulisser ses doigts en elle, taquin. Il mordilla ses lèvres, son cou, et elle inclina la tête pour lui offrir un meilleur accès. Comme elle savait qu'ils en avaient tous les deux besoin, elle défit le bouton de son jean et le prit dans sa main. Il siffla et la mordit dans le cou.

— Fais-moi jouir, Sierra. Fais-moi jouir sur ton ventre, tes seins. Vas-y.

Elle frissonna et se mit au travail, le branlant d'une main tout en se hissant sur la pointe des pieds pour qu'il puisse la doigter au même rythme. Ils étaient tous deux haletants, et sa vision se fit floue quand il appuya sur son clitoris.

— Austin !

— Vas-y, chérie, jouis sur ma main. Inonde-moi !

Elle fit ce qu'il ordonnait et s'arc-bouta pendant son orgasme. Sa bouche se referma sur son téton, brûlante et humide, et il le suça. Elle n'arrêta pas de bouger sa main et utilisa son pouce pour frotter le liquide qui perlait sur son gland. Il balança ses hanches, facilitant le mouvement, et cria son nom en jouissant. Il éjacula sur son ventre et une partie éclaboussa ses seins.

Il l'embrassa doucement et prit son visage entre ses mains.

— Je crois qu'il va nous falloir une autre douche à tous les deux, dit-il d'une voix bourrue avant de se retirer.

Sierra sourit et leva les yeux au ciel.

— Je crois bien que oui. Mais séparément.

Il grogna et elle renifla.

— Tu n'as qu'à aller dans la salle de bain de la chambre d'amis. On ne va jamais partir, si on est tous les deux tout nus et mouillés.

Il grogna et l'embrassa à nouveau.

— Sacrée toi ! Arrête de me donner envie. Il faut que j'aille au studio et je vais faire un tatouage qui va me prendre sept heures. Je ne peux pas faire ça en bandant.

Elle rit puis déglutit. Bon sang, elle avait mal à la tête, et ses articulations étaient encore plus douloureuses que d'habitude. Peut-être qu'elle stressait au point de se rendre malade. Ce n'était pas cool.

Austin reprit son visage entre ses mains.

— Ça va, Gambettes ?

Elle hocha la tête et se laissa aller contre lui.

— Oui, je suis simplement un peu courbatue.

L'inquiétude assombrit les traits d'Austin, et il fit courir une main sur son dos.

— Je suis désolé. Est-ce que j'y suis allé trop fort ?

Elle secoua la tête.

— Non, tu n'y vas jamais trop fort. Tu connais nos limites. Je suis fatiguée, et maintenant, il faut que je prenne une douche. Une autre douche.

Il l'observa attentivement avant de hocher la tête et de lui donner un baiser.

— Tant que tu es sûre de toi. Je vais aller me douche dans l'autre salle de bain. Tout seul. Puis j'irai au travail. Si tu es libre, passe faire coucou au studio tout à l'heure.

Elle hocha la tête, l'embrassa à nouveau et le regarda s'en aller. Bon sang, elle adorait son allure de dos.

Enfin, elle adorait son allure sous tous les angles, évidemment.

Son tatoueur barbu était sacrément sexy.

Sur cette pensée plaisante, elle se doucha rapidement et se prépara le plus vite possible. Elle n'était pas en retard, mais elle n'était pas en avance non plus. Enfin, ça valait le coup, pour un orgasme matinal.

Quand elle arriva à Taboo, Callie, Miranda et Hailey étaient déjà là. Hailey travaillait derrière le comptoir à préparer les boissons pour d'autres clients tandis que Callie et Miranda étaient assises au bar, en train de parler en riant. Hailey possédait le café qui était connecté à Montgomery Ink par une porte de service, et grâce à ça, Sierra était rapidement devenue amie avec elle. C'était une femme intelligente, superbe avec sa coupe au carré d'un blond clair, et elle savait ne pas tourner autour du pot.

Callie était la nouvelle tatoueuse du studio, après avoir été l'apprentie d'Austin pendant plus d'un an, quelque mois avant que Sierra arrive en ville. Elle était plus jeune que Sierra, plutôt de l'âge de Miranda, et elle avait l'énergie de douze gamines de vingt ans. Morgan, son fiancé de quarante ans, n'allait pas s'ennuyer.

Même si Sierra était plus proche en âge de Maya et Meghan, c'était Miranda dont elle s'était le plus rapprochée. Bien sûr, elle déjeunait avec Meghan quand c'était possible, et elle traînait souvent avec Maya, mais c'était de Miranda qu'elle se sentait le plus proche. Peut-être parce qu'elles avaient toutes les deux entamé une nouvelle phase de leurs vies en même temps.

— Salut, dit Callie avec un grand sourire.

Et puis elle étrécit les yeux.

— Tu as eu droit à une partie de jambes en l'air ce matin. Bien joué.

Sierra rougit et Miranda partit d'un rire suraigu.

— Oh, seigneur. Je n'ai pas besoin d'imaginer Austin tirer son coup. Merci beaucoup.

— Avec plaisir, répondit Callie avec un rictus ironique. Enfin, c'est peut-être plutôt à Sierra de dire ça ?

— Arrête, rit Sierra tandis qu'elle s'asseyait de l'autre côté de Miranda.

Hailey déposa aussitôt un latte caramel devant elle.

— Merci, ma belle. Ça se passe bien ?

Hailey s'essuya les mains sur son tablier et hocha la tête.

— Il y a eu beaucoup de monde ce matin, et on arrive à la période creuse, ce qui va me permettre de papoter avec vous, les filles. Alors, cette partie de jambes en l'air ? C'était bien ?

Sierra leva les yeux au ciel et prit une gorgée de café. Parfait.

— Bien sûr que c'était bien. C'est Austin. Maintenant, s'il vous plaît, arrêtons avant que Miranda fasse une crise cardiaque.

La sœur d'Austin se contenta d'un grand sourire.

— Il va falloir que je finisse par accepter que mes frères aient des relations sexuelles. Je veux dire, j'en ai eu, moi. Pas dernièrement, mais c'est arrivé, alors pourquoi est-ce que je n'arrive pas à trouver ça normal pour eux ?

Callie lui jeta un regard.

— Pas dernièrement ? Alors tu y vas doucement avec Jack ?

Sierra se redressa.

— Jack ? C'est qui ?

— Oh ! Tu n'es pas au courant. Apparemment, Miranda sort avec un de ses collègues. Un vrai dieu, tout blond et doré, d'après Maya.

Miranda ferma les yeux et gémit.

— Je vais la tuer.

— Si ce n'était pas Maya, ça aurait été quelqu'un d'autre,

intervint Hailey. Il n'y a pas de secret qui tienne, entre les Montgomery.

— C'est vrai, dit Sierra. Alors, Jack ?

Miranda hocha la tête et sourit, mais sans beaucoup d'enthousiasme. Bizarre.

— On est sortis ensemble une fois et on est censés recommencer ce week-end. Il n'y a rien de spécial à en dire.

Callie tapota Miranda sur l'épaule.

— Ah, il n'y a pas eu de petite étincelle ? C'est bête.

Miranda soupira.

— Ça pourrait venir. C'est seulement moi qui ne suis pas d'humeur. Jack est un mec chouette, alors je vais essayer de le revoir.

Sierra hocha la tête tandis que les autres continuaient à parler de Jack, puis de Morgan et des autres choses qui se passaient dans leurs vies. Miranda n'avait pas l'air super heureuse de ce nouveau mec, mais il était encore tôt. C'était bizarre, parce que Sierra aurait pu jurer qu'il y avait de l'attirance entre Miranda et Decker. Mais d'après elle, Decker ne ferait jamais rien à ce propos. C'était peut-être ça, le truc. Le code d'honneur des mecs et les liens familiaux rendaient ce genre de choses difficile. Même si Sierra trouvait triste que ce qu'elle avait vu entre eux ne puisse jamais s'accomplir, au moins, Miranda essayait quelque chose d'autre. Quelque chose de nouveau.

Elle but son café à petites gorgées et laissa les voix de ces personnes qu'elle s'était prise à aimer la tranquilliser. Les choses changeaient chaque jour et, avec les Montgomery, rien ne semblait jamais rester en place. Il fallait simplement qu'elle s'accroche et profite du voyage.

CHAPITRE HUIT

LE DEUXIÈME RENDEZ-VOUS allait forcément être mieux. Pas vrai ?

Miranda appliquait du crayon à lèvres tout en essayant de faire monter l'excitation qui aurait dû aller de pair avec un deuxième rendez-vous en compagnie d'un beau garçon. Elle ne savait pas franchement pourquoi elle forçait les choses ainsi. Elle aurait simplement dû dire non à Jack quand il l'avait invitée à dîner par téléphone plus tôt dans la semaine. Ou même quand il le lui avait demandé sur le parking devant le piano-bar.

Et maintenant, elle était coincée, obligée d'aller à un rendez-vous dont elle n'avait pas envie, avec un mec certes gentil, mais qui n'était pas celui qu'elle voulait. Seigneur, elle se conduisait comme une garce difficile, parfois. La raison pour laquelle elle avait accepté à la base, outre le fait qu'elle détestait blesser les gens, c'est pour oublier Decker et essayer d'autres choses. Se tourmenter à cause de quelque chose qui n'avait pas encore eu lieu n'aiderait personne, et sûrement pas elle.

Alors qu'elle appliquait du gloss par-dessus le crayon, elle énuméra les raisons pour ne pas annuler à la dernière minute. Premièrement, ce serait terriblement impoli. Elle devait travailler au quotidien avec Jack, et se débiner maintenant rendrait les choses difficiles entre eux. Ce qui l'amenait à la raison numéro deux, le fait qu'elle travaillait avec Jack. Ne pas sortir avec lui après avoir accepté risquait de perturber leur relation professionnelle. Ils n'avaient rien fait de plus que danser et s'embrasser, alors elle ne lui briserait pas le cœur, mais ce serait quand même compliqué. Mais c'était de sa faute, elle avait accepté à la base. Troisièmement, il fallait qu'elle oublie Decker. Ça avait l'air idiot, quand elle y pensait, mais elle ne pouvait rien y changer. Sortir avec Jack au moins une fois de plus l'aiderait à construire un futur sans Decker. Cet homme qui avait fait partie de sa vie depuis aussi longtemps qu'elle s'en souvenait ne la voulait pas de la même façon qu'elle le voulait, peu importait qu'il l'ait embrassée, alors il fallait qu'elle l'oublie et passe à autre chose.

Et ça, c'était sa manière de passer à autre chose.

Dommage que ce soit avec un mec gentil, mais pas pour elle.

À contrecœur, elle avait accepté que Jack passe la prendre pour l'emmener dîner. C'était leur second rendez-vous, et comme ils travaillaient ensemble et qu'il s'avérait qu'ils vivaient dans des quartiers proches, c'était plus logique qu'il conduise. Mais elle ne comptait pas l'inviter à monter quand il la raccompagnerait. Même si elle n'avait pas eu envie d'annuler le rendez-vous, elle n'était pas prête à coucher avec lui. Il n'y avait pas d'étincelle, et même si elle aimait le sexe, elle ne voulait pas précipiter les choses, car ça faisait un moment qu'elle n'avait rien fait.

Bon, s'il s'était agi de précipiter les choses avec un certain barbu...

Non.

Arrête, Miranda.

Les choses se passaient bien dans sa vie. La plupart de ses élèves avaient réussi leurs examens et ceux qui avaient raté avaient pris rendez-vous avec elle à sa demande. Elle réfléchissait à rencontrer deux couples de parents pour voir si ça pourrait aider, mais à part ça, elle était décidée à les aider à les préparer pour le prochain examen et les chapitres à étudier.

Les préparations pour le mariage d'Austin et Sierra avançaient bien, ou en tout cas, elle l'espérait. Son amie, Callie, était fiancée à un homme sexy et merveilleux prénommé Morgan, et Meghan avait souri et plaisanté avec elle quand elle était passée pour le déjeuner avec les enfants.

Tout allait bien.

Son téléphone sonna et elle décrocha, le cœur battant. Elle réagissait toujours ainsi, quand elle voyait le numéro de ses parents s'afficher.

— Allô ?

— Bonjour, ma belle, je voulais prendre de tes nouvelles.

Sa mère n'avait pas l'air paniqué, son monde ne semblait pas s'être effondré, alors Miranda se calma un peu. Seigneur, il fallait qu'elle arrête d'imaginer aussitôt les pires scénarios. Mais elle ne pouvait pas s'en empêcher. Pas alors que son père était malade, et que le monde avait continué à tourner malgré tout.

— Maman, est-ce que tout va bien ?

Elle ne put empêcher la question de lui échapper. Sa mère soupira et Miranda se mordit la lèvre.

— Il est fatigué, mon cœur, mais ça va mieux. Il fait la sieste là, alors je ne peux pas te le passer. Ton père est peut-être malade, mais il ne s'avoue pas vaincu. Il ne faut pas que tu t'inquiètes à chaque coup de fil. Des fois, j'ai simplement envie de parler à ma plus jeune fille.

Miranda s'assit sur la cuvette fermée des toilettes et prit une grande inspiration.

— Je t'aime, maman.

Elle entendit quasiment son sourire à l'autre bout du fil.

— Moi aussi je t'aime, mon bébé. J'ai entendu dire que tu avais un rendez-vous ce soir, alors sois prudente et amuse-toi bien.

Miranda rougit jusqu'à la racine de ses cheveux.

— Je te jure, je vais tuer Maya.

N'y avait-il donc aucun secret dans cette famille ?

Eh bien, personne ne savait qu'elle était amoureuse de Decker, à part cette satanée Maya, alors c'était déjà ça.

— Ne fais pas de menaces envers ta sœur. Tu sais que je déteste vous entendre parler de vous faire du mal. Enfin, amuse-toi bien ce soir, et si tu t'entends bien avec ce jeune homme, nous comptons sur toi pour nous l'amener à dîner bientôt.

Miranda leva les yeux au ciel. Oh oui, un interrogatoire à la Montgomery ferait des merveilles avec lui. Pile ce qu'il lui fallait.

— Au revoir, maman. Et dis à papa que je l'aime.

— Bien sûr, ma chérie. Bonne soirée.

Elle mit fin à l'appel et se frotta la tempe de sa main libre. Le fait que son père était malade lui donnait envie de pleurer et de se rouler en boule parfois, et de hurler et de se battre de toutes ses forces d'autres fois. Elle ne pouvait rien faire à part prier et aider son père quand c'était possible.

Mais le but de cette soirée, c'était elle et Jack, pas des inquiétudes et des douleurs dont elle ne pourrait jamais se débarrasser.

Elle finit rapidement de se maquiller et avait presque fini de mettre ce qu'il lui fallait dans sa pochette quand on frappa à la porte. Elle jeta un coup d'œil à l'horloge, il était à l'heure. Elle referma son petit sac et alla ouvrir la porte.

Jack devait l'emmener dans un des restaurants chics du centre de Denver. Il avait de l'argent qui lui venait de ses parents, il pouvait donc se le permettre malgré son salaire d'enseignant. Il était clair que Miranda ne pouvait pas se payer ce genre de luxe de son côté. Bien sûr, ses parents pouvaient peut-être se le permettre après des années à travailler d'arrache-pied pour Montgomery Inc., mais elle n'était pas ses parents.

Elle fit tomber une bouloche de sa robe en dentelle noire et fit rouler ses épaules. Elle allait s'amuser ce soir, bon sang. Peu importait s'il ne s'agissait pas de l'homme qu'elle voulait. Elle allait oublier cet homme-là.

Quand elle ouvrit la porte, Jack se tenait là, en costume, avec une chemise au col ouvert. Ses cheveux blonds étaient lissés en arrière, ce qui faisait ressortir ses pommettes et le bleu de ses yeux. Même s'il n'y avait pas d'étincelle, elle le trouvait canon. C'était déjà ça.

Oh, ce qu'elle était superficielle.

Bon, au moins, elle essayait de s'amuser. Elle pourrait être amie avec Jack.

— Tu es superbe, dit-il en la parcourant du regard, des pieds à la tête.

Elle avait mis une robe en dentelle courte, avec une taille empire et des bretelles larges. À première vue, ça ressemblait un peu à une robe baby-doll, mais en plus classe. Elle l'avait assortie avec un joli boléro et des escarpins sexy, parce que des escarpins sexy pouvaient donner de l'allure à n'importe quoi. Elle avait laissé ses cheveux bruns retomber en boucles souples sur ses épaules et elle avait bien fait à en juger par la mine de Jack. Elle s'était habillée de façon à se plaire à elle, mais si ça marchait aussi sur lui, elle le prenait comme un bonus.

— Merci, tu n'es pas mal non plus.

Il lui tendit la main et elle la prit pour franchir le seuil et sortir. Elle dut le lâcher pour fermer la porte à clé puis ils rejoignirent sa voiture. Il agit en parfait gentleman, lui ouvrit la porte et l'aida à monter dans la voiture basse avec sa jupe courte.

Pendant qu'il faisait le tour pour monter de son côté, Miranda prit une grande inspiration. Leur deuxième rendez-vous allait bien se passer. C'était toujours mieux que de rester à la maison toute seule et de manger du chocolat. Même si elle aimait le chocolat.

Ils roulèrent jusqu'au restaurant en parlant de leur travail et de sa famille de nouveau. Même si elle adorait les deux, ça serait peut-être mieux si Jack parlait de sa vie à lui, et pas uniquement de la sienne.

— Alors, tu as toujours voulu être prof ? demanda-t-elle quand ils s'arrêtèrent devant le voiturier. Il lui jeta un regard et sortit sans répondre. Étrange.

Il l'aida à sortir de voiture, car c'était compliqué avec sa robe. Elle aurait mieux fait de mettre un pantalon, mais il n'y avait rien de tel qu'une petite robe noire pour oublier les idées sombres.

— Alors ?

Jack fronça les sourcils et Miranda lui donna un petit coup de coude taquin.

— Tu as toujours voulu être prof ?

— Oui. J'aime enrichir la vie des autres. Je suis sûr que tu es pareille. Pas comme tes frères et sœurs et leurs... drôles de choix de carrière.

Waouh. Alerte rouge, là. Elle s'arrêta net alors qu'ils avançaient vers leur table, mais Jack la poussa en avant d'une main dans le creux du dos. Plutôt que de faire une scène comme elle en avait envie, elle le laissa la conduire à leur table.

— Pardon ? murmura-t-elle une fois que leur hôtesse les eut installés.

— Je dis simplement, c'est bizarre le métier de ton frère et de ta sœur, là, avec leur studio de tatouage. Même si c'est chouette qu'ils soient capables de faire ça avec le genre de clientèle qu'ils doivent avoir, je ne pense pas que ce soit approprié pour un professeur d'avoir ce genre de relations. Les gens font des commérages.

Miranda cligna des yeux. Des commérages ? C'était quoi ce délire ? Il avait réagi un peu bizarrement, la semaine précédente, quand elle avait mentionné le métier d'Austin et Maya, mais là, c'était tellement déplacé que ce n'était même plus drôle.

— Tu sais quoi ? Je vais prendre un taxi. Je ne suis pas d'humeur à t'écouter critiquer mon frère et ma sœur parce que tu ne comprends pas leur style de vie. Tu juges les gens parce que tu n'arrives pas à sortir de tes préjugés et à te rendre compte que ton opinion, même si c'est la tienne, n'a pas de réel impact. Tu ne peux pas dicter aux gens de quelle façon vivre leur vie.

Elle se leva, mais il agrippa son poignet. Fort.

Son pouls accéléra et elle tira. Heureusement, il la lâcha.

— Ne pars pas, Miranda. J'ai eu tort de dire ça. Je suis désolé.

Elle ne savait pas si son regard était honnête, mais elle ne sortirait pas à nouveau avec lui.

— Je ne suis pas sûre que tu le penses sincèrement, Jack.

Il fit courir un doigt le long de son bras et elle se dégagea.

— Je suis désolé, Miranda. Je me suis montré beaucoup trop critique. Je suis immensément désolé. Je t'en prie, assieds-toi et reprenons cette soirée du début.

Elle avait envie de rentrer chez elle et d'enlever ses escarpins qui lui faisaient désormais mal aux pieds. Apparemment, la perspective de passer une bonne soirée permettait aux femmes de ne pas sentir la douleur causée par les talons.

— Je t'en prie, répéta-t-il.

Miranda se rassit. Elle allait manger un bon repas et essayer de sauver leur relation professionnelle, vu qu'elle ne voulait rien avoir à faire sur le plan privé avec cet homme qui jugeait sa famille sans l'avoir rencontrée, puis elle rentrerait chez elle.

— Merci, dit-il en posant une main sur la sienne.

Elle la retira. C'était devenu un dîner entre deux collègues. Pas un rendez-vous amoureux.

Le serveur arriva et Jack commanda pour elle sans lui demander son avis. Elle haussa un sourcil. Elle avait déjà fait une scène et ne souhaitait recommencer à moins que ce soit absolument nécessaire. Le coquelet ne lui faisait pas particuliè-rement envie, mais elle ne voulait pas lui foutre la honte.

— Le coquelet va te plaire, dit-il quand le serveur fut parti.

— Ah oui ? demanda-t-elle l'air de rien. Je suppose que

c'est possible, même si ça aurait été mieux que je choisisse moi-même ce que j'allais manger.

Jack lui adressa un sourire condescendant qui la fit grincer des dents. Mais pour qui se prenait ce mec ?

— Je me comporte comme un gentleman. Le coquelet va te plaire, répéta-t-il.

— Un petit tuyau, de nos jours, les femmes n'aiment pas qu'on choisisse pour elle. Que ce soit à propos du menu ou des membres de leur famille.

Jack se contenta de prendre une gorgée de vin.

— Certaines femmes aiment ça. Tu comprendras.

Oh non, elle ne comprendrait pas. Elle prit une gorgée d'eau. Elle ne comptait pas boire son vin ce soir. Elle avait besoin de garder toutes ses facultés, car elle ne faisait aucune confiance à ce tordu.

Pourquoi est-ce qu'elle faisait ça, déjà ?

— Tu sais quoi, Jack ? Je crois que je vais partir. Je pense qu'il vaut mieux qu'on reste simplement collègues. À l'évidence, nous n'avons pas grand-chose en commun.

Elle se leva, posa quelques billets sur la table, hors de question d'être sa débitrice, et partit vers l'avant du restaurant où, avec un peu de chance, on lui appellerait un taxi. Sinon, elle n'aurait qu'à traverser deux rues jusqu'à Montgomery Ink. Il était encore assez tôt pour que Sloane ou un des autres tatoueurs s'y trouve encore.

Jack la suivit et elle fit volte-face en arrivant dans l'entrée.

— Miranda. Ne pars pas. Sauvons cette soirée.

Elle secoua la tête.

— Non, je ne crois pas que ce soit possible, Jack.

— Ne sois pas mesquine. On a passé un bon moment, la dernière fois.

— Mesquine ? Sérieusement ? Non, je suis désolée. Je ne suis pas comme ça, et tu es un abruti de le penser.

Jack regarda par-dessus son épaule et la tira vers le mur. Elle échappa à sa prise.

— Ce n'est pas la peine de me malmener.

Il releva les mains.

— Je suis désolé. Je voulais éviter qu'on soit dans le passage pour ne pas faire de scène.

Elle n'avait pas non plus très envie de faire une scène, car elle ne voulait pas gâcher la soirée des autres gens, mais ce type abusait clairement.

— Je veux rentrer chez moi, Jack. Il est clair que nous ne sommes pas assortis. Tu n'aimes pas ma famille alors même que tu ne les as jamais rencontrés, et tu es un peu trop prompt à tout décider pour moi.

— Miranda, tu ne comprends pas.

— Non, j'ai peur que non.

Il soupira et elle se tourna avant de se figer net. Decker se tenait là, en costume, Colleen à son bras.

Évidemment.

Parce que le destin était une saloperie.

Alors qu'il portait un costume similaire, mais sans doute d'occasion, à celui de Jack, il ne ressemblait à rien à l'homme qui se tenait derrière elle. Alors que Jack était tout en lignes nettes et cheveux bien lissés, Decker avait l'air... dangereux. Il avait gardé sa barbe, mais l'avait taillée pour qu'elle ait l'air contrôlée, et ne donne pas l'impression qu'il sortait du lit. Miranda aimait bien les deux styles. Ses cheveux bouclaient autour de ses oreilles, trop longs, il aurait eu besoin d'une coupe, mais elle mourait malgré tout d'envie d'y enfouir ses doigts. Il avait laissé les deux boutons du haut de sa chemise ouverts et elle apercevait sa peau dorée et bronzée. Ses épaules remplissaient parfaitement sa veste de costume. Il était sexy, costaud et bien foutu.

Elle déglutit et cligna des yeux quand son regard croisa le sien. Il fronça les sourcils en regardant par-dessus son épaule.

Jack avait posé sa main sur sa taille, et comme elle s'était figée en apercevant Decker avec Colleen, elle n'avait pas reculé assez vite pour lui échapper.

Mince.

Colleen était superbe dans sa robe rouge moulante, mais Miranda la vit à peine. Toute son attention était portée sur Decker. Il lui fit un petit signe de tête puis suivit leur hôtesse jusqu'à leur table. Colleen jeta un regard par-dessus son épaule et fit la moue, mais elle le suivit.

Eh bien.

Jack attrapa son bras et la tira à l'extérieur. Violemment. Elle grimaça et lui échappa.

— C'était quoi, ça ? gronda-t-il.

Elle se frotta le bras, certaine qu'elle aurait un bleu le lendemain.

— Hum. Pardon ? Tu n'es plus autorisé à me toucher. Jamais.

Le voiturier s'approcha d'eux, les yeux écarquillés, et le rictus sur le visage de Jack se transforma en sourire.

— Tu es avec moi, ma douce. Ne regarde pas les autres hommes comme ça. Ça m'agace.

Elle retroussa sa lèvre en un rictus à son tour.

— Tu sais ce qui m'agace, moi ? Ta possessivité. Ne m'appelle pas. Ne me parle pas. Je prends un taxi et je rentre chez moi.

Elle partit d'un pas vif alors que Jack criait son nom.

Heureusement, il y avait un taxi à l'angle du restaurant. Elle y monta, soulagée d'avoir pris assez d'argent avec elle pour payer une course.

D'où sortait l'attitude dont il avait fait montre ce soir ? Elle se frotta le bras et prit une grande inspiration en essayant de ne pas pleurer. Il lui avait fait mal, bien sûr, mais c'était surtout sa fierté qui en avait pris un coup. Il ne lui semblait pas le genre d'hommes qui maltraiterait une femme pour obtenir ce qu'il voulait, mais il avait clairement dépassé les bornes ce soir. Elle allait rentrer chez elle, s'enfermer à clé et prendre un bain moussant ou quelque chose du genre. Ça serait super bizarre, au travail, mais il n'y avait pas moyen qu'elle puisse le voir sans se rappeler la violence de sa main sur son bras.

Quand le taxi se gara devant chez elle, elle le paya et vérifia que la voiture de Jack n'était pas dans le coin. On ne savait jamais.

Le chauffeur avait l'air de vouloir décamper pour prendre une autre course alors elle sortit et courut jusqu'à sa porte. Elle n'avait pas trop peur, mais elle n'était pas non plus idiote. Elle avait les clés dans sa main, prête à rentrer, quand quelqu'un la plaqua contre le mur.

Son corps tressauta et ses poumons arrêtèrent de fonctionner. Son visage percuta le mur de briques et ses yeux se mirent à la brûler.

— Tu ne peux pas me quitter comme ça, Miranda.

Glacée d'effroi, elle essaya de se retourner, de lutter. De faire quelque chose. Ses frères lui avaient appris à se défendre, mais ce n'était pas pareil, quand ça arrivait pour de vrai. Quelqu'un l'entendrait peut-être et sortirait. Elle ne devait pas compter là-dessus. Elle était toute seule.

— Lâche-moi, Jack. Tu ne veux pas t'amuser à ça.

Elle se tortilla et il la tira par le bras pour la faire pivoter avant de projeter son dos contre le mur.

— M'amuser à quoi ? Je vais te monter que tu es à moi et que tu ne peux pas te barrer comme ça. Tu m'as embarrassé, Miranda. Ça ne peut pas se reproduire.

Elle avait envie de pleurer, mais elle refusait de lui faire ce plaisir. Elle essaya de le faire lâcher prise et il la gifla violemment.

Des larmes coulèrent sur ses joues et elle se débattit de toutes ses forces.

— Ne crie pas ou ça sera pire.

Elle ne cria pas, craignant qu'il ne la blesse, mais elle continua à se débattre. Il la frappa à nouveau. Le goût du sang envahit sa bouche et sa vision devint grise.

— Tu vas arrêter de te débattre et comprendre que nous sommes faits l'un pour l'autre, Miranda.

Non, ce n'était pas possible. Ça ne pouvait pas arriver. Il se rapprocha, son souffle dans son cou.

Elle releva le genou et le lui envoya dans les testicules de toutes ses forces. Il jura et la lâcha pour agripper son entre-jambe. Les clés dans la main, elle ouvrit sa porte et la referma aussitôt. Le cœur battant, elle sortit son téléphone portable. Elle aurait dû le garder en main tout du long.

Elle appela les secours et se mit à trembler en leur racontant ce qui s'était passé.

Oui, elle était à l'intérieur.

Non, elle ne savait pas où il était en ce moment.

Non, elle ne se sentait pas en sécurité.

Oui, il y avait quelqu'un qu'elle pouvait appeler.

Oui, elle pouvait attendre que la police arrive.

Elle se déplaça avec difficulté jusqu'au téléphone fixe et

appela le premier numéro enregistré qui apparut : Maya. Sa joue lui faisait mal, ainsi que son dos. Elle sentait encore la pression de ses mains sur ses bras, et tout son corps tremblait. Elle avait envie de pleurer, de sangloter ou de hurler, mais rien ne vint. Au lieu de ça, elle dit calmement à l'opérateur qu'elle appelait sa sœur et lui demanda de rester en ligne.

— Quoi de neuf, sucre d'orge ? demanda Maya en décrochant.

Miranda ouvrit la bouche pour parler, mais rien ne sortit. Elle ne savait pas si Jack était toujours là. Et si Maya venait ici et que quelque chose lui arrivait ?

— Miranda ? Qu'est-ce qu'il y a ?

Son ton s'était fait plus acéré. Miranda prit une inspiration tremblante.

— J'ai besoin de toi, murmura-t-elle.

— J'arrive tout de suite avec Jake... Qu'est-ce qui s'est passé ?

— Jack... Il m'a frappée...

Elle arrivait à peine à faire des phrases et elle se haïssait pour cela.

— Putain. Tu as appelé la police ? Parle-moi, mon cœur.

Miranda hocha la tête avant de se rappeler que Maya ne pouvait pas la voir.

— Je suis en ligne avec eux, là. Ils arrivent.

— D'accord, ma belle. Est-ce que tu veux que je reste aussi en ligne avec toi ?

Miranda prit une grande inspiration. Il ne fallait pas qu'elle craque. Pas encore.

— Non. La police arrive.

— Moi aussi. Reste à l'intérieur. Je t'aime.

— Je t'aime aussi.

Elle raccrocha et écouta l'opérateur lui dire que la police arriverait dans deux minutes. Quand quelqu'un frappa à la porte, elle hurla et secoua la tête.

— Police ! Mme Montgomery ? Est-ce que ça va ? Est-ce qu'on peut entrer ?

Les jambes tremblantes, elle se redressa et regarda à travers l'œilleton. Elle ne vit que les policiers avec leurs badges. Pas de trace de Jack. Elle laissa échapper un soupir et ouvrit la porte.

Quand Meghan, Maya et Jack arrivèrent chez elle, Miranda était déjà passée par une série de questions et de remarques et avait un pack de glace sur l'œil. Elle essaya de ne pas grimacer en voyant la rage pure qui marquait non seulement le visage de Maya, mais aussi celui de Jake. Maya avait appelé Meghan dès qu'elle avait été dans sa voiture. Les trois M&M avaient besoin d'être réunies. Quand les policiers eurent l'audace de retenir Jake en arrière au cas où il soit Jack, l'un était brun alors que l'autre était blond, Miranda ne lui en voulut pas pour son air furieux.

Meghan se pointa à ses côtés et enlaça ses épaules. Miranda refusait de craquer. Pas avant que les policiers partent et qu'elle puisse respirer à nouveau.

— Alors, vous êtes sûre qu'il n'a pas été seulement un peu dur avec vous ? Que ça ne faisait pas partie de ce que vous vouliez ?

Le flic le plus âgé regardait sa robe courte et ses talons avec une mine qui ne plaisait pas franchement à Miranda.

— Pardon ? aboya Maya. Est-ce que vous venez de demander à ma sœur si elle s'est fait frapper par un homme qu'elle n'avait *pas* invité chez elle parce qu'elle le voulait ?

— Ce n'est pas à vous que je pose les questions, mademoiselle, c'est à la personne à côté de vous. Depuis que ce livre est sorti, il faut qu'on vérifie que ça ne soit pas un de ces... jeux.

Miranda se raidit et baissa son pack de glace. Elle ne savait pas de quoi elle avait l'air, mais vu le juron qui échappa tant à Jake qu'à Maya, ça ne devait pas être génial.

— Non. Je ne lui ai pas demandé de me projeter contre le mur et de me gifler.

— Quel est votre matricule ? demanda Jake.

Il sortit son téléphone et prit une photo du policier.

— Il vaudrait mieux que vous reposiez ce téléphone, dit le flic lentement.

— Non, je ne crois pas, rétorqua Jake en prenant une autre photo pendant que Meghan écrivait le numéro.

Oh, Miranda avait envie que tout le monde parte et qu'on la laisse dormir.

— Vous allez partir, maintenant, et nous laisser prendre soin d'elle.

— C'est elle, ta copine, ou c'est l'autre ? Ou bien c'est les deux ? Les trois, peut-être, même ?

— Chef... murmura l'autre policier.

Quels idiots.

— Merci d'être venus prendre ma déposition, dit Miranda avec raideur.

Elle se leva, Meghan et Maya à ses côtés.

— J'aimerais que vous partiez, maintenant. S'il vous plaît, faites-moi savoir s'il faut que je passe au commissariat pour faire une autre déclaration, ou bien quand vous aurez arrêté Jack.

Le plus vieux des deux policiers haussa un sourcil.

— Nous sommes encore en train de récolter des preuves.

Il se leva malgré tout.

— Nous vous tiendrons au courant.

Le flic connard et son sbire partirent, et Miranda cligna des yeux. Une fois, deux fois.

— Ma chérie, chuchota Maya.

C'était trop. Un gémissement lui échappa et elle laissa tout sortir. Elle s'effondra et tout son corps se mit à trembler sous la violence de ses sanglots.

— Oh, mon cœur.

Meghan la serra fort contre elle tandis que Maya la tenait par-derrière. Elle sentit les mains de Jake les guider vers le canapé, puis il quitta la pièce pour leur donner un peu d'intimité.

Elle pleura dans les bras de ses sœurs. Sa tête lui faisait mal, son sentiment de sécurité lié à chez elle avait disparu. Seigneur, comment les choses avaient-elles pu tourner ainsi aussi vite ?

— On est là, chuchota Maya, et Miranda laissa échapper un autre sanglot.

C'était vrai. Elle le savait. Peu importait ce qui se passerait avec la police et donc avec Jack, elle savait que ses sœurs étaient là. Quand ses frères et ses parents seraient au courant, tous les Montgomery seraient là pour elle.

Elle avait de la chance.

Et un jour, elle s'en rendrait compte à nouveau.

CHAPITRE NEUF

LES DÎNERS chez les Montgomery étaient toujours bruyants, turbulents et pleins d'histoires abracadabrantes. Parfois, ça n'allait pas trop loin, uniquement des petites querelles familiales ou des problèmes au boulot, mais parfois, c'était plus que ça.

Pour une raison ou une autre, Decker avait la sensation que cette fois, ce serait plus.

C'était son premier dîner chez les Montgomery depuis qu'il avait embrassé Miranda.

Le premier depuis qu'il l'avait vue au restaurant avec ce mec gominé qui devait être son petit copain, Jack.

Le premier depuis qu'il avait largué Colleen et que plus rien ne le retenait d'être avec Miranda.

Rien à part lui-même.

Et les Montgomery.

Harry avait passé une autre série de traitements, mais son énergie revenait. Marie savait ce qu'elle faisait quand elle organisait ces événements. Elle n'aurait pas invité tout le monde à dîner, si Harry s'était senti mal, mais ainsi, le chef de la famille Montgomery aurait tout son clan autour de lui alors qu'il commençait à aller mieux. Et ses enfants reverraient un peu leur bon vieux papa, plutôt que l'homme fragile qu'il était rapidement devenu.

Austin et Sierra étaient dans un coin à parler avec Wes et Storm d'une extension pour leur maison pendant que Leif jouait dehors avec Gunner et les enfants de Meghan. Le chien avait tout de suite adoré les trois gamins et, sous le regard des adultes, une amitié paradisiaque s'était rapidement forgée entre eux quatre. Meghan et Maya étaient calées dans un autre coin, en train de discuter d'un sujet sérieux. Decker n'était pas certain que ce soit quelque chose dont elles soient prêtes à parler au reste de la famille. Ils seraient tous au courant bien assez tôt, car rien ne restait jamais secret bien longtemps, dans cette famille.

Griffin était en pleine conversation avec Harry, et ils souriaient et riaient tous les deux. Grif avait toujours été doué pour raconter des histoires qui correspondaient à son auditoire ou, plus exactement, pour faire en sorte que son auditoire corresponde à ses histoires. C'est ce qui faisait de lui un écrivain doué.

Meghan reçut un appel téléphonique. Les sourcils froncés, elle s'efforça de chuchoter. Decker avait dans l'idée que c'était son connard de mari au bout du fil. Ce gros nul n'était pas venu au dîner, même s'il avait été invité. En fait, maintenant qu'il y pensait, la femme d'Alex n'était pas là non plus. Celui-ci était à la fenêtre, la mine sombre et, comme à son habitude, un verre à la main. Mince, il avait l'air plus pâle que d'habitude, et les cernes sous ses yeux paraissaient encore plus saisissants à cause de l'air de rage et de dépossession sur son visage.

Cela ne regardait pas Decker, mais il se dirigea vers lui, conscient que personne n'aurait dû boire seul dans une pièce pleine de monde. Tout le monde, à part Miranda, était là et prêt à passer à table. Les deux autres tiers du M&M avaient dit qu'elle était en retard et qu'elle arriverait bientôt. Leurs mines évasives avaient fait comprendre à Decker qu'il se passait quelque chose, mais il découvrirait bientôt de quoi il s'agissait. Il y parvenait toujours. Du moins, il faisait de son mieux.

— Salut, mon vieux, dit-il d'un air tranquille en rejoignant Alex.

Il buvait un soda plutôt qu'une bière, car il reprendrait bientôt le volant et préférait être prudent. Alex, par contre, tenait dans sa main un verre de liquide ambré. Encore une fois.

— Salut, grogna Alex sans le regarder.

— Qu'est-ce que tu fais là tout seul ?

Alex se tourna lentement vers lui et cligna des yeux.

— Je ne suis pas tout seul. Tu es là. Et puis, avec la cinquantaine de Montgomery qu'il y a dans cette pièce, ce serait dur d'être tout seul.

Decker fronça les sourcils.

— Est-ce que ça va ?

Alex soupira et but une gorgée.

— Oui. J'aimerais bien que tout le monde arrête de penser que j'ai un problème et de me demander si ça va.

Decker haussa les sourcils.

— Peut-être que si tu arrêtais de grogner et de te comporter comme un connard, on passerait moins de temps à se demander si tu vas bien.

Il débordait de tact, ce jour-là.

L'espace d'un instant, il craignit qu'Alex ne lui foute son poing dans la gueule. Au lieu de ça, il renversa la tête en arrière et éclata de rire. Les autres firent silence et écoutèrent cet homme qu'ils aimaient rire d'une manière qui n'avait rien de joyeuse, qui frôlait l'hystérie.

— Je suis un enfoiré, Decker, et ça ne risque pas de changer de sitôt.

Decker soupira et posa la main sur son épaule. Il eut de la chance que l'autre ne la lui fasse pas ôter aussitôt. Ou ne lui foute pas un coup de poing.

— Qu'est-ce qui ne va pas, Alex ?

Alex darda son regard vitreux sur Decker.

— Tu vois pas quelqu'un qui manque ?

Miranda.

Mais ce n'était pas d'elle qu'Alex parlait.

— Où est ta femme ?

— Elle m'a quitté.

— Sans déconner ? dit-il doucement et il jura quand le regard d'Alex se fit vide. Elle a quoi ?

Marie Montgomery se précipita aux côtés de son fils.

— Alex, mon cœur, pourquoi tu ne nous as rien dit ?

Elle prit le visage de son fils entre ses mains et fit de son mieux pour ne pas grimacer quand il se dégagea de son étreinte.

Alex haussa les épaules et Decker soupira.

— Vous saviez tous que ça finirait pas arriver, alors ne faites pas semblant.

Il leva son verre comme pour porter un toast.

— C'est fini et je n'ai pas envie d'en parler. C'est compris ?

Marie secoua la tête et Harry l'attira vers lui. Les frères d'Alex vinrent lui tapoter le dos et murmurer leurs regrets, mais sans dire quoi que ce soit d'important. Qu'est-ce qu'il y avait à dire, quand un mariage à l'évidence raté se terminait ? Ça ne faisait que confirmer ce que tout le monde savait.

Le mariage ne voulait plus dire grand-chose. Il était plus facile de divorcer que de faire les efforts nécessaires pour que ça fonctionne. Dans tous les cas, quand ça se terminait, par choix ou par la faute des circonstances, il y avait toujours quelqu'un qui restait derrière et en souffrait. Decker ne voulait pas regarder vers Harry et Marie, conscient que s'ils le remarquaient, ils comprendraient trop de choses.

Au lieu de ça, il se concentra sur Meghan qui semblait secouée. Son visage pâle faisait paraître ses yeux immenses et effrayés. Decker ne savait pas ce que ça voulait dire, mais ce ne pouvait pas être bon. Elle et Alex étaient les deux seuls à être mariés parmi les enfants Montgomery, et aucun des deux n'était heureux en amour. Oui, Meghan restait mariée à ce connard, mais tout le monde voyait bien que les choses n'étaient pas évidentes entre eux.

Comme si elle savait qu'il la regardait, elle cligna des yeux et afficha une mine agréable.

— Il faut que j'aille voir les enfants. Je... je suis désolé, Alex.

Là-dessus, elle sortit et laissa le reste de la famille entourer maladroitement un homme qui n'avait clairement pas envie d'être là et de gérer sa famille.

Mais le fait qu'il soit là malgré tout montrait bien la force sous-jacente des Montgomery. Decker espérait simplement que ça serait suffisant pour sortir Alex du marasme dans lequel il végétait.

Et Miranda qui n'était toujours pas là.

Seigneur, il n'avait pas envie de voir sa tête quand on la mettrait au courant pour Alex et Jessica. Elle tenait à sa famille, mais elle voulait toujours tout arranger. Elle souhaitait que tout se passe bien pour tout le monde. Peu importait que ce ne soit pas possible, elle insistait toujours pour essayer.

Le téléphone de Decker vibra et il regarda l'écran. Il appuya sur ignorer en ravalant un juron. Soudain, il ne put plus supporter de se tenir dans cette pièce avec ces gens. Ils le traitaient peut-être comme un membre de la famille, mais il n'en faisait pas réellement partie. Et sa vraie famille continuait à l'appeler, voulait désespérément le faire retomber dans l'abysse dont il pensait s'être extirpé tant d'années auparavant.

Grif lui jeta un drôle de regard et Decker désigna la porte du menton. Son ami fronça les sourcils, mais Decker articula à voix basse :

— Rien que deux minutes.

Puis il sortit en prenant sa veste en cuir avec lui. Il avait besoin de prendre l'air et ça n'était pas possible à l'intérieur, avec tous ces gens autour de lui qui se débattaient avec leurs propres problèmes. Austin et Sierra allaient se marier. Les jumeaux avaient certainement des soucis au boulot. Maya semblait cacher quelque chose. Meghan avait son connard de mari et Alex buvait dans un coin. Harry et Marie devaient gérer la maladie d'Harry, et Griffin commençait à être trop perceptif.

Ils étaient tous trop perceptifs.

Decker marcha jusqu'au grand arbre sur la pelouse à l'avant de la maison et fourra ses mains dans ses poches. Il ne pouvait pas partir avant le dîner. Ça aurait fait de la peine à Marie, et elle avait déjà suffisamment de malheurs comme ça. Partir sans un mot n'arrangerait rien.

Il ne savait pas pourquoi Miranda était en retard, mais elle arriverait bientôt. Elle allait arriver, apprendre qu'une partie de son monde s'était effondré, et il serait là pour ramasser les morceaux. Il avait toujours été là pour ça. En apprenant la maladie de son père, elle s'était réfugiée dans ses bras. Elle s'était tournée vers lui. Peut-être à cause de son béguin d'adolescente ou il ne savait quoi, mais ça ne pouvait pas être la seule raison. Elle avait toujours été proche de lui, toujours fait partie de sa vie, même quand ils étaient gamins.

Il n'était simplement pas sûr de pouvoir gérer ça, désormais. Pas après ce baiser. Pas après lui avoir fait peur pour qu'elle quitte sa cuisine. L'avoir effrayée pour qu'elle atterrisse tout droit dans les bras de Jack. Bon sang, ils faisaient un couple parfait quand il les avait vus au restaurant, tout en lignes déliées et traits fins. Cet enfoiré avait ses mains sur Miranda, la certitude qu'elles étaient les bienvenues inscrite sur son visage. Miranda ne s'était pas dérobée et n'avait pas paru avoir envie de quelqu'un d'autre. Bien sûr, ça n'avait rien arrangé qu'il ait Colleen à son bras ni que celle-ci n'apprécie pas la tête de Decker quand ils étaient entrés. Il pensait qu'ils étaient tous les deux au fait des choses et, vu qu'il n'avait pas couché ensemble depuis des mois, elle n'aurait pas dû être surprise quand il avait mis fin à leur histoire. À vrai dire, il n'était pas certain qu'il y ait eu quelque chose auquel mettre fin, à part quelques dîners de temps en temps. Elle avait été furieuse, mais maintenant c'était fini, et il était libre.

Du moins, libre d'elle.

Ses menottes virtuelles et ses pensées confuses étaient dues à une autre brune aux longues jambes.

Celle qui venait de se garer dans la rue des Montgomery. Il resta où il était, les mains enfoncées dans ses poches. Il n'était pas quelqu'un de gentil et il fallait qu'elle s'en rende compte. Il n'allait pas ouvrir sa portière pour l'aider à sortir ou la conduire à l'intérieur, avec une main passée au creux de son dos. Elle pouvait se débrouiller toute seule, et lui aussi.

Elle avait de grandes lunettes de soleil, mais elles ne cachaient pas tout.

C'était. Quoi. Ce. Délire ?

Ignorant ce qu'il venait de se dire, il sortit les mains de ses poches et se précipita vers elle. Elle parvint au trottoir et glapit en le voyant. Elle porta la main à sa gorge et il poussa un juron. Il n'avait pas voulu lui faire peur, pas cette fois, mais....

Était-elle en retard à cause de ça ?

— Qu'est-ce qui s'est passé ?

— Decker...

Elle tendit la main, mais il ne la toucha pas. Il en était incapable. Il était tellement furieux qu'il avait peur de la blesser davantage. Il restait le fils de son père et il ne pouvait pas se faire confiance.

— Qui est-ce que je dois tuer ? Qui a *osé* lever la main sur toi ? Est-ce que c'était ce connard-là, ce Jack ?

Il sortit ses clés de sa poche et elle posa la main sur son poignet.

Il se figea à son contact, si doux, si petit.

— Miranda, parle-moi.

D'une main tremblante, elle retira ses lunettes de soleil. Elle ne s'était pas embêtée à se maquiller, car ça n'aurait pas caché son visage enflé et tuméfié. Il voyait tous les endroits de son visage qui avaient été blessés. Il prit le temps de contempler le moindre bleu, la moindre coupure, la moindre marque sur son visage parfait. Il allait réduire cet enfoiré en purée, s'assurer de reproduire ces bleus sur lui, et d'en ajouter quelques-uns.

Après tout, il n'était pas quelqu'un de gentil.

— Je m'en suis occupée.

Elle parlait d'une voix douce, mais non soumise. Seigneur, ce que cette femme était forte.

Il la prit doucement par les épaules et la serra contre son torse. Peu importait ce qui se passait en lui. Il avait besoin de la toucher, de sentir qu'elle était toujours là, intacte. Elle se raidit un instant avant de se laisser fondre contre lui et d'agripper le devant de son tee-shirt.

— Bien sûr que tu t'en es occupée, murmura-t-il.

Il ne s'attendait à rien de moins de la part de Miranda, et de Maya et Meghan qui étaient impliquées là-dedans, au vu des regards qu'elles avaient échangés. Il passa sa main dans ses cheveux et sur son dos pour l'apaiser.

— Dis-moi ce qui s'est passé pour que je puisse m'en occuper aussi.

— Si tu vas casser la gueule de quelqu'un, tu ne feras qu'empirer les choses. Je veux simplement oublier tout ça.

Il grogna un peu et la serra fort jusqu'à ce qu'elle proteste. Il détendit ses bras et appuya sa joue sur le dessus de sa tête. Ils se tenaient au milieu du trottoir, où n'importe qui pouvait les voir, mais en cet instant, cela lui était complètement égal. Les gens pouvaient bien penser ce qu'ils voulaient. Il lui fallait s'assurer qu'elle allait bien ; il s'occuperait des autres plus tard.

— C'est Jack qui a fait ça, pas vrai ?

Elle hocha la tête contre lui et il dut lutter pour ne pas jurer ou grogner.

— Qu'est-ce qui s'est passé ?

Elle trembla et il retira sa vieille veste en cuir pour la passer autour de ses épaules. Elle poussa un petit soupir et se blottit davantage contre lui.

Elle lui raconta son rendez-vous et comment elle n'avait

pas eu envie de passer du temps avec Jack à la base. Il analyserait plus tard le fait qu'elle n'ait pas voulu être avec cet homme et pourtant s'y soit forcée. Quand elle arriva au moment où elle avait appelé un taxi, il l'arrêta.

Il recula et leva son menton du bout d'un doigt.

— J'étais là, dans ce restaurant, Miranda. Tu aurais pu venir me trouver, je t'aurais ramenée chez toi.

Elle secoua la tête.

— Vraiment ? Après ce qui s'est passé dans ta cuisine, j'aurais pu faire ça ?

Il ferma les yeux et jura intérieurement. Bravo, il avait tout gagné.

— Oui, Miranda. Peu importe ce qui s'est passé dans cette foutue cuisine, je t'aurais ramenée chez toi. Mais passons.

Elle le fixa et vit quelque chose dans son regard qu'elle dut comprendre, car elle hocha la tête.

— Je suis arrivée à ma porte d'entrée. J'avais déjà sorti mes clés parce que j'avais la trouille, tu vois ?

Il resserra sa prise, mais fit un mouvement de tête.

— Continue, articula-t-il.

Elle soupira.

— Il m'a cognée contre le mur.

Elle désigna son visage :

— Je crois que c'est de là que viennent la plupart des marques. Il m'a fait très peur. Il m'a retournée et m'a frappée une fois.

Il grogna, un vrai grondement de fauve.

— Je vais le tuer.

Elle secoua la tête.

— Il n'a pas pu recommencer parce que je lui ai filé un

coup de genou dans les parties et j'ai réussi à rentrer et à m'enfermer à l'intérieur.

Ça le fit sourire. Ce n'était pas un sourire agréable, mais Miranda savait le surprendre, pas de doute là-dessus.

— Tant mieux. J'espère que tu lui as fait mal.

Elle lui rendit un sourire tout aussi menaçant que le sien.

— Je crois. Il a crié et j'y suis allée de toutes mes forces.

P Elle haussa les épaules et il comprit que même si cette partie de l'histoire la rasérénait un peu, elle avait encore un long chemin à parcourir avant de pouvoir se sentir à nouveau elle-même. Bon sang, il ne savait pas comment l'aider sur ce point.

— J'ai appelé les flics puis Maya. Enfin, j'ai fait les deux plus ou moins en même temps. Heureusement que papa a insisté pour que je garde le fixe.

— C'est vrai.

Il aurait voulu qu'elle l'ait appelé lui, car de tous les Montgomery et leurs amis, il vivait le plus près de chez elle. Mais il n'était pas chez lui ce soir-là, et ils ne se parlaient plus.

Quel abruti !

— Alors, Maya, Jake et Meghan sont arrivés et se sont occupés de moi vu que j'ai fait une petite crise de panique quand les flics sont partis.

Il haussa un sourcil.

— Tu as le droit de faire une crise de panique, qu'elle soit petite ou non. Cet enfoiré a dû te foutre une trouille pas possible, alors si tu as envie de pleurer à nouveau ou de mettre des coups de poing dans quelque chose, je suis là.

— Tu vas me laisser te mettre des coups de poing ?

Il renifla.

— Maligne. Si c'est ce que tu veux, tu peux essayer. Mais je parlais du punching-ball que j'ai à la maison.

Il fronça les sourcils.

— Enfin, tu devrais peut-être essayer, de toute façon, histoire que je m'assure que tu sais te défendre. Je sais que tes frères t'ont un peu appris, mais je veux voir ta technique.

Elle soupira.

— Je pensais savoir me défendre aussi, mais c'est différent quand tu dois le faire en vrai. Tu vois ?

Malheureusement, il voyait très bien, mais il ne répondit pas.

— Qu'est-ce que les flics ont dit ?

Elle étrécit les yeux et secoua la tête.

— Quoi ? Qu'est-ce qu'ils ont dit, Mir ?

— Eh bien, pas grand-chose, si on excepte que le plus vieux des deux a plus ou moins sous-entendu que c'était de ma faute, pour être une femme.

— Tu déconnes ? Tu as son matricule ? Quel abruti, putain.

— Tu as dû dire putain dix fois en deux minutes. Calme-toi, Decker.

— Non, putain.

En dépit de lui-même, les coins de sa bouche frémirent.

— Mir.

— Deck, répondit-elle en imitant sa voix profonde. Jake a relevé son matricule et a pris une photo du flic. Ça l'a mis encore plus en colère, ce con, mais peu importe. Et pour Jack, eh bien, pour le moment, il n'y a pas grand-chose en matière de preuves ou de témoins, c'est sa parole contre la mienne. Je ne sais pas ce qui va arriver, mais Jack a beaucoup plus d'argent que moi, alors si on doit passer devant la justice...

Ayant vécu une existence où, peu importaient les preuves, son père s'en sortait toujours, car sa mère avait trop peur pour dire quoi que ce soit, ça ne le surprenait malheureusement pas. Il existait de bons flics, d'excellents flics, même, mais ils ne croisaient jamais le chemin de Decker.

Il se rappela quelque chose.

— Je suis un témoin. Enfin, pas de ce qui s'est passé, mais je vous ai vus ensemble au restaurant. Je peux leur dire ça.

Elle secoua la tête.

— Tu peux essayer, mais même le voiturier n'a pas pu m'aider et il nous a vus nous disputer.

Decker grinça des dents.

— Si je peux faire un truc, Mir, tu n'as qu'à demander. Si je dois tabasser ce petit enfoiré pour qu'il comprenne à qui il s'en est pris, je le ferai.

Et il y prendrait plaisir, mais il n'insista pas sur ce point.

— Il n'y a rien que tu puisses faire, Decker. Et puis, je m'en suis occupée, répéta-t-elle.

— Je suis super fier de toi pour ça, mais ça ne change rien, que tu t'en sois occupée. Je veux faire quelque chose, et tu sais très bien que tes frères le voudront aussi.

Elle grimaça.

— Je sais. Bon sang. Je ne voulais pas venir aujourd'hui à cause de, eh bien...

Elle désigna son visage et il hocha la tête. Oui, c'était impossible à dissimuler.

— Je n'ai pas envie de répéter toute l'histoire encore et encore, et c'est ce que je devrais faire, si je n'y vais pas ce soir. Tout le monde est là, et je peux en finir une bonne fois pour toutes. Après, je pourrai rentrer chez moi ou je ne sais quoi.

C'était une erreur, mais Decker voulait l'aider. Il ne pouvait pas s'en empêcher.

— Voilà ce que je te propose : je rentre dans la maison avec toi. Tu leur racontes ce qui s'est passé, puis je te sors de là. Je te ramène chez moi, je soigne ton visage si besoin, et tu pourras faire connaissance avec Gunner.

— Gunner ?

— Ah, j'ai oublié que tu n'étais pas au courant. J'ai pris un chien, Gunner. Il est dans le jardin avec les gosses, là. Ça te va ?

Elle le dévisagea.

— Un chien ? Il faut que je voie ça ! Ça me va.

Oui, il était maso.

Il recula d'un pas et elle mit sa main dans la sienne. Il déglutit et tenta de rester imperméable aux sentiments. Il allait l'aider parce qu'il ne pouvait pas faire autrement, puis il trouverait un moyen de l'oublier. S'il ne le faisait pas, il n'allait jamais survivre aux prochaines années.

Ils marchèrent côte à côte jusqu'à la porte. Quand il posa la main sur la poignée, elle serra sa main.

— Tu es prête ? demanda-t-il.

— Non, mais il le faut.

— Je vais rentrer le premier, dit-il, sachant que ça ne ferait que retarder l'inéluctable.

La famille le vit d'abord ; ils étaient pleins de curiosité. Puis, un par un, il les vit se concentrer sur Miranda.

La pièce explosa.

— Oh mon Dieu, mon cœur.

Marie courut vers Miranda et prit le visage de sa fille entre ses mains en faisant attention à ne pas toucher les zones tuméfiées.

— Qu'est-ce qui s'est passé ?

Miranda siffla et comme il avait toujours la main dans la sienne, il la tira en arrière.

— Calmez-vous, tous, dit Decker d'une voix tonnante au-dessus du tumulte. Elle va tout vous expliquer, mais il faut que vous lui laissiez de l'espace.

— Vraiment ? cracha Austin. Il faut que je lui laisse de l'espace ?

Son regard tomba sur les mains jointes de Miranda et Decker.

— Ça te dérangerait de me dire ce qu'il se passe ?

L'espace d'un instant, Decker réalisa que l'homme qu'il considérait comme un ami et un frère croyait que c'était lui qui avait laissé ces bleus sur le visage d'ivoire de Miranda. Il ravala cette pensée, car c'était impossible. Ils ne pouvaient pas croire... pourtant ils en auraient eu toutes les raisons du monde. Après tout, il descendait de ce genre d'homme, c'était le sang qui coulait dans ses veines. Ça n'aurait pas été si improbable de l'imaginer responsable, même s'il n'avait jamais levé la main sur une femme de toute sa vie.

— Tu veux bien nous expliquer à tous ? demanda Storm.

Il le fusillait du regard pendant que son jumeau, à ses côtés, ne disait rien. Mais son regard de tueur s'exprimait à sa place.

Alex se tenait contre le mur, silencieux. D'abord, Decker crut qu'il était trop ivre pour se soucier de ce qu'il se passait, mais il aperçut de la colère dans ses yeux, première vraie émotion qu'il y voyait depuis longtemps.

Ce n'était pas rien.

Griffin, lui aussi, était silencieux. Il se tenait à côté de son père, avec sur le visage une expression que Decker ne parvenait pas à déchiffrer.

— Arrêtez. Arrêtez tous, là ! hurla Maya et la pièce se fit silencieuse.

— Si vous avez fini de beugler comme des Neandertal, je vais ramener Cliff et Sasha à la maison, intervint Meghan. La journée a été longue, et je pense qu'il est temps pour tout le monde de s'asseoir et de parler.

Elle rejoignit Miranda et embrassa sa sœur sur la tempe.

— Prends soin de toi, et appelle-moi quand c'est fini.

Cliff et Sasha vinrent faire un câlin silencieux à Miranda, comme s'ils avaient su interpréter l'atmosphère de la pièce.

Sierra et Austin échangèrent un regard et, sur un hochement de tête d'Austin, elle emmena Leif derrière avec Gunner. Son fiancé lui répéterait tout plus tard, mais ce n'était pas le genre de conversation pour un enfant.

— Il semble que les filles étaient au courant de ce qui se passe avant nous, déclara Griffin avec onctuosité. Et Decker aussi, maintenant. Je n'aime pas être tenu à l'écart. Surtout quand quelqu'un a confondu ma petite sœur avec un punching-ball.

— Silence, dit Harry d'une voix basse.

Il rejoignit sa fille avec précaution. Decker ne lâcha pas sa main. Il n'était pas sûr de le pouvoir.

— Est-ce que la personne qui t'a fait ça est morte ? demanda Harry.

Miranda secoua la tête et ses yeux se remplirent de larmes.

— Non, mais je m'en suis occupée.

Elle leur raconta l'histoire, comme elle l'avait fait à Decker quelques minutes auparavant. Elle avait raison de penser qu'elle n'aurait pas la force de le faire encore et encore. Ainsi, elle en finissait une fois pour toutes et elle pouvait passer à autre chose. Autant que faire se pouvait, en tout cas.

Harry suivit du doigt les marques sur son visage, l'effleurant à peine si bien que Miranda ne tressaillit même pas.

— Je ne veux pas que mes fils se retrouvent en prison pour avoir fait justice eux-mêmes, ni mes filles ou ma femme, dit Harry d'une voix douce. Tu dis que tu as la situation sous contrôle et je te crois. Mais sache une chose, ma petite fille, si tu as besoin de nous, nous sommes là.

Il l'embrassa sur le front et regarda Decker. Celui-ci releva le menton et Harry hocha la tête.

Oui, il connaissait la chanson. Decker les aiderait, il ne les laisserait pas tomber. Parfois, c'était plus facile pour une personne qui ne faisait pas partie de la famille par le sang de trouver un moyen d'abaisser les défenses de quelqu'un pour l'aider.

Si seulement ils avaient su *exactement* ce qui se passait entre lui et Miranda.

C'est-à-dire, rien, se remémora-t-il.

Miranda n'était pas à lui.

Il allait l'aider, s'assurer qu'elle était capable de prendre soin d'elle-même, puis il la laisserait vivre sa vie.

Elle croisa son regard et il y vit une supplication. Il lui fit un signe de tête.

— Je rentre, dit-elle doucement. Je sais que je viens d'arriver, mais je suis venue pour... eh bien...

Elle désigna son visage.

— Vous avez vu, vous en savez autant que moi, maintenant je veux me reposer.

— Je vais la raccompagner.

Griffin lança un regard interrogateur à Decker. C'était une

interrogation à laquelle celui-ci n'était pas prêt à répondre, et encore aurait-il fallu qu'il connaisse la réponse.

— Reste là et dis-leur au revoir. Je vais chercher Gunner, murmura-t-il à son oreille.

Elle avait un parfum de rose, ce jour-là.

Elle hocha la tête et commença les longs adieux qui allaient de pair avec n'importe quel événement dans la famille Montgomery. Il y avait trop de gens pour que ce soit facile de partir. Decker passa derrière et récupéra Gunner qui faisait le fou avec Leif. Sierra posa la main sur son bras, mais il secoua la tête. Ce n'était pas à lui de raconter cette histoire et, de toute façon, Austin aurait besoin de ressasser tout ça et de lui dire ce qu'il avait sur le cœur.

— Tu es quelqu'un de bien, Decker, murmura-t-elle et elle l'embrassa par-dessus sa barbe.

Il n'était pas d'accord, mais si elle voulait le penser...

Il mit Gunner en laisse et repassa dans la maison. Marie avait immédiatement adoré le chien et le laissait se balader dans sa maison impeccable. Gunner était un Montgomery adoptif, tout comme lui. Decker ferait bien de s'en souvenir.

Miranda le vit arriver et elle baissa les yeux avec un sourire.

— Oh, il est adorable.

Elle se mit à genoux et laissa Gunner venir vers elle. Le chien la renifla et lui fourra sa truffe dans le cou. Gunner semblait comprendre que Miranda était vulnérable, le genre de vulnérabilité qui serrait le cœur, et il prenait soin de ne pas la faire tomber, pas comme quand il avait rencontré Maya.

— Adorable ? intervint Storm. Miranda, ma belle, tu t'es cogné le crâne, non ? Aïe !

Storm frotta son propre crâne là où Wes lui avait fichu une chiquenaude.

Miranda se contenta de rire et secoua la tête avant de se relever.

— Je vous verrai bientôt. Merci pour votre compréhension.

Ils lui dirent au revoir et Decker l'accompagna jusqu'à sa voiture.

— Je te suis, dit-il.

— C'est chez toi. Pourquoi n'est-ce pas moi qui te suis ? demanda-t-elle en tirant sur sa veste.

— Je veux être sûr de pouvoir te voir à tout instant, expliqua-t-il. Sois patiente avec moi, rien qu'aujourd'hui.

Il prit son visage entre ses mains et la sentit retenir sa respiration. Il effleura sa lèvre de son pouce et elle ouvrit la bouche pour lécher le bout de son doigt. Il déglutit et croisa son regard. C'était idiot, oh, tellement idiot. Mais il allait le faire, se lâcher et vivre.

Rien que pour un instant.

— Je te verrai chez moi, dit-il doucement.

— Decker, murmura-t-elle.

— Tout à l'heure, Mir. Tout à l'heure.

Seigneur, quel égoïste ! Peu importait ce qui arriverait ensuite, même s'il ne la touchait plus jamais, il avait besoin de la voir chez lui, de la voir en sécurité.

Il ne serait pas son futur. C'était impossible. Mais peut-être qu'il pouvait être son présent. Pour avoir un aperçu de son bonheur avant qu'elle ne voie la vérité.

Avant qu'elle ne comprenne qui il était.

CHAPITRE DIX

MIRANDA RENONÇA à la veste de Decker une fois qu'ils furent chez lui. Elle n'avait pas eu envie de s'en séparer, mais ça aurait été trop évident si elle l'avait gardée, alors qu'ils étaient à l'intérieur, et qu'elle s'en aille avec. Elle n'était pas revenue chez lui depuis qu'elle s'était ridiculisée dans sa cuisine, mais même si peu de temps s'était écoulé, les choses avaient changé.

Elle ne savait pas trop en quoi, mais elle avait senti la différence devant chez ses parents.

Elle ne savait pas ce que ça voulait dire, ni même ce qu'elle faisait là. Il devait lui montrer comment se défendre, mais ce n'était sûrement pas la vraie raison. Il s'assurerait qu'elle était en sécurité, mais aussi qu'elle puisse respirer à nouveau. Elle avait beau aimer sa famille de toute son âme, il était difficile de ne pas se soucier de les protéger de ce qui était arrivé alors qu'elle n'était pas capable de s'en protéger elle-même.

— Tu veux boire quelque chose ? demanda-t-il, les mains dans les poches à nouveau.

Elle aurait aimé se dire qu'il avait peur de ne pas pouvoir se retenir de la toucher, mais elle n'aurait pas parié là-dessus.

Si elle connaissait Decker, ses tics, son passé, elle ne le *connaissait* pas aussi bien qu'elle le pensait.

Pourtant, elle l'aimait toujours, elle était toujours *amoureuse* de lui, mais si elle le connaissait mieux, peut-être trouverait-elle un moyen de continuer à vivre avec cet amour.

Seigneur, elle avait l'air d'une pauvre idiote éperdue d'amour.

Communiquer de façon franche et ouverte était la seule manière de gérer ça.

Ça, ou bien sourire l'air de rien et ignorer ses sentiments.

L'un ou l'autre.

Gunner se pointa à côté d'elle et s'appuya à sa jambe. Elle baissa les yeux vers ce chien adorablement moche et le gratta derrière les oreilles. Sa langue sortit et il lui adressa un sourire plein d'adoration.

Puis elle eut un haut-le-cœur.

— Seigneur Dieu !

— Foutu chien, grommela Decker. Viens dehors, créature puante. On ne t'a pas appris à ne pas empuantir les lieux en présence d'une fille ? N'as-tu aucune décence ?

Les yeux de Miranda s'humidifièrent et elle ne put retenir le rire qui montait de sa gorge. Decker fit sortir Gunner et revint dans la pièce, le sourire aux lèvres. Gunner et ses abominables pets canins avaient rompu la glace entre eux pour le moment. Si seulement il y avait eu un moyen moins puant.

Decker prit la main de Miranda et la mena dans la cuisine. La sensation de ses mains calleuses dans les siennes lui donnait l'impression d'être chez elle. Bon sang, ce qu'elle était bête. Mais elle s'en contenterait. Pour le moment.

— Tu ne m'as pas répondu, tu veux boire quelque chose ? J'ai soif et il faut qu'on sorte du salon ou on risque de suffoquer.

Elle rit avec lui et s'appuya au plan de travail tandis qu'il marchait jusqu'au frigo.

— Je veux bien un soda, si tu en as.

— J'ai du Coca. Mais ce n'est pas du Zéro.

Elle leva les yeux au ciel.

— Ça fait combien d'années que tu me connais ? Tu crois que je bois du Coca Zéro ?

Il jeta un œil par-dessus son épaule.

— Non, mais tu aurais pu changer pendant que je regardais ailleurs.

Il ne parlait plus du soda et ils le savaient tous les deux.

— Je ne bois pas de soda très souvent, car c'est pas terrible pour la santé, mais si je veux me faire plaisir, je préfère y aller avec du vrai sucre plutôt que de l'aspartame.

— Ça me paraît logique.

Il lui tendit la cannette et fronça les sourcils.

— Tu veux un verre et de la glace ou bien ?

Elle laissa échapper un soupir, prit la cannette et en fit sauter l'opercule.

— Non, je ne suis pas chiante. Il est froid, c'est tout ce qui compte. Decker, qu'est-ce qui ne va pas ? Pourquoi c'est aussi bizarre entre nous ?

Decker croisa son regard et elle sentit son ventre se contracter. Elle ne savait pas si c'était une bonne ou une mauvaise chose.

— La dernière fois que nous nous sommes trouvés tous les deux dans cette pièce, je t'ai poussée contre ce plan de travail je t'ai embrassée. Passionnément. La dernière fois que tu es venue ici, j'avais mes doigts enfouis dans tes cheveux et ma langue au fond de ta gorge. Il s'est passé beaucoup de choses depuis. Et pourtant pas assez.

Elle retint un frisson au souvenir de son toucher, de son goût. Elle voulait tout cela à nouveau, elle en voulait davantage. Mais ça ne voulait pas dire que ça allait arriver. Surtout en se rappelant avec qui il était la dernière fois qu'elle l'avait vu.

— Comment va Colleen ? demanda-t-elle de la voix la plus détachée possible.

C'est-à-dire, pas détachée du tout. Decker haussa un sourcil.

— Elle n'est pas ici.

Elle poussa un petit grognement.

— Connard. Ce n'est pas ce que je voulais dire. Tu étais avec elle, ce soir-là.

— Oui, et c'est la dernière fois que je suis sorti avec elle. Ce n'était pas sérieux entre nous, et maintenant ce n'est plus rien du tout.

Elle se lécha les lèvres, ravie malgré elle. Et pourtant...

— Alors tu l'as simplement larguée comme ça ?

Peut-être qu'il avait raison, peut-être qu'elle ne le connaissait pas du tout.

Il soupira.

— Non, pas vraiment. Ce n'était pas sérieux entre nous. Nous n'étions pas réellement amis, car nous n'avions pas grand-chose en commun.

— Alors pourquoi tu étais avec elle ?

Elle aurait pu avaler sa propre langue. Il y avait évidemment une raison, à laquelle elle n'avait pas franchement envie de penser.

Les lèvres de Decker frémirent.

— Ce n'est pas ce que tu penses.

Il soupira à nouveau.

— Ça faisait des mois qu'on n'avait pas couché ensemble, Mir.

Elle écarquilla les yeux.

— Sérieusement ?

— Ça ne te regarde pas, ou peut-être que si, vu que nous sommes en train d'avoir cette conversation. Ça faisait des mois que Colleen et moi n'avions pas couché ensemble, effectivement. Je ne pense même pas qu'on sortait ensemble, vu que tout ce qu'on faisait, c'était manger ensemble une fois de temps en temps. Je n'avais pas prévu de l'inviter à ce barbecue Montgomery, la dernière fois, elle s'est un peu invitée toute seule. C'est une gentille fille, mais pas quelqu'un avec qui j'avais envie d'être.

Il croisa son regard et Miranda retint son souffle.

— Decker.

— Miranda.

Elle rit doucement.

— Je ne sais pas ce que je fais là.

Elle appuya ses mains contre son visage et poussa un juron. Decker la rejoignit, son Coca pas encore ouvert dans la main. Il appuya la cannette contre ses bleus et fouilla son regard du sien.

— Ne te fais pas mal, Mir.

Elle ferma les yeux. Si elle faisait ce dernier pas (et, oh, seigneur, ce qu'elle avait envie de le faire) ce n'était peut-être pas elle qui se ferait mal.

— J'ai oublié les bleus, dit-elle à la place.

Il prit son menton dans sa main et leva son visage vers le sien.

— Moi pas, chuchota-t-il. Je pourrais le tuer pour t'avoir fait ça.

Il y avait dans sa voix quelque chose de profondément sincère.

— C'est fini, dit-elle en espérant que ce soit vrai.

Le lundi matin, au travail, ce serait horrible et très gênant, mais elle irait la tête haute. Elle était une Montgomery. Decker dessina son visage des doigts tout en gardant son autre main sur son menton.

— Pas encore, mais bientôt. Je ne le laisserai pas te blesser à nouveau.

— Qu'est-ce qu'on est en train de faire ? demanda-t-elle.

Elle avait le souffle court et ça l'agaçait. Decker observa son visage et recula d'un pas. Elle eut froid dès qu'il mit de la distance entre eux et elle détesta cela.

— On va boire nos boissons, puis on va parler.

— De quoi ?

— Du fait que, même si je t'ai repoussée, il semblerait que je n'arrive pas à te garder à distance.

Elle étrécit les yeux, blessée.

— À t'entendre, je suis un insecte que tu n'arrives pas à écraser.

Il ouvrit sa cannette et en prit une gorgée.

— Viens t'asseoir avec moi.

Miranda avait bien remarqué qu'il n'avait pas nié son commentaire sur l'insecte. Connard. Canon, mais connard quand même. Elle le suivit dans le salon malgré tout, soulagée que l'odeur laissée par Gunner se soit dissipée.

Elle s'assit sur le canapé à côté de lui, laissant suffisamment d'espace pour qu'ils ne se touchent pas, mais qu'elle puisse quand même sentir la chaleur de son corps. Un peu de la torture, non ?

Il croisa son regard et grimaça.

— Quoi ?

— Heu, j'avais oublié que tu avais loupé la première partie de la soirée. Je ne sais pas comment te dire ça.

Elle fronça les sourcils.

— Quoi ? Qu'est-ce qui s'est passé ? Est-ce que tout le monde va bien ?

Elle avait été tellement centrée sur elle-même qu'elle n'avait pas remarqué les autres. Ça ne lui ressemblait pas.

— Tout le monde va bien, physiquement.

Il poussa un soupir.

— Je ne connais pas toute l'histoire, et je ne crois pas qu'il l'ait racontée à quiconque, mais Jessica a quitté Alex.

Miranda posa son coca sur la table basse.

— C'est vrai ? Oh, le pauvre Alex. Je veux dire, on détestait tous, Jessica même si on essayait que ça ne se voie pas, car elle était sa femme. Il ne prend pas ça bien, hein ?

Son cœur se serra pour son grand frère. Il était le plus proche d'elle en âge, même s'il avait cinq ans de plus qu'elle. Il s'était marié trop vite, trop jeune, et maintenant, il devait en gérer les conséquences. Mais ça n'avait pas d'importance. Il était son frère, et elle ferait tout ce qui était en son pouvoir pour l'aider. Même s'il n'en voulait pas.

Decker soupira et posa sa cannette à côté de la sienne.

— Non, clairement pas, mais vous êtes suffisamment nombreux pour vous assurer qu'il tienne le choc.

Elle lut dans son regard qu'ils pensaient tous les deux la même chose.

Ce n'était pas beaucoup, mais elle ferait de son mieux pour que ce soit vrai.

— Je sais qu'ils avaient des problèmes, mais c'est quand même dur à entendre. Tu vois ?

Decker haussa les épaules.

— Quoi ?

— Ce n'est pas très surprenant, ce genre de choses est inévitable.

Il y avait quelque chose de dur dans sa voix qu'elle ne comprit pas.

— Qu'est-ce que tu veux dire ?

— Rien, Mir. Ne t'inquiète pas pour ça.

Elle secoua la tête.

— Ne me traite pas comme une petite fille qui ne peut pas comprendre.

Il marmonna dans sa barbe avant de soupirer.

— Très bien. Ils se sont mariés trop jeunes. Ou bien ils ont épousé la mauvaise personne. Que ce soit l'un ou l'autre, ils ne se connaissaient pas assez bien et, maintenant, Alex est au trente-sixième dessous. Parfois, on ne connaît pas réellement la personne avec qui on est jusqu'à ce qu'il soit trop tard.

Devant ce commentaire amer, Miranda laissa échapper un juron à son tour.

— C'est une façon très cynique de voir les relations.

Il haussa un sourcil.

— Ça m'est venu naturellement.

Dans le mille.

— Quoi qu'il en soit, si tu es en train d'utiliser ça de manière pas très fine pour parler de nous, tu te plantes complètement.

Il renifla.

— Il n'y a pas de nous, Mir.

Elle posa la main sur son bras et fut soulagée qu'il ne la repousse pas.

— Bien sûr que si. Il n'y a peut-être pas de relation amoureuse entre nous, mais il y a un nous. Il faut simplement être au clair sur ce que ce nous veut dire.

Il croisa son regard.

— J'ai envie de toi. Tu as envie de moi. C'est suffisamment clair ?

Elle déglutit, réchauffée par cette déclaration.

— Je suis surprise de te l'entendre dire à voix haute.

Il prit son visage dans ses mains en faisant attention à ne pas toucher les endroits où elle était blessée.

— Je ne vais pas te mentir. Pas là-dessus. Mais, Miranda ? Si tu me veux, il faudra que tu gères tous les aspects de ma personnalité. Toi et moi, ça serait quelque chose d'idiot.

Blessée, elle se détacha de lui.

— Pardon ?

— Putain, ce n'est pas ce que je voulais dire. Tu vois ? Je fais tout foirer. Tu es trop jeune pour moi. Tu fais partie de ma famille. Tu es la petite sœur de mon meilleur ami. On se met ensemble et on rompt ? Ça gâcherait tout ce que nous avions, et ça ferait du mal à plus de gens que simplement toi et moi. Tu comprends ça ? Tu pourrais renoncer à tout ça pour essayer un truc qui ne voudrait peut-être rien dire ?

— Ça ne voudra pas rien dire, murmura-t-elle.

Ce n'était pas possible. Pas elle et Decker.

— Nous ne sommes pas ceux que nous étions avant. Nous ne sommes pas les mêmes personnes que celles avec lesquelles nous avons grandi. Nous avons mûri et nous sommes passés à autre chose. Nous avons construit nos vies. Nous ne sommes plus ces façades. Tu n'es plus la petite fille que je voyais il y a des années, et je ne suis certainement plus ce petit garçon. Si nous nous engageons, ce sera complètement différent. Il faudra que nous apprenions à nous connaître. Je ne suis pas l'homme que tu penses que je suis. Il faut que tu le comprennes. Je ne suis pas le rêve que tu as en tête, ou je ne sais quoi. Tu ne me connais pas.

Elle ferma les yeux et prit une grande inspiration. Elle ne voulait pas se mettre en colère. Oh, et puis, pourquoi pas ?

— Ça va bien, les conneries condescendantes ? demanda-t-elle d'une voix cassante.

— Quoi ?

Il avait l'air sincèrement perdu.

— Je ne suis pas une gosse, Decker. Tu veux apprendre à me connaître ? Super. C'est ce que je veux. Je veux apprendre à te connaître davantage aussi. Je veux voir comment nous pouvons nous correspondre. Je sais que nous étions bien ensemble en tant que... eh bien, ce que nous étions avant, et j'ai envie de savoir comment ça sera quand nous serons plus. Les gens changent quand ils sont ensemble.

Elle leva la main.

— Je ne suis pas en train de dire que c'est une mauvaise chose, loin de là. Ce sont des petites choses qui arrivent quand les gens se fondent dans une relation. Je ne suis pas aussi jeune que tu as l'air de le penser, et je crois que tu as besoin de l'intégrer. Tu n'es pas non plus un mec que je mets sur un piédestal. Je ne suis pas une greluche rêveuse, et il faut que nous soyons tous les deux au clair là-dessus.

— Mir.

— Deck.

Il plissa les yeux et elle soupira.

— Tu ne comprends pas, hein ?

— Comprendre quoi ?

Elle prit son visage entre ses mains et sa barbe chatouilla ses paumes.

— C'est *toi* qui me plais. C'est *toi* que j'ai envie de connaître. Je veux connaître l'homme, pas le garçon avec qui j'ai grandi. J'ai les pieds sur terre.

Elle pointa le doigt vers son visage.

— J'ai déjà appris la leçon : derrière les sourires et les mines angéliques, les hommes peuvent être des enfoirés.

Decker gronda.

— Je vais le tuer.

Elle lui tapota la joue.

— Arrête de menacer de tuer des gens.

— Tu vois. Je ne suis pas quelqu'un de bien. Je ne suis pas assez bien pour toi.

— Tu viens de dire que tu ne me connais pas et que je ne te connais pas. Eh bien, ça veut dire que tu ne me connais pas assez pour savoir si tu es bon pour moi ou non.

Il ferma les yeux et soupira.

— Miranda. Je te ferai du mal.

Son cœur se serra et elle eut le sentiment que cette prophétie pourrait bien se réaliser. Mais ça en vaudrait le coup. Si elle n'essayait pas, elle le regretterait.

— Embrasse-moi.

Il rouvrit les yeux et croisa son regard.

— Si on fait ça, il n'y aura plus de retour en arrière possible.

— Je ne veux pas retourner en arrière.

Il l'attira vers lui et la fit monter sur ses genoux. Avant qu'elle puisse reprendre son souffle, il posa la bouche sur la sienne et elle fut perdue. Il mordilla et suçota ses lèvres, sa langue. Elle encadra son visage de ses mains. Sa barbe était râpeuse et pourtant étrangement émoustillante. Les mains de Decker s'étaient emmêlées dans ses cheveux et la tenaient bien serrée. Elle pouvait sentir son sexe en érection entre ses jambes, là où elle le chevauchait. Elle balança ses hanches, en voulant davantage.

Il lui arracha ses lèvres, haletant et posa une main sur sa hanche pour la stabiliser.

— Decker.

— Eh bien, au moins, on sait que cette partie-là, c'est bon.

Elle sourit, satisfaite.

— Ah oui ? taquina-t-elle. Peut-être qu'on devrait réessayer. Pour être sûrs.

— Tentatrice.

Il se pencha en avant et lui mordit la lèvre sans retenue. Le frisson qui la parcourut la surprit davantage qu'elle ne l'aurait cru.

— Voilà qui est bon à savoir, murmura-t-il.

— Qu'est-ce qui est bon à savoir ?

Il secoua la tête.

— Rien qu'une pensée comme ça.

Elle inclina la tête.

— Tu es bien évasif.

— C'est vrai. Maintenant, je vais te suivre chez toi pour m'assurer que tu y arrives en sécurité, et je vais rentrer ici manger et me coucher. Seul.

Elle cligna des yeux, surprise.

— Vraiment ?

Elle gigota sur ses genoux jusqu'à ce que ses doigts se referment sur sa hanche.

— C'est ce que tu veux ? demanda-t-il.

Elle sourit comme le chat du Cheshire.

— Oui.

Il leva les yeux au ciel.

— Je veux dire, nous deux ensemble. C'est ce que tu veux ? Alors, on va sortir ensemble pour de vrai, d'abord. On va réfléchir à ce qu'on veut dans une relation avant que je te déshabille pour goûter au moindre centimètre carré de ta peau.

Elle déglutit avec difficulté et frissonna.

— Tu es en train de dicter comment sera notre relation ?

Bizarrement, une part d'elle en avait envie. Mais une autre part voulait le gifler pour se montrer autoritaire avec elle.

Il l'embrassa doucement.

— Si c'est ce qui en ressort. Je passerai te prendre à sept heures demain matin. Si tu veux toujours être avec moi, le vrai moi, alors tiens-toi prête.

Il marqua une pause.

— Mets un jean et un vieux tee-shirt.

L'esprit de Miranda se mit à tourbillonner. C'était réellement en train d'arriver. Comment est-ce qu'ils en étaient arrivés là ? Elle était seule et pleine de douleur, et l'instant d'après, elle se retrouvait assise sur les genoux de Decker à l'écouter lui parler de leur rendez-vous du lendemain. Peut-être qu'il avait raison et qu'elle avait besoin d'une nuit pour réfléchir, pour appréhender les changements.

Il lui tapota le menton.

— Tu vois ? Tu as besoin de réfléchir. Mets un jean. Celui qui est sexy, là, avec le trou au genou.

Elle haussa un sourcil.

— Tu connais mes jeans ?

— Oui. Et je sais qu'ils sont sexy.

Il se leva en la tenant toujours dans ses bras et elle poussa un glapissement avant d'enrouler ses bras et ses jambes autour de lui. Les mains de Decker vinrent supporter ses fesses et elle soupira. C'était franchement chaud.

— Qu'est-ce qu'on fait, demain ?

— Tu verras. Oh, et mets tes chaussures de rando.

Elle fronça les sourcils.

— Je ne suis pas sûre que tu sois très au fait de ce que ça veut dire, sortir avec une fille, Decker. Ça a l'air un peu grunge, ton truc.

Il eut un grand sourire et elle retint un soupir de midinette.

— Je t'emmène quelque part. C'est tout ce que tu as besoin de savoir.

Elle glissa le long de son corps alors qu'il la reposait lentement. Il poussa un juron et elle eut un grand sourire.

Decker avait raison, au moins *ça*, ça marchait bien entre eux.

Elle espérait que le reste aussi.

— Une rando ? demanda-t-elle, incrédule.

Ils avaient roulé jusqu'aux contreforts montagneux.

— Une rando, répéta Decker.

Gunner courait autour d'eux, visiblement extatique devant le cours des événements.

— Je me suis dit que d'habitude, tu devais plutôt faire dîner et ciné, et c'est bien, mais pas aussi cool que ça. On va voir la nature et profiter de ce qu'il y a ici sans devoir gérer les autres.

Il la tourna vers lui et prit son menton entre ses doigts.

— Comme ça, on peut passer du temps ensemble sans que

les gens te dévisagent ou pensent devoir appeler les flics parce que la brute à côté de toi te frappe, tu vois ?

Elle soupira et s'appuya contre lui.

— Ils peuvent aller se faire foutre, s'ils pensent comme ça.

Cela dit, ça lui était venu à l'esprit. Les quelques personnes qui les avaient croisés avaient fait un large détour pour éviter Decker. Il était impressionnant avec sa taille, ses tatouages et sa barbe qui cachait son sourire à moins d'être à côté de lui. Et son visage à elle semblait avoir été repeint de cinq couleurs différentes, avec tous ses hématomes. Ça lui plaisait assez de se cacher derrière ce masque.

Il se pencha et l'embrassa. Elle fondit. Elle aimait beaucoup ce Decker. Son affection n'était pas bizarre, contrairement à certains mecs mal à l'aise avec les marques de tendresse en public, ou pire, à ceux qui essaient de marquer leur territoire.

Il la touchait juste ce qu'il fallait pour la chauffer, elle n'en aurait jamais assez de lui, mais pas au point de la gêner. Elle ne savait toujours pas comment ils s'étaient retrouvés là, ensemble, avec ses lèvres sur les siennes. Si elle y pensait trop, elle allait se mettre à flipper, à avoir peur que ce ne soit pas réel.

Gunner s'appuya contre elle et elle secoua la tête.

— Tu es toujours là ? demanda-t-il et elle hocha la tête.

— Pardon, j'étais dans la lune. Mais je suis de retour, maintenant.

Il lui sourit et prit sa main.

— Si tu fatigues, dis-le-moi. J'ai un sac avec les basiques, et on ne prend pas la piste difficile. Pas d'escalade ni de passages dangereux.

Elle hocha la tête et inspira profondément. La randonnée

n'était pas en haut de sa liste de hobbys, mais c'était dimanche et elle avait fini ses corrections la veille. Cela lui permettait de passer du temps avec Decker et d'apprendre à le connaître.

Il avança sur la piste où Gunner les devançait en reniflant tout ce qu'il pouvait. Au bout de trente minutes, elle avait compris qu'il avait pris la piste facile pour elle, mais ne se plaignait pas. Elle préférait autant ne pas se tordre la cheville en essayant de faire ses preuves.

— Tu viens souvent ici ? demanda-t-elle.

Decker serra sa main et hocha la tête.

— Oui, plutôt. Je venais ici avec Griffin.

Il grimaça.

— Putain.

Elle grimaça avec lui.

— Il comprendra.

Decker haussa un sourcil en la regardant.

— Bien sûr, Mir. Bien sûr.

Après ça, ils s'en tinrent à des sujets de conversation plus sûrs. Comme le travail, sans toutefois mentionner le fait qu'il travaillait avec sa famille et qu'elle travaillait avec le connard qui l'avait frappée. Ils parlèrent de son appartement et de combien elle s'y plaisait pour le moment. Elle finirait par déménager, mais pour le moment, il lui convenait.

Ils marchèrent pendant encore deux heures avec une pause au milieu pour prendre une barre de céréales et boire un peu d'eau, puis ils repartirent vers la voiture. Avant de monter, elle regarda la chaîne de montagnes derrière elle et sourit.

— Mon Dieu, j'adore vivre ici ! dit-elle.

Ses muscles lui faisaient mal et son jean était sale, mais elle avait l'impression d'avoir trouvé un second souffle.

Decker vint se placer derrière elle et l'entoura de ses bras.

— Ah oui ?

Elle soupira et s'appuya contre lui.

— Oui. Existe-t-il un autre endroit où l'on peut simplement aller se balader et voir un cerf, une rivière, des oiseaux et plein d'autres choses ?

— Sans compter cet ours.

Elle hurla et sauta dans ses bras. Decker bascula contre le 4x4, hilare.

— Je n'arrive pas à croire que tu te sois laissé avoir comme ça, dit-il entre deux éclats de rire.

Gunner aboya et fit le fou autour d'eux. Miranda reposa les pieds au sol et le fusilla du regard, mais sa bouche frémissait.

— Vraiment pas drôle.

— Ah oui ? C'est pour ça que tu ris ?

Elle leva les yeux au ciel et caressa Gunner.

— Rentrons déjeuner chez toi. Je meurs de faim et maintenant, j'ai peur de regarder de trop près vers l'ombre, là-bas.

Il renifla, l'embrassa et lui donna une tape sur les fesses. Elle déglutit. Est-ce que c'était mal d'aimer ça ? Non ? Bon, tant mieux.

— Monte dans la voiture. Ce n'est que l'ombre d'un arbre.

Une fois chez lui, ils descendirent rapidement de voiture et allèrent se désaltérer dans la cuisine. Miranda se regarda et grimaça.

— Je crois que j'ai ramené un bon morceau de forêt avec moi.

Decker sourit.

— Eh bien, c'est toi qui as foncé dans cet arbre.

— Tu m'as distraite !

Elle rougit. Elle ne s'était pas rendu compte qu'il l'avait vue.

— Tu étais en train de mater mon cul.

C'était vrai, mais il n'avait pas l'obligation de le dire comme ça.

— Bref. Je peux prendre une douche ?

Le regard de Decker parcourut son corps et elle déglutit.

— Ça ne te ferait pas de mal à toi non plus.

Sa bouche tressaillit.

— J'ai deux salles de bain, Mir. On peut en utiliser une chacun. On y va lentement, tu te rappelles ?

Elle soupira.

— Oui. Mais pour l'instant, le seul truc en plus par rapport à d'habitude, c'est qu'on s'embrasse.

Il souleva son menton.

— Oui. Et même si j'adore t'embrasser parce que, bon sang, tu es incroyable dans cette discipline, je ne vais pas accélérer. Si on change la dynamique entre nous trop vite, on risque de tout gâcher. Tu comprends ?

Elle se recula pour éviter de lui sauter dessus.

— Très bien. Je vais prendre une douche. Je peux t'emprunter des vêtements de rechange ?

Ses pupilles se dilatèrent et elle espéra qu'il était en train de l'imaginer toute nue. De son côté elle l'avait imaginé tout nu bien des fois.

— Pourquoi tu rougis ?

Elle toussa.

— Oh, pour rien. Donc, des fringues ?

Elle n'allait pas lui avouer ses petits fantasmes non plus. En tout cas, pas tous.

Il se racla la gorge.

— Je vais te trouver quelque chose.

Elle se doucha rapidement et se sécha en regardant le vieux tee-shirt et le jogging qu'il lui avait donnés. Le jogging était trop grand et ne tiendrait pas. C'était encore plus simple de le laisser de côté. De toute façon, le tee-shirt lui arriverait à mi-cuisse. Elle pouvait se contenter de ça et de sa culotte, ça suffirait.

Decker n'allait pas comprendre ce qui lui arrivait.

Elle défit rapidement son chignon pour laisser ses cheveux ondulés tomber sur ses épaules. Elle sortit de la salle de bain et percuta un torse masculin, très sexy, très musclé et très nu.

Decker jura et la regarda, les yeux écarquillés.

— Putain, Mir. Je ne t'avais pas filé un jogging ?

Ses yeux refusaient de quitter son torse et les gouttes d'eau qui dégringolaient jusqu'à son nombril, où une ligne de poils dessinait un chemin suggestif vers le bas.

Il la tira par les cheveux pour la forcer à relever la tête et à la regarder.

— Mir. Ma puce. Regarde-moi. Ce n'est pas une bonne idée.

— Arrête d'essayer de décider à ma place, dit-elle doucement.

Il fronça les sourcils et elle poursuivit.

— Je comprends. Tu veux me protéger, mais ce n'est pas en me disant ce que je dois penser et vouloir que tu y parviendras. Tu me connais suffisamment, même si tu affirmes le contraire, pour savoir que je n'accepte pas ce genre de choses. Si tu ne veux pas me faire l'amour, très bien.

Enfin, non, ce n'était pas très bien, mais c'était un sujet qu'ils aborderaient une autre fois.

— Mais si c'est le cas, tu n'as qu'à le dire franchement.

Arrête de faire comme si c'était ma faute, alors je dis avoir envie de toi. C'est moi qui ai fait le premier pas dans ta cuisine, et voilà que je le fais de nouveau. Si tu me veux, alors prends-moi. Prends-moi comme je suis. Nous inventer des barrières qui n'existent pas n'aidera personne.

Il fit courir ses mains dans les cheveux de Miranda plusieurs fois et soupira.

— Je ne sais pas quoi faire de toi, Miranda Montgomery.

Elle posa la main sur son torse et caressa sa peau, de plus en plus bas, jusqu'à toucher son sexe recouvert par le jean.

— Moi je sais très bien quoi faire de toi, ronronna-t-elle.

Elle n'était pas la petite fille qu'il imaginait, et vu l'expression dans ses yeux, il venait de s'en rendre compte.

Tant mieux.

— Si on fait ça, il n'y aura pas de retour en arrière possible.

Sa voix était basse, dangereuse.

— Il n'y en a jamais eu, Decker. Tu le sais.

Il se lécha les lèvres puis agrippa ses hanches. Ses mains froissèrent son tee-shirt et le firent remonter légèrement.

— Tu connais mon passé, tu connais ma vie, mais tu ne sais pas comment je baise, gamine.

— Ah oui ? Alors montre-moi.

— Je ne suis pas facile, dit-il en se penchant pour faire courir sa bouche dans son cou. Il ne l'embrassa pas, mais réchauffa sa peau de son haleine, faisant naître de la chair de poule sur tout son corps.

— Tu sais ce que je faisais, avant ?

Elle hocha la tête.

— Tu traînais dans des clubs BDSM. Comme Austin.

Ses genoux tremblaient, mais elle ne tomba pas, car Decker la tenait.

— Oui, comme Austin. Et en même temps, différemment.

Il recula et elle fronça les sourcils.

— Je ne suis pas un vrai Dominant dans le sens où tu pourrais l'imaginer, Miranda. Je suis simplement moi. Il m'a fallu beaucoup de temps pour le comprendre. J'aime contrôler, que ce soit au lit ou dans la vie, mais je n'ai pas d'attirance particulière pour la plupart des trucs qui y sont associés d'habitude.

Elle hocha la tête.

— Les gens ont le droit d'aimer ce qu'ils veulent, Decker. Je...

Eh bien, si elle était franche...

— J'aime bien quand tu me dis quoi faire, murmura-t-elle. J'aime bien quand tu me tires les cheveux et que tu m'embrasses. Ça... ça me donne un sentiment de puissance parce que tu as envie de me le faire. C'est bizarre, tu trouves ?

Il sourit et elle se détendit.

— Je comprends. Et je pense qu'on peut trouver un équilibre. Il n'y a que toi et moi, Mir. Pas de famille, pas de liens, pas d'ex, pas de règles autres que se donner du plaisir l'un à l'autre. Tu comprends ?

— Oui. Maintenant embrasse-moi.

Il renifla.

— C'est toi qui me dis quoi faire ?

Elle grimaça.

— Heu, non ?

Il lui donna une claque sur les fesses. Fort. Elle glapit et soupira quand il la caressa pour faire passer la brûlure.

— Je vais prendre du plaisir à découvrir ce que tu aimes, Mir. Beaucoup de plaisir. Pourquoi est-ce que tu ne retournerais pas dans la chambre ? Vas-y lentement, que je puisse regarder comment mon tee-shirt remonte quand tu marches.

Elle déglutit et fit ce qu'il lui ordonnait, consciente de son regard sur ses fesses. Chaque fois qu'elle bougeait, elle sentait le vêtement remonter. Elle pouvait imaginer le haut de ses cuisses qui se dévoilait et, si elle n'avait pas prête à se déshabiller complètement dans l'instant, elle aurait pu le titiller davantage.

Elle arriva dans la chambre sans savoir quoi faire ensuite. Devait-elle s'allonger sur le lit ? Garder ses vêtements ? Il aurait dû lui donner des instructions plus détaillées. Les choses étant ce qu'elles étaient, elle inspira à fond. La pièce avait son odeur. Il avait des meubles larges et masculins, et avait décoré la pièce de couleurs sombres. Ça lui correspondait parfaitement, et ça la calma tout en l'excitant en même temps.

— J'aime bien te voir dans mon tee-shirt.

Elle fit volte-face pour le voir sur le seuil. Il était sombre, sexy et tellement à elle. En tout cas pour cette nuit.

Non, il ne fallait pas qu'elle pense comme ça. Elle ne devait pas penser au futur, à ce que tout cela signifiait ou à ce qui pouvait la blesser. Elle allait vivre au présent et profiter de chaque instant. C'était enfin arrivé, et elle allait prendre ce qui venait. S'ils se séparaient le lendemain et que ça s'arrêtait là, elle aurait au moins eu cette soirée.

Elle ne laisserait pas ce qui se passait entre eux maintenant affecter ce qu'ils avaient déjà. C'était ce qu'elle avait fait jusqu'à présent, mais désormais, elle protégerait son cœur à elle, et le sien.

Decker ne lui offrait pas de promesses, et elle lui offrirait la vérité.

Il avança vers elle d'une démarche féline et elle renversa la tête en arrière pour qu'il puisse s'emparer de sa bouche. Seigneur, il savait embrasser. Il lécha et suçota sa langue et ses lèvres. Elle partit en arrière tandis que sa bouche descendait dans son cou. Il la mordit légèrement, à l'endroit où son cou rejoignait son épaule, et elle frissonna.

— Decker, murmura-t-elle, haletante.

Cela arrivait réellement. Elle allait coucher avec Decker. Elle avait fantasmé là-dessus, bien sûr, mais elle n'aurait jamais cru que ça arriverait pour de vrai. Et maintenant que c'était le cas, elle ne voulait pas que ça se termine.

Decker tira sur ses cheveux et la força à croiser son regard.

— Fais attention à moi, Mir. Est-ce que c'est ce que tu veux ? Je t'ai tout entière. Tu comprends ?

Il ne le pensait pas réellement. Il ne voulait pas l'avoir en entier, et ne se remettait pas non plus entièrement à elle.

Elle hocha néanmoins la tête, le souffle court.

— Dis-le.

— Oui. Je comprends.

— Dis mon nom. Dis mon nom pendant que je te déshabille, que je te lèche et que je te baise. Dis-le.

Elle serra les jambes, le sang pulsant dans son clitoris. Seigneur, il savait y faire en matière de paroles crues. Elle n'en était pas fan, d'habitude, mais avec lui ? Oh que oui. Il ne donnait pas l'impression d'être un gamin qui apprenait à parler à une femme parce qu'il était capable de dire les mots. Non, c'était un homme qui les prononçait parce qu'il le voulait. Parce qu'il savait exactement ce que ces mots lui faisaient. Ce qu'ils leur faisaient à tous les deux.

— Decker. Je comprends. Je t'en prie, fais-moi tout ça. On peut le faire, là, maintenant ?

Elle sourit en disant ça, et les lèvres de Decker se retroussèrent.

Il passa ses doigts le long de son flanc, sur son tee-shirt, jusqu'à ce qu'il rencontre sa peau. Elle prit une inspiration alors qu'il soulevait lentement l'ourlet sur sa hanche. Quand il tira plus haut, elle leva les bras pour qu'il puisse faire passer le tee-shirt par-dessus sa tête.

Elle se tenait devant lui et ne portait qu'une culotte. Elle ne s'était jamais sentie aussi sexy. Ses yeux s'assombrirent et il laissa échapper un petit gémissement.

Il se lécha les lèvres et effleura son mamelon avec son pouce.

— Seigneur, je t'en prie. Touche-moi.

— Tu prendras ce que je te donnerai, quand je te le donnerai.

Oh oui.

Elle déglutit difficilement et le laissa l'observer. Si quelqu'un d'autre avait regardé son corps de cette façon, cela l'aurait mise mal à l'aise, mais Decker la faisait se sentir comme une reine. Il la contempla comme s'il voulait goûter chaque centimètre d'elle, comme s'il y prenait plaisir.

— Je t'ai déjà vue en bikini à la piscine avant, et à chaque fois, je devais me dépêcher de partir ou de sauter dans la flotte glaciale parce que mon short de bain ne cachait plus grand-chose. Me taper une érection avec tes frères à côté ? Mauvaise idée. Je ne voulais pas que tu saches. Je suis toujours stupéfait que tu saches. À l'époque, tu étais tout en courbes et en sex-appeal, mais maintenant ? Maintenant, j'ai l'impression d'avoir manqué énormément de choses parce que je n'ai jamais vu une femme comme toi. Tu es si belle, Mir. Tellement belle. J'ai envie de te lécher jusqu'à ce que je ne puisse plus jamais me débarrasser de ton goût.

Elle rougit et se souvint de ces fois à la piscine où elle l'avait observé du coin de l'œil. Elle avait fait de son mieux pour ne pas trop le regarder pendant qu'elle bronzait ou jouait au water-polo. Lorsque leurs corps se touchaient dans l'eau, glissant l'un contre l'autre quand ils étaient dans des équipes opposées, elle devait s'en aller en nageant vite, au risque de faire quelque chose de stupide, comme le tirer sous elle et l'embrasser à en perdre haleine.

Il fronça les sourcils puis caressa son ventre.

— C'est nouveau. Je ne savais pas que tu avais un piercing au nombril, ma puce. Ça me plaît.

Il joua avec la petite barre métallique, et elle retint un rire. Elle était chatouilleuse, mais rire n'était probablement pas la chose la plus sexy à faire.

— C'est plus ou moins nouveau, dit-elle avant d'inspirer brusquement.

Seigneur, son contact lui faisait des choses.

— Maya me l'a fait après avoir obtenu sa certification pour les piercings.

Decker sourit.

— C'est super sexy. Et je suis content que tu ne l'aies pas eu quand tu te baladais en maillot devant moi à l'époque. Je n'y aurais pas survécu.

Elle se lécha les lèvres, mourant d'envie de plus.

— Et si je te disais que j'ai acheté mon bikini noir pour toi ? répliqua-t-elle avec désinvolture.

Il releva immédiatement les yeux vers elle et sourit lentement.

— Ah oui ? Eh bien, c'était de la torture, Mir.

Puissante. C'était ce qu'il lui faisait ressentir.

— Toi aussi, tu me torturais, tu sais. Tout bronzé et musclé. J'ai dû aller me soulager toute seule à plus d'une occasion après t'avoir vu en maillot.

Elle referma la bouche, les yeux écarquillés. Elle ne *pouvait* pas avoir dit ça à voix haute.

Il sourit, les yeux pétillants.

— Oh, tu n'aurais pas dû me dire ça, ma mignonne. Maintenant, je vais vouloir te regarder passer ta petite main dans ta culotte et te faire jouir.

Elle frissonna. Est-ce qu'elle serait capable de faire ça ? Se toucher pendant que Decker la regardait ?

Elle croisa son regard.

Oui, elle en était capable.

Il passa son pouce sur son autre mamelon et elle se mordit la lèvre.

— La prochaine fois, Mir. La prochaine fois, on fera ça. Peut-être même que je me branlerai en te regardant.

Elle prit une inspiration. Il hocha la tête et sourit de sa réaction.

— Oh oui, ça te plaira. J'ai joui en pensant à toi un nombre incalculable de fois, ma chérie. Tu n'es pas la seule.

— Dieu merci, le taquina-t-elle.

Decker la rapprocha de lui et écrasa sa bouche contre la sienne. Elle se laissa sombrer dans ce baiser, sombrer en lui. Il laissa ses mains descendre sur son dos et ses fesses.

— Ton cul est tellement rebondi. Seigneur, je veux le baiser un jour, Mir. Qu'est-ce que tu en dis ? Tu as envie de ma verge dans ton petit cul sexy ?

— Heu...

Il gloussa d'une voix rauque.

— Je vais trop vite pour toi ?

Elle secoua la tête.

— Pas assez. S'il te plaît, j'ai besoin de te sentir en moi.

Elle plissa les yeux.

— Mais dans ma chatte pour l'instant, si ça te va.

— J'aime entendre ce mot dans ta petite bouche bien élevée. Si tu veux que je te prenne, je peux le faire. Retourne-toi.

Elle fronça les sourcils, mais fit ce qu'il voulait. Il prit une inspiration et elle déglutit.

— J'avais oublié que tu as le tatouage Montgomery en bas du dos.

Ça la fit rire.

— Oui, j'ai choisi un emplacement qui fait un peu salope. Je ne trouvais pas d'autre endroit pour le mettre qui serait caché sous mes vêtements, mais qui me ferait me sentir moi-même. Tu comprends ?

Elle regarda par-dessus son épaule et vit le désir dans ses yeux. Pas seulement son désir pour elle, mais pour le tatouage qu'elle portait. Chaque membre de sa famille avait ce tatouage, pourtant, à sa connaissance, Decker ne l'avait pas. Il aurait dû l'avoir, et elle comptait bien le lui dire.

Plus tard.

Pour l'instant, elle avait envie d'accélérer un peu les choses.

Elle trémoussa les fesses et fit face au lit. La tête toujours tournée par-dessus son épaule afin de le voir, elle se pencha, appuya sa poitrine contre le lit et glissa ses mains sous les côtés de sa culotte.

Le regard de Decker s'assombrit et il lui fit un signe de tête affirmatif.

Elle tira lentement sa culotte vers le bas, lui fit passer ses fesses et arriver à ses cuisses. C'était le plus loin qu'elle pouvait atteindre, et cela la laissait ouverte à son regard, complètement à sa merci.

Elle adorait ça.

La façon dont le tissu remontait sous ses fesses, comme pour la mettre en valeur exprès, souligner cette partie de son corps rien que pour lui.

Il prit ses fesses dans sa grande main et serra.

— Tu me coupes le souffle, Mir.

Elle soupira, appréciant la sensation de ses mains sur elle.

— Pareil.

Il pouffa de nouveau de rire et se baissa pour se retrouver accroupi derrière elle, son visage très près de son sexe. Elle essaya de ne pas se tortiller en se sentant aussi exposée, mais elle ne put s'en empêcher. Elle *était* exposée. Et elle aimait sentir Decker à cet endroit. Elle aimait beaucoup ça.

— Je savais que tu serais toute rose.

Son doigt suivit délicatement le tracé de ses lèvres, et la respiration de Miranda se bloqua.

— Tellement joli, murmura-t-il avant de se pencher.

— Decker !

Il venait d'apposer sa bouche sur son sexe, et aspira en mordillant légèrement. Seigneur, sa bouche. C'était tellement réel. Elle se tortilla, essayant de se rapprocher. Sa langue manquait toujours son clitoris, et connaissant Decker, il le faisait exprès, s'amusant à faire monter la pression jusqu'à ce qu'elle ne puisse plus respirer.

Il lui donna une claque sur les fesses puis les caressa, et elle frissonna.

— Ne bouge pas, Mir, ou je te fesserai plus fort.

Sans réfléchir, elle remua de nouveau.

— Oh, Mir. Tu veux sentir ma main sur toi ? Tu veux que je fasse virer ce joli petit cul au rouge ?

Elle prit une inspiration et il lui donna une claque sur l'autre fesse.

— Fais une phrase.

Sa voix était une drogue à elle toute seule, si profonde, si rauque, si parfaitement *Decker*.

Très bien. S'il voulait la vérité, s'il voulait tout entendre, alors elle le lui donnerait.

— Oui. Oui, je veux que tu me donnes la fessée. Je veux que me fasses un cunni, que tu me fasses jouir, que tu me fesses, me baises et m'attaches. Je veux tout. D'accord ?

Elle regarda à nouveau par-dessus son épaule et trouva un Decker plus que ravi qui lui souriait. Avait-elle tort de penser que la barbe le rendait plus sexy ?

— J'aime ta façon de penser, bébé. Je vais faire tout ça. Peut-être pas tout de suite, mais tout. Maintenant, laisse-moi t'enlever cette culotte. Je vais lécher ton sexe dégoulinant, et ensuite, je vais te baiser. Tu es prête ?

Elle laissa échapper un gémissement, incapable de parler clairement. Cette réponse non verbale sembla convenir à Decker qui ne renouvela pas sa fessée.

Il la mit à nu puis lui écarta les jambes. L'air frais sur son corps ne fit rien pour diminuer la chaleur qui brûlait en elle. Seigneur, elle avait envie de lui, envie de jouir.

Quand sa bouche fondit son clitoris, elle agrippa les couvertures et se mordit la lèvre. Ses doigts s'enfoncèrent dans le tissu, et elle risquait de le déchirer si elle ne faisait pas gaffe. Il lui aurait fallu un avertissement avant d'être livrée à son incroyable langue. La sensation de sa barbe râpeuse entre ses cuisses était encore plus érotique et sensuelle qu'elle ne l'aurait cru. Il lécha et suça son clitoris avant de la pénétrer de sa langue.

Quand il la transperça avec deux doigts épais, elle cria, et se contracta autour de lui. Son orgasme la terrassa et elle s'arc-bouta contre son visage. Ses membres se mirent à trembler, et son champ de vision vira au gris.

Avant qu'elle ne puisse reprendre son souffle, Decker la mit sur le dos et abattit ses lèvres sur les siennes. Elle sentit son propre goût, et cela faillit la faire jouir à nouveau. Il ne portait toujours que son jean, et la sensation de rugosité du tissu sur sa peau trop sensible lui fit perdre davantage ses moyens.

Elle retira sa bouche, ayant besoin de reprendre son souffle.

— Je t'en prie, pour l'amour de Dieu, enlève ton pantalon et prends-moi.

Il sourit et se leva. Le regard tourné vers elle, il défit le bouton de son jean et baissa la fermeture éclair. Quand son jean tomba par terre, elle perdit toute capacité de réflexion.

Son Decker, dans le plus simple appareil.

Il était long, épais, et prêt pour elle. Et doux Jésus, il était piercé. Il avait un Prince Albert qui allait certainement lui procurer des sensations incroyables quand il s'enfoncerait en elle. Son sexe pulsait d'une façon qui semblait presque doulou-reuse, et la veine bleue sur le dessous ressortait de manière saisissante sur sa verge rougie. Le gland était rond et une petite goutte de liquide perlait à l'extrémité du piercing, laissant une trace sur son ventre lorsqu'il bougeait, puisque son sexe tapait contre sa peau, tendu à bloc.

— Continue à me regarder comme ça, et je vais exploser avant même d'entrer dans ton petit vagin serré.

Elle cligna des yeux.

— Elle est, heu... grosse.

Bien dit, Miranda. Subtil.

Le sourire de Decker était presque cruel.

— Tu sais faire les compliments.

Il fit le tour du lit jusqu'à la table de nuit, en sortit une petite pochette métallisée et enfila le préservatif en faisant attention à la petite boule de métal à l'extrémité de son sexe.

Elle lui dirait qu'elle prenait des contraceptifs et qu'elle était clean une autre fois. Ils auraient toutes ces discussions plus tard. Pour le moment, ils se protégeaient, et elle voulait le sentir en elle. Maintenant.

Il s'agenouilla sur le lit et se plaça entre ses jambes. Avec ses avant-bras de chaque côté de sa tête, elle se sentait captive, mais en sécurité.

Il joua avec ses cheveux, et elle soupira.

— Tu es tellement belle, Miranda.

Ses yeux la brûlèrent, et elle déglutit. Il ne fallait pas qu'elle pleure maintenant. Ça n'arriverait pas. L'homme qu'elle aimait était si adorable qu'elle avait envie de pleurer, mais elle ne le ferait pas. Elle aurait bien le temps plus tard.

Il baissa la tête vers elle et l'embrassa doucement. Elle fit courir ses mains dans son dos, enfonça ses ongles tout en approfondissant le baiser. Il poussa un gémissement et agita les hanches pour que son sexe appuie contre l'ouverture du corps de Miranda. Elle souleva légèrement les hanches pour lui offrir un meilleur accès, puis abandonna ses lèvres pour pouvoir le regarder dans les yeux.

Il s'enfonça lentement en elle, et la bouche de Miranda s'ouvrit toute seule. Il était si gros, si... Decker. Elle se sentait si emplie, elle s'étirait autour de lui et attendait. Cela sembla durer une éternité, puis il fut au fond d'elle et resta immobile le temps qu'elle s'habitue à sa présence.

Il gémit, puis se retira à moitié avant de revenir s'enfoncer jusqu'à la garde.

— Seigneur Jésus, Mir, c'est tellement bon en toi.

Elle sourit puis s'arc-bouta et enroula ses jambes autour de sa taille.

— Ton sexe est tellement gros que tu vas me faire jouir comme ça.

Elle se lécha les lèvres.

— Baise-moi, Decker. Baise-moi fort.

— Sérieusement, ma puce, j'adore tes compliments.

Il sourit et l'embrassa avant de commencer à aller et venir, en augmentant le rythme à chaque poussée. Son piercing la toucha au bon endroit, et elle se mit à trembler. Elle rejeta sa tête contre les oreillers et hurla en jouissant. Mais il ne s'arrêta pas. Non, il fit passer sa main entre eux et vint stimuler son clitoris tout en agaçant son mamelon de sa bouche.

Seigneur, il était fort doué de ses mains, et sa bouche était le péché incarné.

Enfin, il était doué dans tous les domaines.

Quand elle redescendit, Decker l'embrassa et captura son nom sur ses lèvres. Il jouit après elle et se vida dans le préservatif sans arrêter ses va-et-vient. Ils étaient trempés de sueur, leurs corps entrelacés et épuisés.

Il lui donna un dernier baiser et s'éloigna pour s'occuper du préservatif. Elle se sentait vide sans lui, mais il revint avant que les draps aient complètement refroidi.

Quand il fut de retour, il la souleva dans ses bras, ce qui la surprit.

— Decker ?

Franchement, il la faisait se pâmer, des fois.

Il l'embrassa sur la tempe, puis la tint d'un bras tandis qu'il arrangeait les couvertures.

— Tu vas prendre froid, dit-il doucement avant de la border.

Elle laissa échapper un soupir quand il se colla derrière elle, en cuillère.

— Je...

Non. Elle ne pouvait pas dire ça.

— Tu veux que je nous prépare un truc à manger ? demanda-t-elle.

Il était encore relativement tôt, mais elle appréciait d'être blottie contre lui au lit. Elle n'avait simplement pas envie d'y devenir accro. Pas alors qu'elle ne savait pas ce que Decker voulait.

Il caressa sa hanche et elle se lécha les lèvres, heureuse.

— On pourra cuisiner ensemble tout à l'heure. Détends-toi, Mir. Il n'y a pas d'urgence.

Elle soupira et lâcha prise, car il le lui avait demandé. Elle s'inquiéterait plus tard de ce qui arriverait ensuite et de comment elle gérerait ça. Pour le moment, elle voulait chérir chaque seconde passée dans les bras de Decker. Elle ne savait pas ce qu'il adviendrait le lendemain, et cette pensée l'effrayait suffisamment pour qu'elle la refoule et ne veuille pas encore l'examiner. Decker était à elle pour l'instant. Ça suffisait. Il fallait que ça suffise.

CHAPITRE ONZE

— POURQUOI EST-CE que je n'ai pas le droit d'aller trouver ce trou du cul et de le tuer ? gronda Austin.

Il faisait les cent pas dans sa chambre en marmonnant. Cela faisait une semaine qu'il avait vu le visage de sa petite sœur chérie bleui et écorché par cet enfoiré, et il n'avait rien pu faire à ce propos. Ce connard s'en était bien sorti, et Austin n'était pas sûr de pouvoir se contenir bien davantage. Miranda était la plus douce d'eux tous, et ça le rendait malade de la laisser souffrir comme ça.

— Chéri, non, tu ne peux pas le tuer. Si tu te retrouvais en prison pour homicide, ça gâcherait le mariage. Je ne crois pas que l'uniforme orange de prisonnier irait bien avec la palette de couleurs qu'on a choisie.

Austin s'interrompit pour regarder sa fiancée. Elle était assise au milieu du lit, une tablette à la main, un sourire rusé sur le visage. Ses cheveux couleur de miel dégringolaient sur ses épaules, la faisant apparaître jeune et tentatrice. Elle portait un des vieux tee-shirts d'Austin et rien d'autre. Il sourit. C'était exactement comme ça qu'il l'aimait.

Enfin, il l'aimait quoi qu'elle porte, en réalité, mais là n'était pas la question.

Ses paroles lui revinrent et il secoua la tête.

— Est-ce que tu viens réellement de dire que je ne pouvais pas tuer l'homme qui a frappé ma sœur parce que l'uniforme de prisonnier n'était pas assorti au décor du mariage ?

Elle poussa un soupir et se passa une main sur le visage. Elle faisait beaucoup cela, ces derniers temps. Pour tout dire, elle semblait avoir besoin d'une bonne sieste. Il essayait de la laisser un peu tranquille parce qu'elle était tellement fatiguée tout le temps. Au début, il avait cru que c'était le stress d'ouvrir un nouveau commerce, d'organiser le mariage et d'élever Leif avec lui, mais il n'en était plus si sûr.

Il fallait qu'il prenne un soin tout particulier d'elle.

— Je dis simplement que Miranda, et Decker d'ailleurs, semblent avoir la situation bien en main. Le cogner jusqu'à ce que mort s'ensuive n'arrangerait rien.

Elle leva une main.

— Oui, je sais, c'est nul. Seigneur, moi aussi j'avais envie de foutre une raclée à ce connard pour avoir osé s'en prendre à l'une d'entre nous, mais il n'y a rien que nous puissions faire. Il ne nous reste qu'à prier pour que la justice fasse son travail.

Il lui lança un regard appuyé et elle soupira. Ils savaient tous les deux que parfois, peu importait la bonne foi des victimes, la justice n'était pas de leur côté... et que d'autres en profitaient.

— Est-ce qu'elle t'a parlé de son travail ? demanda-t-il en se laissant tomber sur le matelas à côté d'elle.

Elle s'appuya contre lui et secoua la tête.

— Pas trop. Il la laisse tranquille même si la police n'a encore rien fait. Elle a eu droit à beaucoup de questions de la part des profs, des élèves, et des parents aussi j'imagine, mais malgré ça, elle garde la tête haute.

Il grogna doucement et tira Sierra plus près de lui.

— Ça ne me plaît pas.

— Je sais, Austin. Je sais. Mais elle va bien. Elle apprend à se prendre en charge et à prendre soin d'elle. Et elle a Decker. Tout ira bien.

Austin se figea.

— Comment ça, elle a Decker ?

Sierra recula et haussa les épaules.

— Decker prend soin d'elle. Tu sais, il s'assure qu'elle se sente en sécurité et fait en sorte que ce soit le cas.

Il étrécit les yeux, mais n'arriva pas à mettre le doigt sur ce qui le dérangeait là-dedans. C'était chouette que Decker prenne soin de sa sœur, mais il y avait un truc de... bizarre.

Avant qu'il puisse y réfléchir davantage, Sierra gémit et partit vers la salle de bain. Il sauta du lit et la suivit.

— Merde. Qu'est-ce qui ne va pas, Sierra ?

Il lui tint les cheveux tandis qu'elle se vidait du contenu de son estomac en tremblant. Il sortit un gant de toilette qu'il humidifia avant de lui tamponner le visage avec. Elle prit une inspiration tremblante.

— Je ne sais pas. Je crois que j'ai la grippe. J'ai des courbatures. Enfin, plus que d'habitude.

Il passa une main dans son dos et la maintint quand elle s'appuya contre lui.

— Je suis désolé, ma puce. Tu veux que je t'emmène chez le médecin ?

Elle secoua la tête.

— Non. Je crois que ça va mieux. Si ça ne passe pas rapidement, j'irai voir un toubib, mais je suis sûr que ça va aller.

Austin posa la joue sur le dessus de son crâne. Il n'avait jamais imaginé qu'il pourrait un jour tenir à quelqu'un autant qu'il tenait à Sierra. Et voilà qu'il était là à tenir sa fiancée dans ses bras, assis sur le sol de la salle de bain, après l'avoir vue vomir. Il n'aurait échangé ça contre rien au monde.

— Je suis là, Gambettes.

— Arrête de m'appeler Gambettes.

Elle le dit si doucement qu'il sut qu'elle ne le pensait pas.

— Dis-moi ce dont tu as besoin, je suis là.

Elle releva la tête pour lui sourire.

— Je sais. C'est pour ça que je sais que Miranda va se remettre. Elle a tous les Montgomery pour prendre soin d'elle. Nous sommes une famille, Austin.

Il l'embrassa sur la tempe.

— Oui, nous sommes une famille.

Et si quelqu'un essayait de faire du mal à sa famille à nouveau, il comptait bien répliquer.

CHAPITRE DOUZE

DECKER PASSA une main sur le visage de Miranda. Même dans son sommeil, elle se tournait vers sa paume et il adorait ça. Sa bouche s'entrouvrit légèrement et elle suça son pouce. Il retint un gémissement pour ne pas la réveiller et retira lentement sa main. Elle geignit avant de se renfoncer dans son oreiller. Il se leva et mit ses vêtements de travail : un vieux jean, des chaussures encore plus vieilles. Il ne se sentait pas très à sa place dans la chambre de Miranda. Oui, il avait passé la nuit ici, mais il aurait peut-être dû porter un jean en meilleur état.

Cela dit, Miranda n'avait pas eu l'air de s'en soucier.

Comment avait-il fait pour avoir une chance pareille ?

Ça faisait plus d'une semaine qu'il avait rompu la promesse qu'il s'était faite et autorisé une once de bonheur. Ils avaient passé quatre nuits ensemble au cours de cette semaine, la plupart du temps chez lui parce qu'il avait Gunner et une grande maison. Mais la nuit dernière, il était venu chez elle parce que Gunner était chez Austin pour que Leif s'entraîne à surveiller un animal de compagnie. Decker n'avait pas mentionné où il dormirait puisque Gunner s'en fichait et qu'Austin lui aurait probablement fichu son poing dans la figure.

Lui et Miranda ne parlaient pas de futur ou d'engagement. Au lieu de ça, leurs conversations étaient les mêmes qu'avant, sauf que maintenant, ils y avaient ajouté du sexe. Il n'avait plus l'impression d'être constamment sur le point d'exploser à force de se retenir. Il n'avait plus besoin de se mordre la langue pour s'empêcher de lui dire qu'elle était canon. Il n'était plus obligé de garder ses mains dans ses poches parce qu'il avait envie de la toucher, de la serrer contre lui.

Ce qu'il avait de la chance.

En tout cas pour le moment.

Quand les Montgomery découvriraient ce qu'ils faisaient avec la petite dernière, eh bien, sa vie serait finie. Ou en tout cas, sa vie avec eux.

Elle valait cette souffrance à venir, mais il espérait qu'elle n'aurait jamais à découvrir que la réciproque n'était pas vraie.

Il fallait qu'il parte tôt sur son chantier, alors il la laissa dormir. Elle se lèverait d'ici une heure pour aller travailler, mais elle avait besoin de dormir. Il l'avait fait veiller tard, la nuit précédente. Cette pensée le fit sourire malgré lui.

— Decker ?

Il poussa un juron. Il n'avait pas voulu la réveiller. Il regarda par-dessus son épaule pour voir une Miranda endormie sur le seuil de la chambre. Ses cheveux donnaient l'impression que quelqu'un s'était amusé à y passer les mains des heures durant, *il plaidait coupable*. Elle avait enfilé le tee-shirt qu'elle portait la veille et le coton arrivait en haut de ses cuisses. Seigneur, elle était sublime. Il se retourna et son sexe durcit, enflant dans son jean. Il n'avait pas envie de se retrouver avec la marque de la fermeture éclair sur sa verge pour toujours. Il se rajusta et fit signe à Miranda de venir à lui en repliant le doigt.

Elle lui adressa un sourire endormi et le rejoignit. Il ouvrit les bras et elle se laissa aller contre lui. Il l'embrassa sur le dessus du crâne et elle pencha la tête en arrière, la bouche ouverte. Il l'embrassa doucement, ses lèvres effleurant les siennes dans la plus suave des caresses.

Elle gémit et laissa descendre sa main vers le devant de son caleçon. Quand elle l'agrippa, la respiration de Decker se coupa. Il recula avec un rire rauque.

— Si tu me touches, on va se retrouver à poil et il faut que j'aille travailler.

Elle poussa un soupir ensommeillé, mais ne toucha plus à son pénis. Decker se sentit déçu.

Plus tard.

— Travaille bien. Tu voulais du café ?

Elle se traîna jusqu'à la machine à café et il retint un sourire. Elle n'était pas du matin, mais bon, lui non plus. Il aurait adoré la renverser sur le plan de travail et se repaître d'elle en guise de petit déjeuner sauf qu'il fallait qu'il aille bosser.

Et il fallait qu'il garde un minimum de distance. Plus il passait de temps ici, plus il s'incrustait dans toutes les facettes de la vie de Miranda, et pire ce serait quand ils mettraient fin à tout ça.

C'était temporaire.

Une distraction.

Il fallait qu'il s'en souvienne.

— Decker ? Du café ?

Elle agita une tasse vide vers lui et il secoua la tête.

— J'en prendrai un sur le chantier. Travaille bien.

Plutôt que de l'embrasser pour lui dire au revoir, il leva le menton et sortit. S'il ne partait pas immédiatement, il ferait une bêtise et resterait là.

Ça ne pouvait pas arriver.

Le soleil ne s'était pas encore levé, mais il y avait dans l'air une odeur de matin et de pluie. L'immeuble de Miranda était blotti contre un bosquet qui offrait de l'ombre pendant les mois les plus chauds en faisant face aux montagnes. Même si l'appartement était petit, ça valait le coup d'y habiter pour la vue.

Il n'était pas sûr d'avoir envie qu'elle continue à vivre ici, cependant, vu que c'était là que Jack l'avait attaquée. Ça faisait peut-être de lui un homme des cavernes, mais il aurait préféré la traîner chez lui où il pourrait la garder en sécurité.

Alors qu'il arrivait à son pick-up, une voiture qui ressemblait terriblement à celle de Maya se gara sur le parking.

Eh merde.

Plutôt que de sauter derrière le volant et de filer de là comme s'il avait quelque chose à se reprocher, il resta sur place, les bras croisés devant son torse.

Maya sortit de voiture, les sourcils haussés. Pour une raison ou une autre, elle n'avait pas l'air trop surprise de le voir là. Miranda n'avait rien dit à sa famille puisque c'était tout nouveau entre eux et qu'ils étaient encore en train d'apprendre à se connaître en tant que couple, si c'était le bon mot pour définir leur relation. Pour autant, Maya savait additionner deux plus deux.

Elle était au courant de choses que personne n'aurait dû savoir, et Decker n'avait pas la moindre idée de comment elle les apprenait.

— Decker.

Sa voix était froide, mais le rire dans ses yeux le perturba.

— Maya, dit-il aussi froidement, sans rire dans ses yeux.

— Travaille bien, répondit-elle lentement.

— Tu vas le dire aux autres, hein ?

Il n'avait aucun doute à ce sujet.

— Je n'ai pas le choix, expliqua-t-elle. Elle est sous notre responsabilité, Deck.

Il hocha la tête pour acquiescer. C'était nul, mais il n'y avait rien qu'il puisse y faire.

— Tu es sous notre responsabilité aussi. Tu le sais, pas vrai ?

Il ne répondit rien et se contenta de lever le menton et de monter dans sa voiture. Quand tout ça se casserait la gueule, ce qui était obligé, car il était un Kendrick et que tout faire foirer était dans ses gènes, il serait seul. Il l'avait su dès le départ, mais Miranda exerçait trop d'influence sur lui pour qu'il résiste davantage.

Il pouvait se débrouiller seul.

Il trouvait simplement dommage de devoir abandonner les Montgomery à cause de ça.

Il arriva chez Austin, récupéra Gunner auprès d'une Sierra endormie et fila avant que Maya ait le temps d'appeler quiconque. Il ne reprochait pas à la sœur de Miranda de vouloir la protéger ni de répandre la nouvelle. Ce serait forcément arrivé à un moment ou à un autre, mais il lui fallait un café afin de gérer ce qui allait suivre.

Quand il arriva sur le chantier, il poussa un soupir. Tout cela n'allait pas être agréable. Il vivait avec ces gens. Il travaillait avec eux. Ils étaient sa famille et il avait tout gâché parce qu'il voulait Miranda.

Il la voulait.

Il avait besoin d'elle.

Il la désirait.

Il l'aimait.

Non, pas ce verbe-là. Il ne pouvait pas se le permettre. *Elle* ne pouvait pas se le permettre. Il espérait seulement que lorsque tout se casserait la gueule, parce que c'était obligé, il resterait suffisamment de lui-même pour ramasser les morceaux.

Sur cette pensée optimiste, il sortit de son pick-up et Gunner le suivit vers la caravane. Le chien y serait en sécurité jusqu'à ce que Decker le fasse sortir pour le promener. Le chien le suivrait alors à l'extérieur du chantier. Cette drôle de bestiole aimait le bruit, la circulation et les gens. Decker n'avait pas à s'inquiéter que ce soit trop pour lui. Gunner était parfaitement à sa place avec les Montgomery et tout ce qui allait avec.

Ce chantier consistait à restaurer une vieille auberge. Ils se trouvaient à l'ouest, donc aucun des bâtiments n'était aussi vieux que certains sur lesquels il avait travaillé à l'est. Denver était une ville relativement jeune et ça se voyait à ses bâtiments et à ses routes. Cependant, la ville avait malgré tout une histoire, qui touchait aux lieux ou aux gens. Storm se cassait la tête sur les plans pour mêler la nouvelle architecture à l'ancienne, tandis que Wes dirigeait l'équipe. Decker était son second. À eux deux, ils se tapaient la plupart de la basse besogne sur ce projet.

Il adorait ça.

Il adorait travailler avec ses mains, adorait faire en sorte qu'un lieu ait l'air entretenu plutôt que négligé. Il espérait qu'il n'allait pas se faire virer parce qu'il avait couché avec leur sœur.

Seigneur, il était un abruti et un égoïste.

— Quelle mouche enragée t'a piqué ? demanda Wes en prenant une gorgée de café.

Il grimaça et reprit une autre gorgée.

— Tabby n'est pas là cette semaine vu que je l'ai forcée à prendre des vacances, alors le café est dégueu.

Tabby était la responsable administrative de Montgomery Inc. Elle dirigeait l'entreprise, et les hommes, d'une main de fer dans un gant de velours. Decker était à peu près sûr qu'il y avait un truc entre elle et Wes, ou en tout cas qu'il y avait eu un truc. Quoi qu'il en soit, ils étaient super proches et comprenaient comment l'autre fonctionnait. Dans tous les cas, ça réussissait à l'entreprise, et Decker s'en fichait, tant qu'il pouvait garder son boulot et travailler à sa manière.

Il avait probablement tout gâché en cédant à la tentation, mais Miranda en valait le coup.

Seigneur, elle valait tellement le coup.

Decker se servit un café et prit une gorgée. Il fut pris d'un frisson tandis qu'il avalait. L'amertume de la mixture allait probablement lui faire pousser plus de poils sur le torse.

— Tu ne sais pas faire le café, Wes. Je pensais que tu t'en sortirais mieux.

— Va te faire… Et pourquoi tu tirais la gueule comme ça en arrivant ? Il y a un problème avec les panneaux que tu as posés hier ?

Decker secoua la tête.

— Il n'y a aucun problème, mentit-il.

Enfin, c'était à propos de lui qu'il mentait. Les panneaux étaient parfaits.

— Je ne suis pas réveillé pour le moment, et ce n'est pas avec ce café que ça va aller mieux.

Il vida la tasse et frissonna.

Wes lui jeta un regard qui signifiait qu'il ne le croyait pas, mais il passa outre.

— Alors, c'est quoi le plan pour aujourd'hui ?

Ils passèrent en revue l'agenda du jour et, après avoir pris une patte d'ours (Tabby et ses beignets à la confiture lui manquaient déjà) il partit vers sa zone de l'auberge. Gunner resta dans le bureau, parfaitement satisfait de passer sa journée à ronfler.

Decker alla voir les panneaux qu'il avait posés la veille, satisfait de l'avancement, puis il repartit de l'autre côté du bâtiment où il devait travailler sur les poutres. En prenant le marteau, il eut un flash-back de son père et poussa un juron.

Non. Il ne voulait pas penser à cet homme en cet instant. Pas s'il avait le choix. Sa mère l'avait encore appelé deux fois, et Decker avait répondu. Il s'était ordonné de ne pas le faire, mais n'avait pas pu s'en empêcher. Elle refusait de s'aider elle-même et ne voulait pas accepter son aide à lui, mais les choses pouvaient changer. Il ne prendrait pas le risque de ne pas l'écouter.

Il n'accepterait pas pour autant de faire face à Frank. Il en était incapable. Et si ça faisait de lui un mauvais fils, eh bien tant pis.

Après quelques heures de travail physique qui le laissèrent avec une pellicule de sueur sur le corps, il sortit pour vérifier quelques détails avec son équipe. Ils déjeunèrent ensemble et travaillèrent encore quelques heures. Wes et Storm s'occupaient d'autres choses donc il n'avait pas besoin de se cacher d'eux.

C'était nul de les voir jour après jour sans mentionner le fait qu'il sortait avec leur sœur, mais il ne pouvait pas le faire. Pas encore. Mais bientôt. Parce que Maya répandrait la nouvelle, si elle ne l'avait pas déjà fait, c'était comme ça que les familles marchaient.

En dehors du fait qu'il cachait quelque chose à sa famille, c'était une super journée. Ils avançaient bien sur le chantier et quand il ne pensait aux poutres et au plâtre, il pensait à Miranda.

Une super journée.

Une portière claqua, mais il l'ignora, car ça aurait pu être n'importe qui.

— Espèce d'enfoiré !

Decker se raidit, posa le marteau qu'il tenait et se tourna pour voir Griffin arriver à grands pas vers lui. Il laissa son poing s'abattre sur sa joue sans rien faire pour l'en empêcher. Il cligna des yeux lentement, deux fois, puis il se frotta la mâchoire. Il l'avait mérité, après tout. Il fit courir sa langue sur ses dents pour voir si certaines bougeaient. Heureusement, elles semblaient toutes en place et il n'avait pas de goût de sang dans la bouche.

Mais cela n'allait pas durer, vu le regard meurtrier de Griffin.

— Tu comptes rester planté là à encaisser les coups ? demanda Griffin dont la poitrine se soulevait rapidement.

Il secoua la main et sa lèvre supérieure se retroussa en un rictus.

— On te faisait confiance ! On te faisait confiance, et tu couches avec Miranda ?

Wes et Storm déboulèrent derrière Griffin et se placèrent chacun d'un côté de leur frère.

Eh bien d'accord. Au moins, maintenant, les choses paraissaient claires.

Après tout, ce n'était une surprise.

— Qu'est-ce qui se passe, putain ? demanda Storm.

Son regard passait d'un adversaire à l'autre comme s'ils étaient devenus fous.

C'était peut-être le cas.

— Pourquoi tu as frappé Decker ? demanda Wes. Et pourquoi tu t'es laissé faire, toi ? Merde. C'est un chantier. Notre travail. Si vous avez un problème, vous vous tirez et vous réglez ça ailleurs. Vous ne ramenez pas ça ici.

Decker soupira. Il avait raison.

— Très bien. J'arrête pour aujourd'hui.

Il croisa le regard de Griffin.

— Tu veux continuer ? Allons chez moi. Ne faisons pas ça ici.

Il avait déjà souillé les Montgomery par sa présence, il ne voulait pas foutre le bordel sur leur lieu de travail.

Son lieu de travail.

— Tu ne veux pas leur dire ? demanda Griffin, assassin. Tu ne veux pas leur dire pourquoi je t'ai frappé ? Tu vas essayer de te cacher le plus longtemps possible, hein ?

— De quoi est-ce qu'il parle, Decker ? demanda Storm d'une voix égale.

Il ne s'énervait pas aussi vite que Wes et les autres, mais quand il finissait par s'énerver, il faisait honneur à son nom.

Decker croisa le regard de Wes et Storm puis leva le menton.

— Miranda et moi, on sort ensemble.

Voilà. Il l'avait dit. Ils auraient fini par l'apprendre, de toute façon, avec Griffin sur le point d'exploser.

Les yeux de Wes semblèrent lui sortir de la tête.

— Sérieusement ?

Storm ne dit rien. Au lieu de ça, il afficha un air pensif.

— Oui. Depuis combien de temps ça dure ? demanda Griffin d'une voix acide.

— Griffin, arrête, soupira Storm. Il va falloir du temps pour s'y habituer.

Wes cligna des yeux quelques fois et secoua la tête.

— Celle-là, je ne m'y attendais pas.

— Depuis combien de temps ? insista Griffin.

Decker soupira.

— Pas longtemps. Et maintenant, il faut qu'on s'en aille, car on n'est pas en train de travailler, là. Je ne veux pas faire de tort à Montgomery Inc.

— Tu as déjà fait du tort aux Montgomery en profitant de Miranda.

Decker eut l'impression de s'être pris un coup en plein plexus solaire. Il déglutit avec difficulté, le sang battant à ses tempes.

— Oh, mon vieux, qu'est-ce que tu racontes ? lança Wes en se tournant vers Griffin. C'est notre frère. Tu ne peux pas dire ça.

Decker fut reconnaissant à Wes pour ces paroles, mais il avait tort. Et elles ne suffisaient pas à apaiser la brûlure que les mots de Griffin avaient fait naître. Les mots de son meilleur ami. Il savait que ça ferait mal, qu'il perdrait tout ce qu'il avait s'il tentait sa chance avec la seule femme qu'il ait jamais désirée, aimée.

Mais il ne pensait pas que ça ferait aussi mal.

— Ce n'est pas notre frère, dit Griffin lentement. C'est quelqu'un que nous avons accueilli en notre sein. Quelqu'un qui a grandi avec nous. Et maintenant, quelqu'un qui profite de Miranda.

Decker serra les poings.

— Je t'ai laissé me frapper. Je te laisse dire ce que tu veux sur ma loyauté. Mais ne va pas dire que j'ai profité d'elle. C'est une adulte. Elle avait le choix. Moi aussi. C'est mutuel.

Griffin inclina la tête.

— Ah oui ? Et tu t'es pointé pile au bon moment, hein ? Après que cet enfoiré l'a tabassée, hop, te voilà, pour venir baiser notre petite sœur.

Decker craqua.

Il écrasa son poing dans le visage de Griffin, énervé de s'être laissé manipuler par lui.

— Holà ! intervint Storm en bloquant Decker.

Decker échappa à sa prise pour venir coller son nez sous celui de Grif.

— Fais gaffe à ce que tu dis d'elle. Elle est formidable, espèce de con. Ne parle pas d'elle comme si je l'avais prise alors qu'elle ne le voulait pas. Ne parle pas d'elle comme si je l'avais ramassée dans la rue. Tu sais très bien que ce n'est pas le cas.

Il prit une grande inspiration.

— Ou en tout cas, je pensais que tu le savais.

De tous les frères, il aurait pensé que Grif serait celui qui comprendrait. Ou était-ce ça, le truc. De tous les frères, Grif était celui qui le connaissait le mieux.

Celui qui savait avec certitude que Decker n'était pas assez bien pour elle.

— Tu nous l'as caché, Deck.

Grif secoua la tête.

— Tu l'as caché ! Qu'est-ce que je suis censé penser ?

Maya te voit sortir de chez Miranda tôt le matin et tu ne nous as rien dit ! Si c'était quelque chose dont tu étais fier, tu ne l'aurais pas caché comme un secret honteux.

Decker le frappa à nouveau et cette fois il essuya un coup de poing de Griffin en retour. Wes et Storm avaient cessé d'essayer de les séparer.

Tant mieux.

Griffin lui mit un coup de poing dans les reins et Decker poussa un juron. Ils se retrouvèrent au sol tous les deux, à se battre comme des chiffonniers, comme s'ils étaient gamins de nouveau, sauf que cette fois ce n'était pas pour jouer. Le sang et les bleus seraient réels et certains, invisibles, ne guériraient peut-être jamais.

Il aurait encaissé sans broncher si Griffin n'avait pas manqué de respect à Miranda. Dans l'état actuel des choses, il devait se retenir pour ne pas frapper plus fort. La rage qu'il avait ressentie au cours des derniers mois, son impuissance quant à sa mère, à Jack, et tout le reste le submergèrent et il continua à frapper.

Grif tapait aussi, mais il était plus petit que lui et, s'ils n'arrêtaient pas bientôt, Decker aurait encore plus de regrets qu'il n'en éprouvait déjà.

Il recula, hors d'haleine.

— C'est nouveau. Tellement nouveau qu'on voulait un peu de temps rien que pour nous.

C'était la vérité, mais pas entièrement.

— Tu penses que j'aurais risqué tout ce que j'ai, tout ce qu'il y a entre nous, pour quelque chose dont j'aurais honte ?

Le visage de Griffin se ferma.

— Je ne sais plus ce que je dois penser, Deck. C'est comme si je ne te connaissais même pas.

— Je suis exactement le même qu'avant.

Cependant, maintenant, ils le voyaient pour ce qu'il était réellement.

— C'est ma petite sœur, Decker. Tu ne nous as rien dit. Tu l'as *caché*. Je… je n'y arrive pas.

Decker se leva, le corps douloureux, les mains en sang. Il s'épousseta et tendit la main à Griffin pour l'aider. L'autre ne la prit pas et se releva tout seul. Decker hocha la tête. Ça n'aurait pas dû le surprendre. C'était fini.

Sa bouche lui faisait un mal de chien. Il devait être en sang et il se retrouverait avec un coquard assorti à celui de Miranda.

Miranda.

Elle n'allait pas aimer ça.

Mais ce n'était pas un scoop. Il avait merdé et allait continuer à foirer parce qu'il était comme ça.

— Je suis désolé, dit-il doucement. Je suis désolé de n'être pas venu te trouver d'abord.

Griffin secoua la tête.

— J'ai besoin de temps, Deck. Ne lui fais pas de mal ou je te tue.

Il croisa son regard.

— Tu comprends ? Tu comprends que je suis obligé de dire ça à mon meilleur ami parce qu'il va faire du mal à ma petite sœur ?

— Tout ne tourne pas autour de toi, Griffin, intervint Storm d'une voix dépourvue d'émotion.

Griffin soupira.

— Ça tourne autour de nous tous. Je me tire d'ici.

Il partit brusquement, laissant Decker ensanglanté et brisé.

Wes secoua la tête et suivit son frère sans rien dire à Decker.

— Tu n'as pas besoin de finir la journée, tu peux rentrer, dit Storm doucement.

Decker se raidit.

— Je ne veux pas que ça affecte mon travail.

Il ne voulait pas gâcher ça en plus du reste.

Storm soupira.

— Tu es en sang, plein d'hématomes, et les gens ont tout vu. Je m'en fiche, on est des mecs et ça arrive. Mais c'est un lieu de travail, et maintenant, les gens vont propager des ragots. C'est leur problème et on gérera ça. C'est comme ça que ça se passe. Mais il faut que tu rentres te nettoyer et te calmer.

Il posa la main sur l'épaule de Decker.

— Pour ce que ça vaut, je suis content pour Miranda et toi. Elle a toujours eu un faible pour toi, de toute façon. Et j'ai vu la façon dont tu la regardes.

Decker en resta bouche bée et Storm haussa les épaules.

— Ce n'était pas à moi de dire quoi que ce soit. Je ne pense pas forcément que c'était à Griffin non plus, mais c'est lui que ça regarde. Et toi. Elle est sous notre responsabilité, Deck. Elle est la plus jeune, alors on a tous eu l'occasion de la surprotéger quand elle était petite. Tu trouveras un moyen. Elle aussi. Même si on l'oublie, elle est adulte maintenant, et capable de prendre ses propres décisions. Ne lui fais pas de mal, c'est tout.

Decker déglutit et hocha la tête. Il ne promit pas qu'il ne lui ferait pas de mal ; il ne le pouvait pas. Il ferait de son mieux pour, mais ça ne voulait pas dire grand-chose, alors qu'ils étaient tous pris dans la tourmente.

Il retourna au bureau, récupéra Gunner et partit vers son pick-up. Quand il arriva chez lui, ses mains commençaient à lui faire mal et il lui semblait qu'on avait déchiré son âme. Il avait merdé. Il n'avait pas respecté le *code*, s'il pouvait appeler ça comme ça. Il aurait dû en parler à Griffin, à Austin et aux autres. En dissimulant ce qu'il y avait entre lui et Miranda, il avait fait paraître ça louche. Il leur avait fait du tort à tous les deux, ainsi qu'à la famille qui l'avait recueilli. Mais il avait eu tellement peur de leur réaction.

Il baissa les yeux vers ses poings ensanglantés.

Il avait eu raison de s'attendre à se prendre une branlée.

En voyant le sang sur ses mains, il se rappela la sensation de son poing percutant Grif, son meilleur ami.

Ce n'étaient pas ses mains. Non, il s'agissait des mains de son père. Les mains qui avaient battu Francine Kendrick trente ans durant et cassé le bras de Decker.

Les péchés du père rejaillissaient sur lui.

Il avait fait de son mieux pour s'échapper et renier sa nature, mais il était devenu son père malgré tout.

Il s'était battu pour défendre l'honneur de Miranda, alors qu'elle n'en avait pas eu besoin. Est-ce qu'elle méritait qu'il perde tout ?

Oui.

Elle valait tellement plus que lui de toute façon.

Il ne serait donc pas capable de la garder.

CHAPITRE TREIZE

SIERRA ÉTAIT EN RETARD.

Ça, c'était un bel euphémisme.

Elle était restée trop longtemps au travail parce qu'elle voulait rattraper son absence du matin. Comme elle était passée chez le médecin pour soigner ses syndromes grippaux, elle avait manqué l'ouverture, et les filles avaient dû gérer pour elle. Elle ne leur faisait pas confiance, aucun souci, mais Eden était son bébé, et elle voulait tout garder sous son contrôle.

Le médecin avait voulu qu'elle reste pour quelques examens supplémentaires en raison de ses antécédents, si bien que ça avait pris plus de temps qu'elle ne l'avait prévu. Les retards s'étaient ensuite enchaînés en cascade sur le reste de son planning. Elle *détestait* être en retard. Il fallait toujours qu'elle arrive quinze minutes en avance, sinon elle avait l'impression de ne pas être à l'heure. Austin se moquait d'elle à cause de ça, mais il arrangeait son emploi du temps pour la satisfaire.

C'était de l'amour.

Ou bien elle qui avait un petit TOC.

Avec un soupir, elle se gara devant chez elle et récupéra ses affaires avant de rentrer. Elle eut le tournis et prit une grande inspiration. Elle s'appuya à la portière de sa voiture et ferma les yeux. Ça allait passer. Il fallait que ça aille. Bon sang, il *fallait* qu'elle se sente mieux. Elle n'avait pas le temps d'être malade. Elle avait un mariage à organiser, un fiancé et un beau-fils à aimer, et un commerce à gérer. Pas forcément dans cet ordre.

Austin ouvrit la porte à ce moment-là, une drôle d'expression sur le visage.

— Qu'est-ce qui ne va pas ? demanda-t-elle avant qu'il puisse parler.

Il secoua la tête.

— Rien. J'ai simplement eu l'impression que quelque chose n'allait pas, et là je te rejoins et tu es toute pâle, mon cœur.

Il se pencha et l'embrassa malgré les microbes dont elle devait être couverte, puis il lui prit des mains tout ce qu'elle portait. Elle poussa un soupir. Il avait peut-être des airs d'ours, mais il faisait attention à elle, même dans les détails. Et ce n'était pas parce qu'il pensait qu'elle ne pouvait pas le faire, mais parce qu'il avait *envie* de le faire. La différence entre les deux la faisait l'aimer encore plus.

Elle le suivit et ouvrit les bras. Leif accourut et la serra avec force. Elle recula un peu, surprise qu'il soit aussi grand. Il était bien le fils de son père. Il avait une odeur de petit garçon et de chocolat. Apparemment, Austin l'avait laissé se servir dans sa réserve. Ce n'était pas grave, car il ne lui autorisait cela que quand il avait eu une bonne note à l'école. Elle l'embrassa sur la tempe et le serra à nouveau.

— Bonjour, Sierra. Comment c'était, au travail ?

Oh, ce que ce garçon avait changé depuis la première fois où elle l'avait vu, sur le perron de Montgomery Ink. Il souriait davantage, l'air de s'intéresser à sa journée. Elle l'embrassa sur le crâne et il gigota pour lui échapper. Les petits garçons de dix ans n'étaient pas fans des marques d'affection, alors elle prenait ce qu'elle pouvait.

— C'était bien. Mais long.

Austin se plaça à ses côtés, prit son visage entre ses mains et l'embrassa doucement.

— Assieds-toi et laisse-nous prendre soin de toi. Tu n'as pas l'air beaucoup plus en forme que ce matin. Qu'a dit le toubib ?

Elle soupira, mais elle était trop fatiguée pour protester alors elle retira ses chaussures et alla s'asseoir sur le canapé. Leif poussa son épaule et elle s'allongea. Le garçon rabattit le plaid sur elle et elle sourit.

— Merci, mon cœur.

Il sourit et haussa les épaules. Oui, il restait un garçon.

— Il faut que tu ailles mieux, d'accord ?

Elle hocha la tête et il retourna à ses devoirs sur la table basse. Elle le regarda faire ses maths et soupira. Il avait perdu sa mère peu de temps auparavant, mais s'en était remis comme seuls les enfants savent le faire. Elle ignorait comment il était avant la mort de l'autre femme, alors elle ne pourrait jamais comparer, mais elle aimait à penser que Leif était sur le bon chemin.

— Alors ? demanda Austin en s'asseyant à l'autre bout du canapé.

Il posa les pieds de Sierra sur ses genoux et commença à les masser.

Seigneur, c'était le paradis. Sérieusement. Elle avait une chance incroyable.

— Ils ne m'ont pas dit grand-chose à part de me reposer et qu'ils m'appelleraient quand ils auraient les résultats.

Austin fronça les sourcils.

— Les résultats ? Je ne savais pas que c'était si compliqué de diagnostiquer un rhume ou une grippe. Dans tous les cas, tu ne devrais pas travailler dans cet état, ma belle. Tu restes à la maison demain.

Elle haussa un sourcil.

— Ça a très bien été aujourd'hui, une fois dans le bain. Je ne peux pas appeler pour dire que je suis malade. C'est moi la patronne. Allôôôô... tu m'as embrassée.

Et elle avait embrassé Leif sur le front. Elle était une mauvaise mère. Peut-être devrait-elle le couvrir de savon anti-bactérien. Est-ce qu'il y avait un spray à vaporiser sur les gamins pour les garder en bonne santé ? Peut-être une bulle ?

Austin serra son pied et elle reporta son attention sur lui.

— D'abord, allô, ce sont tes lèvres. Bien sûr que je veux les embrasser. J'aurai toujours envie de les embrasser, alors sors-toi cette idée de la tête. Ensuite, ma chérie, tu ne peux pas travailler jusqu'à l'épuisement. C'est pour ça que tu as des employées. Si tu n'es pas assez en forme pour travailler, n'y va pas. Ça ne ferait que retarder ta guérison. Tu le sais. Est-ce que le docteur a dit quand il appellerait ?

— Ce soir, avec un peu de chance.

Elle n'était pas trop inquiète, car elle se l'interdisait. Le fait que le médecin n'ait pas pu lui dire immédiatement ce qu'elle avait lui avait noué le ventre. Ce n'était peut-être rien et il voulait être rigoureux. Après tout, elle avait de sacrés antécédents médicaux, alors il ne voulait pas établir son diagnostic trop vite. Tant qu'il ne faisait pas trop tarder son coup de fil, elle ne paniquerait pas.

Trop.

La sonnette retentit et Sierra fronça les sourcils.

— Qui ça peut être ? demanda-t-elle.

Leif bondit sur ses pieds et courut vers la porte.

— J'y vais !

Austin soupira et se leva après avoir tapoté la jambe de Sierra.

— Regarde par le judas, Leif. N'ouvre que si c'est quelqu'un de la famille.

Il suivit son fils jusqu'à la porte et Sierra ferma les yeux, soudain épuisée.

— C'est quoi ce délire ?

Elle se redressa en entendant Austin, sa fatigue oubliée, et elle bondit du canapé, le cœur battant.

Elle se figea en arrivant dans l'entrée.

— Oh, Griffin, mon pauvre.

Il semblait être passé sous les mains d'un lutteur MMA pour quelques rounds. Un de ses yeux était tellement enflé qu'il ne pouvait plus l'ouvrir, sa lèvre était coupée et son visage serait bientôt couvert de bleus. Il se tenait le côté et essaya de sourire.

— Salut, Sierra, ma belle. Tu pourrais m'aider à nettoyer ça ?

Il y avait quelque chose dans son regard qui l'inquiéta. Il n'était pas là pour qu'on nettoie ses plaies, mais pour leur raconter comment c'était arrivé. Elle avait le sentiment que ça n'allait pas leur plaire.

— Leif, tu peux aller dans ta chambre un moment ? demanda-t-elle en essayant de garder une voix calme.

— Oncle Grif ? Qu'est-ce qui s'est passé ? demanda Leif d'une voix basse.

Elle posa sa main sur son épaule et le rapprocha d'elle.

— On t'expliquera une fois qu'on aura compris, mais pour l'instant, c'est mieux que tu ailles dans ta chambre. D'accord ?

Il croisa son regard et hocha la tête. C'était un bon gamin, mais il n'aimait pas être mis de côté. C'était net.

— Viens dans la cuisine, mon pauvre, dit-elle à Grif une fois que Leif fut dans sa chambre.

— Je n'attends que ça depuis le début.

— Arrête de flirter avec Sierra et dis-nous qui t'a fait ça, gronda Austin.

Sierra lui jeta un regard dans le dos de Griffin, mais Austin ne se calma pas.

— C'est Decker, dit simplement Griffin en s'asseyant sur un des tabourets.

Sierra se figea. Elle devait avoir mal entendu. Ce ne pouvait pas être Decker, le meilleur ami de Griffin. Ils étaient plus proches tous les deux que la plupart des autres frères Montgomery entre eux. Austin lui avait raconté que parfois ses frères se battaient pour relâcher la pression, mais ce n'était sûrement pas ce qui était arrivé, pas avec la posture colérique de Griffin et les hématomes sur son visage.

Griffin n'ajouta rien, tandis qu'elle examinait son visage à la recherche d'os cassés. Elle n'y connaissait rien et il faudrait qu'il aille à l'hôpital, à moins qu'elle ne le conduise là-bas elle-même.

Ah, les hommes.

Il ne parla pas pendant qu'elle l'examinait et Austin se tenait debout de toute sa taille à côté d'elle, à attendre.

Elle passa dans la salle de bain prendre leur trousse de premiers secours et jeta un regard à Austin.

Peut-être Griffin ne voulait-il pas tout balancer devant elle. Ce n'était pas grave, mais il fallait qu'il leur dise ce qui s'était passé.

Quand elle revint dans la pièce, Austin tournait le dos à son frère et elle comprit que c'était mauvais.

— Bon, arrêtez avec votre délire macho et dites-moi ce qui s'est passé.

Austin soupira et se tourna.

— Apparemment, Decker et Miranda sont... ensemble.

Elle cligna des yeux et ignora la petite danse de joie dans sa tête à l'idée qu'une de ses bonnes amies ait enfin ce qu'elle voulait.

— Et ?

Austin prit une grande inspiration pendant que Griffin s'étouffait.

— Et ? hoqueta son futur beau-frère. Et ? Ils nous l'ont caché, putain !

Elle croisa les bras sur sa poitrine, se rappela qu'elle tenait la trousse de premiers secours et la lança à son fiancé.

— Occupe-toi de ton idiot de frère, tu veux ? Et au fait, Griffin, écoute ce que tu viens de dire. Ils. Au pluriel. Miranda et Decker. Ensemble. *Ils* l'ont caché. Peut-être qu'ils l'ont caché, et ça ne peut pas être depuis bien longtemps, hein, parce qu'ils avaient peur de la réaction de *certaines* personnes.

Griffin ouvrit la bouche pour parler, mais elle leva la main.

— Ça fait quoi, *peut-être* une semaine qu'ils sont ensemble ? Ils sont obligés de te dire tout ce qu'ils font ?

— Il aurait dû venir nous trouver, ou Griffin, au moins, et nous dire que les choses étaient en train de changer, dit Austin doucement. C'est un grand changement, Sierra.

Elle soupira.

— Peut-être qu'ils auraient dû, peut-être pas. Ce n'est pas à nous d'en décider. Ce que nous pouvons par contre décider, c'est de ne pas se battre comme des chiffonniers à cause de ça.

Elle fit un geste vers le visage en sang de Griffin.

— Regarde-toi. Tu es fier du résultat ? Tout ce à quoi tu es parvenu c'est d'avoir l'air d'un idiot en cognant ton meilleur ami.

— Il couche avec notre sœur, Sierra, dit Griffin d'une voix basse.

— Oui ? Et ? Tu cognes tous les hommes avec lesquels ta sœur couche ?

— Premièrement, gronda Austin, elle est innocente.

Sierra leva les yeux au ciel, mais elle savait qu'il essayait de se convaincre lui-même.

— Ensuite. Nous n'avons pas eu l'occasion de nous en prendre à l'homme qui lui a fait du mal.

Cette fois, Sierra grogna.

— Tu te fiches de moi, là. Tu as fait passer ta colère sur Decker ? C'est n'importe quoi !

Griffin secoua la tête et grimaça. Elle ne ressentait aucune empathie pour lui.

— Ce n'est pas ça. Ou en tout cas pas entièrement. Merde. Il l'a caché, Sierra. Pourquoi est-ce qu'il l'a caché ? J'étais en colère à cause de ça, parce que s'il l'a caché, c'est qu'il a honte. Et il ne devrait pas avoir honte de Miranda.

Elle ferma les yeux et compta jusqu'à dix.

— Tu tournes en rond et tu n'as aucune logique. Tu t'es

battu avec lui parce que tu n'as pas *réfléchi*. J'espère que tu n'as pas gâché votre relation. C'est ton meilleur ami.

Griffin releva le menton et elle comprit que rien ne serait résolu dans l'immédiat.

— D'accord, très bien. Ne m'écoute pas. Mais rappelle-toi, ce sont des adultes consentants. Miranda a vécu quelque chose de difficile, et si Decker la rend heureuse, tant mieux pour elle. Decker fait partie de la famille. Peut-être pas de la même façon que Miranda, mais il en fait partie quand même. Rappelle-toi l'homme que tu aimes et avec qui tu as grandi, et essaie de penser à ça. Fais confiance à ton ami. Fais confiance à ta sœur aussi. D'accord ?

Son téléphone sonna et elle soupira. Ce n'était pas un mauvais moment pour une pause.

— Il faut que je prenne cet appel. Austin, occupe-toi de ses blessures. Je ne veux pas qu'il foute du sang partout dans ma cuisine.

Là-dessus, elle passa dans le salon, sortit son téléphone de son sac et décrocha. Son médecin à l'autre bout de la ligne avait une voix agréable, pas la voix de quelqu'un qui s'apprête à annoncer une mauvaise nouvelle, mais son cœur se mit quand même à tambouriner.

— Alors ? demanda-t-elle.

— Asseyez-vous, Sierra, dit son médecin d'une voix douce.

Elle ne voulait pas s'asseoir. Elle voulait connaître les résultats des examens. Les résultats d'examens dont elle ignorait ce qu'ils étaient censés montrer. Cependant, elle s'assit sur le canapé, plus prête que jamais.

— Alors ? C'est la grippe, c'est ça ? C'est forcément la grippe.

Elle ne savait pas pourquoi elle paniquait comme ça.

— Non, Sierra, ce n'est pas la grippe. Vous êtes enceinte.

Elle cligna des yeux. Ce n'était pas possible. Elle avait dû mal entendre.

— Je suis désolée. Quoi ?

Il pouffa de rire et elle eut envie de lui tordre le cou.

— Vous êtes enceinte, Sierra. Ça ne fait pas bien longtemps, mais assez pour que le test fonctionne.

— Mais...

Sa tête se mit à tourner.

— Je pensais être stérile. Ou que ce serait difficile. Je veux dire, je prends la pilule. Je la prends. Au cas où, vous voyez.

— Et vous savez que la pilule n'est pas efficace à cent pour cent. Vous allez arrêter de la prendre et revenir au cabinet pour qu'on fasse un examen complet et vérifie que tout se passe bien.

Elle s'accrocha au téléphone. Elle avait fait une fausse couche par le passé et se rappelait la douleur de découvrir que cette vie dont elle ne pensait pas vouloir avait été perdue pour toujours. Elle n'était pas prête pour ça. Comment aurait-elle pu l'être ?

— Je... je...

— Respirez, Sierra. Ma secrétaire va vous appeler pour fixer un rendez-vous. Raccrochez et allez trouver Austin. Dites-lui, si vous y êtes prête, puis on pourra parler de vos options.

— Mes options ? glapit-elle.

Il soupira.

— On en parlera pendant votre consultation.

Ils se dirent au revoir et elle raccrocha.

Enceinte.

On lui avait dit que les chances qu'elle tombe enceinte si

elle essayait, étaient minces, et pourtant, voilà qu'elle l'était, en train de parler d'*options*, quoi que ça veuille dire.

— Sierra ? Ma puce ? Qu'est-ce qui ne va pas ?

Austin s'assit sur la table basse en face d'elle et prit son visage entre ses mains.

— Je... Je...

Il l'observa et prit une grande inspiration.

— Peu importe ce que c'est, on affrontera ça ensemble. Dis-moi, mon cœur.

— Je suis enceinte, lâcha-t-elle.

Il se figea, le regard fixe. Alors qu'elle était sur le point d'ouvrir la bouche pour lui demander si ça allait, un lent sourire s'étala sur son visage.

— Enceinte ? demanda-t-il d'une voix haletante.

— Oui. Je sais que ce n'est pas ce que nous avions prévu. Ou plutôt, *quand* nous l'avions prévu, mais oui. Oh, seigneur. Qu'est-ce qu'on va *faire* ?

Il sourit largement et l'embrassa avec passion.

— Seigneur Jésus. On attend un enfant. C'est pour ça que tu étais aussi malade. J'aurais dû le savoir. Shea n'a pas été malade, mais elle se sentait faible quand elle était là et que Shep a appris qu'elle était enceinte.

Il se mit à rire.

— Tu imagines ? Toi et Shea, enceintes en même temps. Les cousins, ou petits-cousins, j'en sais rien, vont avoir le même âge.

Tout tournait dans la tête de Sierra.

— Alors tu es content ?

Il la regarda comme si elle était folle.

— Mais oui, Sierra ! C'est ce qu'on voulait, tu te rappelles ?

— Mais si quelque chose se passe mal ?

Voilà. Elle avait énoncé ce qui l'inquiétait.

Le sourire d'Austin retomba, mais il la garda contre lui.

— Alors on affrontera ça. Je suis avec toi, à tes côtés, quoi qu'il arrive.

Elle se jeta sur lui et se mit à pleurer sur son épaule. Seigneur, elle n'arrivait pas à gérer ses émotions.

— Chut, ma puce. Ça va aller. Je vais prendre soin de toi.

Il jura.

— J'ai laissé Griffin dans la cuisine, alors il a probablement tout entendu. Il ne dira rien aux autres, car on ne partage pas ce genre de nouvelles sans permission, mais on ne parviendra pas à lui faire garder le secret très longtemps.

Elle recula et secoua la tête.

— Il faut qu'on parle au docteur d'abord. Pour être sûrs.

Il la dévisagea et hocha la tête.

— C'est ce qu'on va faire. Maintenant, je vais finir de nettoyer le visage de mon abruti de frère et le renvoyer chez lui. Va t'allonger et ne fais rien. C'est compris ?

Elle sourit tendrement.

— C'est compris.

Elle marqua une pause.

— Tu n'as pas de problème avec Decker et Miranda ?

Il fronça les sourcils, comme s'il avait oublié ce qui s'était passé cinq minutes auparavant dans la cuisine, puis il haussa les épaules.

— Ça ne me regarde pas.

Devant son air surpris, il leva les yeux au ciel.

— Bon, d'accord, j'essaie de me convaincre que ça ne me regarde pas. On a d'autres choses à se soucier, des choses plus importantes. Ils peuvent se débrouiller avec leur relation, ça me fait bizarre de dire ça, et on sera là s'ils ont besoin de nous. Ça te va ?

Elle sourit et prit son visage entre ses mains.

— Tu es un mec bien, Austin Montgomery.

— Je suis ton mec, Sierra Bientôt-Montgomery.

Oui, oui, il était à elle.

Dieu merci.

CHAPITRE QUATORZE

— IL A FAIT QUOI ? demanda Miranda lentement.

Elle posa les copies qu'elle était en train de corriger sur la table de la cuisine et fronça les sourcils. Elle devait avoir mal entendu. Cela n'avait pas pu arriver. Impossible.

Maya croisa les bras sur sa poitrine et haussa un sourcil.

— Griffin a frappé Decker. Et Decker a frappé Griffin.

— Tu te fiches de moi ?

Ça n'avait aucun sens. Ils étaient les meilleurs amis du monde. La seule raison pour laquelle ils auraient pu se battre c'était si...

Elle se leva.

— Tu l'as dit à Griffin ?

Maya eut la bonne grâce d'afficher un air honteux.

— Non, je l'ai dit à Meghan et à maman. Quoi, c'est nous, les filles, et c'est une grande nouvelle, Miranda ! Maman était toute folle. Ce qui est une bonne chose pour vous deux, hein. Alors maman était toute folle, et Griffin est passé pour aider papa, et elle lui a dit. Elle ne savait pas que Griffin réagirait comme un abruti.

Miranda ferma les yeux et compta jusqu'à dix. Non. Ça ne marchait pas.

— Putain, Maya. Tu n'aurais pas pu attendre ? Pourquoi il a fallu que tu ailles balancer ça à tout le monde ?

Maya inclina la tête.

— Pourquoi tu ne l'as pas fait toi-même ? Et par ailleurs, Meghan et maman n'étaient pas surprises. Moi non plus, et je sais que Jake ne le sera pas quand je le mettrai au courant. Je suis désolée que les mecs l'aient appris comme ça.

Miranda ne voulait pas réfléchir à la réaction de sa mère et de Meghan. Pas pour le moment. Elle avait des préoccupations plus importantes.

— Dis-moi exactement ce qu'il s'est passé.

Maya soupira.

— Apparemment, Griffin a pété un câble en l'apprenant. Il est allé sur le chantier pour s'en prendre à Decker. D'après Wes, Decker l'a laissé lui mettre un coup ou deux sans répliquer, puis Griffin a dit quelque chose sur toi, ou quelque chose par rapport à toi qui pouvait être interprété de façon blessante, et Decker a répliqué.

Miranda se mit à faire les cent pas dans sa cuisine, les poings serrés.

— Donc Wes est au courant. Et si c'était sur le chantier, alors Storm et le monde entier sont au courant aussi.

— En gros. Écoute, franchement, je suis désolée que ça se soit passé comme ça. J'étais tellement contente pour toi que j'ai été colporter l'information. J'ai merdé.

Miranda prit son téléphone pour appeler... quelqu'un, avant de changer d'avis.

— Oui, tu as merdé. Il faut que tu apprennes à ne pas tout dire tout de suite au reste de la famille. D'accord ?

Maya n'était pas la plus jeune d'entre eux, et pas la moins mature, mais elle croyait fermement que tout dire à la famille leur permettrait d'être toujours là les uns pour les autres. Or ce n'était vrai que dans un monde parfait.

À l'évidence, ça ne marchait pas avec Griffin.

Ou Decker, d'ailleurs.

— Je suis désolée, répéta Maya.

Miranda hocha la tête.

— Je sais. Je te pardonne, mais seulement parce que tu es heureuse pour moi et Decker.

Elle ferma les yeux. Elle avait fait de son mieux pour ne pas penser à elle et Decker en tant que *elle-et-Decker*, mais ça devenait de plus en plus difficile.

Elle l'aimait, c'était vrai, et maintenant, elle tombait amoureuse de l'homme qui partageait sa vie et son lit. Elle ne savait pas ce qu'il ressentait et faisait de son mieux pour ne pas s'en inquiéter. À la place, elle se concentrait sur son travail, s'efforçant d'éviter Jack et de passer du bon temps avec Decker tant qu'il était là.

Mais maintenant, sa famille était au courant et tout se cassait la gueule.

— Qu'est-ce que tu vas faire ? demanda Maya.

Toute la question était là.

— Je vais aller chez Decker et voir s'il faut qu'il aille aux urgences. Les connaissant, lui et Grif, ils sont probablement tout cassés de partout et trop machos et abrutis pour se faire soigner.

Maya la rejoignit et la serra dans ses bras avant de faire

courir ses doigts sur les hématomes de Miranda qui commençaient à pâlir.

— Ma famille n'arrête pas de se retrouver pleine de bleus. Ça ne me plaît pas.

Miranda déglutit avec difficulté.

— Ça ne me plaît pas non plus.

— Va le retrouver et fais-lui savoir ce que tu penses. Austin a envoyé un texto pour dire que Grif était chez lui, alors c'est déjà ça.

— Comment tu fais pour suivre, avec tout ce qui se passe ? Et comment tu fais pour avoir les infos aussi vite ?

Maya eut un sourire triste.

— Je suis douée. Il faut bien que quelqu'un vous fasse marcher au pas. J'ai merdé et maintenant c'est toi qui dois en assumer les conséquences. Je suis désolée.

— Arrête de t'excuser. C'est peut-être toi qui l'as dit aux autres, mais c'est Griffin qui a décidé que c'était une bonne idée de frapper quelqu'un de si proche de notre famille. Quelqu'un qui fait partie de notre famille. C'est sa faute.

Et celle de Decker.

Elle n'avait pas envie de gérer ça, mais c'était de sa faute à elle aussi. Elle aurait dû le dire... à quelqu'un. C'était un sacré changement, même si elle essayait de minimiser les choses. Maintenant elle allait devoir assumer les conséquences.

— Tu voudras que je ferme derrière moi ? demanda Maya.

Miranda leva les yeux au ciel.

— Tu pourrais simplement partir, tu sais ?

— Mais la bouffe est meilleure ici.

Miranda embrassa sa sœur sur la joue et lui fit un signe de la main.

— Très bien, mais tu referas les stocks quand tu auras tout vidé.

— Je le fais à chaque fois.

Ce qui était la raison pour laquelle la nourriture était meilleure chez elle. Ça n'avait aucune logique, mais c'était Maya.

Elle était sa famille. Elle l'adorait même quand ça l'épuisait. Si seulement les choses n'avaient pas été si intenses.

Elle se gara devant chez Decker et poussa un soupir de soulagement en voyant que son pick-up était là et qu'il n'y avait personne d'autre. Storm avait certes renvoyé Decker chez lui, mais il aurait toujours pu aller ailleurs.

Elle avança jusqu'à la porte et frappa au lieu de rentrer directement. Ils n'en étaient pas encore à ce stade de leur relation, et il fallait qu'elle reprenne le contrôle de ses émotions. Exploser et lui crier dessus ne résoudrait rien.

Decker ouvrit la porte et elle oublia aussitôt ce qu'elle venait de se dire.

— Tu te fiches de moi ? s'exclama-t-elle en passant devant lui.

— Entre, je t'en prie, Miranda, dit-il, pince-sans-rire.

— Ne joue pas au sarcasme avec moi, Deck. Regarde-toi. *Ton beau visage barbu.*

— Tu aimais bien mon apparence, hier soir.

Elle lui fit un doigt d'honneur et passa dans la cuisine à la recherche de sa trousse de premiers secours. Il la gardait dans son placard donc elle n'aurait pas à aller loin pour prendre de la glace. Et vu l'apparence de Decker, il allait lui en falloir beaucoup.

— Assieds-toi sur ce tabouret à la con, et laisse-moi te nettoyer.

Decker passa devant elle et haussa un sourcil.

— J'en déduis que tu es au courant.

— Heu, oui. Et merci d'avoir appelé pour me dire ce qui s'était passé.

Seigneur, elle était tellement en colère contre lui. Contre Griffin. Contre elle-même.

Contre tout le monde.

Elle farfouilla dans les placards jusqu'à ce qu'elle trouve ce qu'elle cherchait. Elle pointa le tabouret du doigt.

— Je t'ai dit de t'asseoir.

— Tu es bien autoritaire, grogna-t-il.

— Ah oui ? Eh bien, tu viens de te prendre le poing de mon frère dans la face.

Elle baissa les yeux vers sa main et poussa un juron.

— Et vu l'état de tes doigts, Griffin doit être à peu près dans le même état.

Decker croisa son regard et elle n'aima pas la douleur qu'elle lut dans ses yeux. Pas une douleur physique, le genre de douleur qu'elle craignait ne pas être capable de chasser.

— Je me suis contenu, Miranda. Ça va aller pour lui.

Elle jura à nouveau.

— Je ne comprends pas les mecs. Et je t'ai dit de t'asseoir, putain !

Il haussa les sourcils devant le ton qu'elle prenait et s'assit sur le tabouret.

— Mir.

— Deck.

— Je suis désolé.

Elle soupira et lui nettoya le visage avec un gant de toilette. Il l'avait déjà fait lui-même sinon il aurait été pire à voir, mais il fallait qu'elle le refasse.

— Tu m'as fait peur.

Elle inclina la tête vers lui et il posa les mains sur ses hanches.

— Je suis désolé, répéta-t-il.

— Ne sois pas désolé. Mais ne recommence pas. D'accord ? Vous deux, vous faites partie des gens que j'aime le plus sur cette terre, et je ne veux pas que vous vous battiez.

Elle recula et fit courir un doigt sur une coupure à son front.

Il siffla.

— Je ne t'ai jamais vu comme ça. Ça a dû être une sacrée bagarre.

— Ce n'était pas cool, si c'est ce que tu penses.

Elle suivit du doigt une autre coupure sur sa joue, ainsi que les hématomes qui apparaissaient sur le côté de son visage. Griffin ne lui avait pas éclaté la lèvre alors elle l'embrassa délicatement.

— Ne recommence pas, Decker. Je t'en prie.

Il poussa un soupir.

— Je ne sais pas si je peux te promettre ça, Mir. Je ne suis pas quelqu'un de bien.

Les mains de Miranda se crispèrent sur les épaules de Decker.

— C'est une dérobade et tu le sais. Tu peux apprendre à communiquer autrement qu'avec tes poings.

Il ferma les yeux et elle eut envie de pleurer pour lui. Seigneur, elle détestait le voir souffrir, une souffrance qui était loin d'être causée seulement par cette bagarre. Elle ne pouvait pas tout réparer, mais elle essaierait. C'était tout ce qu'elle pouvait faire.

— J'aurais dû m'arrêter aux paroles, Miranda. Mais il a dit

que j'avais honte de toi et ça m'a rendu dingue. Complètement dingue !

Il recula et regarda ses mains, comme surpris qu'elles se trouvent là.

— Griffin a tort. Tu n'as pas honte de moi.

Elle espérait que c'était la vérité et elle n'avait même pas envie de penser que ça pouvait ne pas l'être.

Decker croisa son regard et la vulnérabilité qu'elle y lut lui coupa le souffle.

— Jamais, Miranda. Je n'aurai *jamais* honte de toi. C'est pour ça que je suis devenu taré. Tu es mienne pour aussi long-temps que nous sommes nous, Miranda, et peu importe ce qui se passe, je n'aurai jamais honte de ce que nous avons.

Elle déglutit à ces mots et ignora la limite de temps qu'il venait d'établir pour leur relation. Après tout, elle avait fait à peu près la même chose.

— Comment vont tes côtes ? demanda-t-elle à la place de ce qu'elle avait au bord des lèvres.

C'était trop important alors elle ne le dit pas.

— Est-ce que tu as besoin d'aller aux urgences ?

Decker secoua la tête et prit le visage de Miranda entre ses mains.

— Je vais bien, Mir. Je n'ai rien d'abîmé, à part ma fierté.

Et sa relation avec Griffin, mais ce n'était probablement pas le sujet. Elle se laissa aller contre sa paume et soupira.

— Ça ne me plaît pas que tu te sois battu avec Griffin.

— Moi non plus, murmura-t-il. J'aurais dû lui dire.

Il dit ça à voix si basse qu'elle ne savait pas s'il lui parlait à elle ou à lui-même.

— On aurait *tous les deux* dû lui dire. On est des adultes. Et même si ça aurait été sympa d'avoir un peu d'intimité et d'être tous les deux, ce n'est pas le monde dans lequel nous vivons. Nous sommes tous si liés les uns aux autres que certains vont mal le prendre et penser que nous avons franchi une limite que nous n'aurions pas dû.

Elle se lécha les lèvres et se lança.

— Je ne veux pas perdre ce que j'ai avec toi à cause de ce qui s'est passé, Decker.

Il se pencha et déposa un baiser sur ses lèvres.

— Je ne veux pas le perdre non plus.

Il appuya son front contre le sien.

— C'est nul, Mir. Grif est comme mon frère et il m'a regardé comme si je t'avais corrompue ou kidnappée ou je ne sais pas quoi.

— Tu vas arranger ça. Vous allez arranger ça tous les deux.

Elle espérait que ce soit possible. Seigneur, qu'était-elle en train de faire à sa famille ? Tout ça parce qu'elle aimait la mauvaise personne ? Non, c'était faux.

Il n'était pas mauvais.

Decker l'embrassa à nouveau et, cette fois, fit passer sa langue à la lisière de sa bouche. Elle s'ouvrit pour lui et ferma les yeux sur un gémissement. Elle s'anesthésia avec son baiser, s'abandonna et lui laissa prendre le contrôle. Il était si doué pour ça, si puissant. Elle adorait faire l'amour avec lui, le sentir sur elle, sous elle, profondément en elle, mais il était bien possible qu'elle aime l'embrasser tout autant.

— J'adore t'embrasser !

Elle eut un grand sourire.

— J'étais en train de penser exactement la même chose.

Elle suivit le tracé de ses lèvres du doigt et il lui en mordilla le bout.

— Je suis contente que tes lèvres ne soient pas coupées. Ça rendrait nos baisers plus durs.

Il mordit son doigt en serrant un peu plus fort et elle hoqueta.

— Il y a un truc de dur et ce n'est pas ça.

Elle leva les yeux au ciel.

— Oh, une blague phallique. Je suis très surprise.

Il se leva rapidement et la souleva de terre, les mains sous ses fesses. Elle poussa un petit cri et puis enroula ses jambes autour de sa taille.

— Je vais t'apprendre à te ficher de moi.

— Tu es blessé. Repose-moi avant d'aggraver les choses.

Elle gigota contre lui et il pinça ses fesses.

— Et des ordres, en plus ? Je pense que tu mérites une punition, ma puce.

Sa bouche s'assécha.

— Heu... quoi ?

Il la posa sur la table de la cuisine, ses mains de chaque côté d'elle.

— Tu as dit que tu aimerais voir ce que ça donnerait si je faisais rougir tes fesses. Tu es toujours partante, Mir ?

Elle déglutit et hocha la tête. Elle avait envie de tout essayer avec lui. Tout.

Il passa un doigt sous son menton et lui fit lever la tête.

— Des phrases, Mir. Je veux t'entendre le dire à voix haute.

— J'ai envie de toi, Decker. J'ai envie de tout.

Elle jura intérieurement devant ce lapsus. Quelque chose passa dans ses yeux, mais elle l'ignora.

— Je veux dire, je veux que tu me donnes une fessée.

Voilà.

Corrigé.

Elle l'espérait.

Il l'embrassa à nouveau et elle gémit contre lui, en prenant tout ce qu'elle pouvait. Et c'était beaucoup. Elle enroula ses bras autour de sa nuque et l'attira vers elle, elle voulait davantage de lui. Les mains de Decker restèrent sur la table, mais elle pouvait sentir sa chaleur, son désir.

Quand il se retira, elle dut prendre de grandes goulées d'air. Il la souleva de la table et se tint devant elle, les bras croisés, avec ses biceps qui ressortaient de façon sexy.

— Déshabille-toi.

— Tu ne veux pas le faire pour moi ? demanda-t-elle.

Il étrécit les yeux.

— Eh bien, nous en étions à cinq coups. Tu viens de faire monter le compte à dix. Tu en veux davantage, petite fille ?

Probablement pas pour son premier essai, alors elle secoua la tête et mémorisa cette règle.

— Non. Dix, ça me va.

Ses lèvres frémirent. Elle n'avait pas répondu correctement, mais avec un peu de chance, il laisserait passer pour cette fois.

Elle se débarrassa rapidement de ses vêtements et les laissa par terre plutôt que de les plier parce que ça aurait pris trop de temps. Est-ce qu'il y avait quelque chose de tordu chez elle pour apprécier d'être nue devant lui tandis qu'il était complètement habillé ? Peut-être parce qu'elle savait qu'il prendrait soit d'elle... puis qu'il se déshabillerait à son tour.

— Tourne-toi, penche-toi, les seins sur la table.

Elle prit une inspiration tremblante et fit ce qu'il voulait. Ses tétons déjà durcis se raidirent encore davantage et elle grimaça quand ils touchèrent la table. Ce n'était pas trop froid, mais ce n'était pas génial non plus.

Elle le sentit se placer derrière elle, si près qu'elle sentait la chaleur qui irradiait de lui, sans qu'il la touche. Elle dut faire appel à toute sa volonté pour ne pas se rapprocher de lui.

Une de ses mains vint englober une fesse et elle laissa échapper un gémissement. Seigneur, elle était tellement... *sienne*.

Il retira sa main et elle glapit au moment de l'impact. La sensation de brûlure fut immédiate, mais il frotta l'endroit où il avait frappé et elle gémit. Il lui donna quatre autres fessées à la suite, mais jamais au même endroit. Il apaisa la brûlure à nouveau et elle prit une inspiration. Son sexe était douloureux et elle savait qu'elle était trempée, prête pour lui.

Il frappa l'autre fesse et elle laissa échapper un gémissement.

— C'est bien. Tu peux faire autant de bruit que tu veux, Miranda. Montre-moi ce que tu veux.

Elle gémit plus fort quand sa main s'abattit à nouveau. Encore trois, mais elle n'était pas sûre d'y arriver. Ses genoux tremblaient et elle bougea ses bras pour s'agripper à la table.

Il se pencha pour venir placer sa bouche près de son oreille.

— Ton cul est tout rose maintenant. Aussi rose que ta vulve. Tu sais à quel point j'aime te la bouffer, et là, ma belle, tu dégoulines. Je vais lécher la moindre goutte et te pénétrer avec ma langue jusqu'à ce que tu me jouisses dessus. Et ensuite, je baiserai ta bouche avant de prendre ton sexe. Ça te plaît, ma puce ?

Le sang se mit à pulser à son clitoris à ses mots et elle gémit. Elle en voulait davantage. Bon sang, elle voulait tout. Il la frappa à nouveau et elle hurla. Seigneur, ça faisait mal, mais le genre de douleur qui lui donnait envie de jouir ou d'en réclamer encore plus. Peut-être les deux. Sa main s'abattit encore une fois, deux, et ce fut fini.

Elle tremblait et ouvrit la bouche pour supplier Decker de faire quelque chose, mais sa bouche s'abattit sur elle et elle se mit à crier pour une autre raison. Il se reput de son sexe comme si c'était le dessert le plus délicieux au monde.

Il suça son clitoris et donna de grands coups de langue. Elle gigota, il lui en fallait plus.

— Oh mon Dieu, Decker. Je t'en prie. Je vais jouir.

Il écarta ses fesses de sa main et elle rougit. Seigneur, il était si... cochon. Elle adorait ça.

Il la transperça de sa langue et suça encore un peu plus. Miranda fut prise d'une vague de chaleur et son dos s'arc-bouta. Quand il souffla son prénom, elle jouit en collant ses fesses contre son visage.

Avant qu'elle puisse redescendre complètement, il la fit décoller à nouveau. Cette fois, il utilisa ses doigts pour trouver son point G et stimula cette petite boule de nerfs jusqu'à ce qu'elle jouisse à nouveau.

Elle essaya de parler, haletante, mais avant qu'elle retrouve son souffle, il la décolla de la table et la prit dans ses bras. Il écrasa sa bouche de la sienne et elle s'effondra une fois de plus. Elle sentait son goût sur sa langue et elle avait envie de lui rendre la pareille.

Elle se dégagea puis se mit à genoux. Il prit son visage en coupe et elle leva les yeux vers lui.

— Timide ? le taquina-t-elle vu qu'il était toujours habillé.

Il leva les yeux au ciel et se débarrassa de sa chemise. Bon sang, ce qu'il était bien foutu. Elle comptait lécher le moindre centimètre carré de sa peau tout à l'heure. Mais pour l'instant, elle était intéressée par une zone en particulier. Elle l'aida à défaire son pantalon et enserra sa verge quand il en fut libéré.

Il inspira brusquement et passa une main dans les cheveux de Miranda.

— Est-ce qu'il faut que je retire le piercing ? demanda-t-il dans un grognement.

Elle secoua la tête et lécha le bout de son sexe, sous le bijou.

— On s'est entraînés quelques fois sans, et si on oublie la gorge profonde aujourd'hui, ça devrait aller.

Il repoussa les cheveux du visage de Miranda et les serra dans son poing.

— Vas-y doucement, d'accord, dit-il avec un rire.

Elle leva les yeux au ciel et le lécha sur toute sa longueur, jusqu'à ses poils nettement taillés. Elle revint jusqu'en haut et suça le gland en faisant rouler sa langue autour de la petite bille de métal. Decker gémit et sa prise dans ses cheveux se resserra. Elle le fit glisser jusqu'au bout de sa gorge et déglutit, se délectant de la façon dont elle le sentait trembler. Puis, avec précaution, elle se retira. D'habitude, elle se lâchait et le laissait baiser sa bouche, mais elle ne voulait pas se casser une dent.

Elle répéta les mouvements. Elle adorait son goût et la façon dont il luttait pour garder le contrôle. Finalement, Decker se retira. Il la prit par les aisselles et la remit sur la table en un clin d'œil.

— Decker… souffla-t-elle.

Elle ferma les yeux sur un gémissement alors qu'il prenait son téton dans sa bouche.

— Il faut que tu mettes un piercing là-dessus, dit-il d'une voix basse tandis qu'il pinçait ses deux mamelons avec force entre ses doigts. Tu serais tellement sexy avec des petits anneaux, et ils seraient cachés au travail.

Elle frissonna.

— Je le ferai si tu le fais aussi.

Il eut un grand sourire.

— Marché conclu.

Oh merde. Eh bien, apparemment, elle allait se faire percer les tétons. Si ça conduisait Decker à la regarder plus souvent comme ça, tant mieux pour elle.

— Mets tes pieds sur la table et écarte les jambes que je puisse voir ton petit sexe affamé.

Elle fit ce qu'il demandait et se sentit ouverte et vulnérable. Decker gémit et se pencha pour récupérer un préservatif dans son jean. Il le déroula avec soin sur son pénis et se plaça à l'entrée de son corps.

— Tu penses que tu peux être sage et te tenir grande ouverte pour moi pendant que je te baise, ma puce ?

Elle hocha la tête.

— Je crois.

Il sourit.

— On va voir.

Oh seigneur. Elle avait hâte.

Les yeux de Decker se plantèrent dans les siens tandis qu'il prenait son sexe à la base et la pénétrait, centimètre par centimètre.

La bouche de Miranda s'ouvrit toute seule tandis qu'il étirait son corps. Son piercing frottait contre sa paroi intérieure tandis qu'il s'enfonçait en elle. Franchement, quiconque n'avait jamais fait l'amour avec un mec possédant un prince Albert loupait quelque chose.

Non qu'elle ait eu envie de partager Decker avec qui que

ce soit. Il était tout à elle. Pour aussi longtemps qu'il voulait bien d'elle.

Elle inspira brusquement à cette pensée puis il s'enfonça jusqu'à la garde. Des étoiles explosèrent derrière ses yeux et elle se mit à trembler tandis que les larmes montaient. Seigneur, elle était si *pleine*. Il l'agrippa par les hanches et la fixa dans les yeux.

— Est-ce que tu veux enrouler tes jambes autour de moi ? Ou est-ce que tu veux que j'aille profond comme ça avec tes jambes écartées.

Elle se lécha les lèvres, et essaya de se forcer à parler. Comment était-elle censée réfléchir alors qu'il se trouvait si profondément en elle, une part d'elle-même.

— Les deux. Je m'en fiche. Je vais commencer comme ça et replier mes jambes autour de toi quand je ne pourrai plus tenir.

Il sourit et hocha la tête.

— Bonne réponse, Mir. Très bonne réponse.

Il se retira et elle gémit, se contractant autour de lui.

— Seigneur, tu es si serrée. J'adore te faire l'amour.

L'amour.

Il l'avait encore dit. Des larmes lui montèrent à nouveau aux yeux et elle ferma les paupières pour les faire disparaître. Pas ici. Pas maintenant.

Peut-être jamais.

Il se mit à aller et venir, vite et fort, et elle perdit le train de ses pensées. Bien. Il avait une main sur sa hanche, l'autre en train de pincer ses tétons. Il ne ralentit jamais son allure éreintante, même quand il se pencha pour capturer ses lèvres en un baiser féroce.

Elle l'aimait tellement et pourtant, elle ne le lui avait jamais dit.

Elle ne pouvait pas.

Elle repoussa ces pensées et enroula ses jambes autour de lui. Elle voulait être peau à peau avec lui, cœur à cœur. Elle mordit son épaule et il grogna en accélérant. L'orgasme de Miranda fut violent et soudain. Elle s'arc-bouta et renversa la tête en arrière. Decker jouit en même temps qu'elle, s'agrippant si fort à ses hanches qu'elle sut qu'il lui laisserait des bleus. Des bleus qu'elle chérirait et ne voudrait jamais voir disparaître.

Il avait déjà marqué son cœur. Voilà que maintenant il marquait son corps d'une manière dont elle mourait d'envie.

Quand son pénis arrêta de pulser en elle, il resta là, nu dans la cuisine, avec elle nue sur sa table, son front appuyé contre le sien. Elle ferma les yeux pour l'empêcher de voir la réelle profondeur de ses sentiments.

C'était trop rapide, trop tôt pour lui révéler ce qu'elle savait depuis si longtemps. Elle le savait rationnellement, mais émotionnellement, ça n'avait pas d'importance.

Il fallait qu'elle garde les yeux fermés, sinon elle verrait les écorchures et les hématomes sur son visage et son flanc, les marques de son combat avec Griffin. Tant de choses reposaient sur le lien qu'ils partageaient et la façon dont ils géraient ça. Un faux pas et elle risquait de briser non seulement son propre cœur, mais aussi la vie de l'homme qu'elle aimait et qu'elle avait tellement lutté pour avoir.

Il fallait que ça en vaille le coup, au final.

Parce que sinon, elle se perdrait pour toujours.

CHAPITRE QUINZE

DECKER PRIT une grande inspiration et leva le gros morceau de bois sur son établi. Ses muscles se tendirent et il sut qu'il aurait dû demander de l'aide à un des gars, mais il n'avait pas voulu les déranger avec ça.

Il y avait des tas de choses avec lesquelles il n'avait pas voulu les déranger.

Il n'avait parlé à aucun des Montgomery, à part Miranda, depuis la veille, quand la nouvelle s'était répandue. Il ignorait de quel côté se rangeaient les uns et les autres, et ça le tuait qu'il y ait des côtés.

C'était sa faute, se remémora-t-il.

Maintenant, il était seul dans son atelier un jeudi soir parce qu'il n'avait pas eu le cran d'aller voir s'il avait tout gâché et tout perdu. Il regarda le bois sur son établi et poussa un juron.

Tout cela ne servirait peut-être à rien. Griffin avait voulu des étagères, alors Decker lui en fabriquait. Mais il les lui avait demandées avant d'être au courant pour Miranda, alors tout cela serait peut-être du gâchis. Un gâchis qui lui mènerait la vie dure s'il ne parvenait pas à arranger les choses.

Son visage était endolori des coups portés par son ami, et son flanc lui faisait un mal de chien, mais ces blessures semblaient mineures en comparaison de l'entaille qui lui meurtrissait le cœur. Il n'aurait jamais pensé que Grif réagirait de cette façon.

Oui, il savait que ça se passerait mal, mais l'air de trahison qu'il avait lu sur son visage, c'était presque plus qu'il n'en pouvait supporter.

Il soupira et baissa les yeux vers ses mains. Miranda avait soigné ses blessures, y avait déposé des baisers magiques et s'en était occupée. Son sexe tressaillit au souvenir de ses mains sur elle et de la bouche de Miranda sur lui. Il l'avait poussée au bout dans ses retranchements la veille dans la cuisine, puis plus tard au lit, mais elle avait tout encaissé et en avait redemandé.

Il n'aurait jamais cru qu'elle serait capable de le prendre dans son entier, d'être avec lui d'une façon qui l'apaisait et répondait à tous ses besoins. Il avait envie d'elle, envie d'elle dans sa vie. Il n'avait pas réalisé à quel point avant qu'elle en fasse partie.

Et tout ça partirait à vau-l'eau dès qu'elle comprendrait la vérité.

Il poussa un juron et se mit au travail sur les étagères. Le bruit des outils et la musique à ses oreilles ne suffisaient pas à faire taire ses pensées.

D'un côté, il voulait Miranda. Il la voulait jusqu'à ce qu'elle décide qu'elle ne pouvait plus le gérer. D'un autre côté, il ne faisait que retarder l'inévitable. Il poussa un soupir. Qui l'avait transformé en pleurnicheuse ?

Il jura à nouveau et se remit au travail sur les étagères. Il ferait la découpe avec une scie, mais il s'occuperait des gravures plus délicates avec un marteau, un ciseau à bois et ses mains. Il s'agissait de simples étagères, et peut-être qu'il ne se serait pas tant démené pour leur offrir un aspect unique si elles n'avaient pas été pour son meilleur ami. Il les aurait rendues spéciales parce que c'était Griffin, de toute façon, mais la mine trahie de son ami était si vive dans sa mémoire que Decker se donnait encore plus de mal.

Quelques étagères n'allaient pas réparer leur relation, mais peut-être qu'elles traceraient le début d'un chemin où Griffin ne le haïssait pas.

Il aurait dû dire à tout le monde ce qui se passait entre lui et Miranda dès qu'il en avait eu l'occasion. Le secret, même s'il n'avait duré qu'une semaine, était la goutte d'eau qui avait fait déborder le vase. Ils penseraient toujours qu'il n'était pas assez bien pour leur petite sœur, mais le fait qu'il l'ait caché ne faisait qu'aggraver les choses. Elle lui avait dit que sa mère semblait ravie, mais il ne savait pas trop quoi penser de ça.

Heureusement, Miranda était de son côté. Elle avait apaisé ses blessures et l'avait tenu contre elle alors qu'il avait envie de s'enfuir. Elle ne se laissait faire par personne, et 'il admirait cela chez elle.

Il coupa la scie en entendant son téléphone sonner. Il soupira en voyant le nom de son interlocuteur.

— Bonjour, Austin, dit-il avec le plus de détachement possible.

— Salut.

Le silence entre eux n'était pas aussi à l'aise qu'à une époque, et cette perte lui faisait plus mal qu'il ne l'aurait cru.

— J'en déduis que tu es au courant, grimaça-t-il.

Subtil.

Austin poussa un soupir et Decker s'assit sur un tabouret.

— Oui. Oui, en effet. Est-ce que ça va ?

Surpris, Decker cligna des yeux.

— Quoi ?

— Ça va ? J'ai vu Griffin vu qu'il est venu ici pour se faire soigner.

Il marqua une pause.

— Non, il est venu me dire ce qui s'était passé, puis on l'a soigné, mais ça revenait au même. Il avait l'air d'être passé dans une essoreuse, mon vieux. Comment vont tes mains ?

Decker déglutit et la honte l'envahit. Un goût de bile sur la langue, il frissonna. Il avait cogné son meilleur ami, et le frère de celui-ci lui demandait comment allaient ses mains. Decker baissa les yeux vers ses doigts écorchés et se passa la langue sur les dents.

— Ça va. Ça ira. Miranda s'est occupée de moi.

Il aurait pu avaler sa langue. La dernière phrase lui avait échappé et maintenant son nom flottait dans l'air entre eux.

Austin laissa échapper un rire rauque qui ne contenait aucune joie.

— Mince, Deck. J'aurais préféré que tu nous en parles, mais je ne peux pas t'en vouloir. Pas alors que Sierra nous a taillé un short à moi et Griffin, enfin, surtout à Grif.

Decker fronça les sourcils.

— Comment ça ?

— Vous êtes ensemble depuis quoi ? Une semaine ? Quelques jours ?

— À peu près, mais on aurait quand même dû t'en parler.

— Oui, peut-être. Peut-être aurais-tu dû demander la permission ou je ne sais quoi, mais dire ça fait de moi un connard. Miranda est une adulte, même si j'ai tendance à l'oublier. Elle est assez grande pour décider par elle-même. La famille et moi n'avons pas à te faire passer de tests de bravoure.

Il marqua une pause.

— Bon, peut-être quelques tests, c'est notre petite sœur, après tout. Mais ce n'est pas comme si tu étais un inconnu, Deck.

— Ah ouais ? Pour Griffin, c'est encore pire visiblement.

— Griffin s'est laissé aveugler et s'est conduit comme un con. Je sais qu'il galère avec son livre, et comme vous êtes très proches tous les deux, il s'est pris une baffe des deux côtés, pas uniquement du tien, mais de celui de Miranda aussi. Alors oui, c'est un abruti, mais c'est le seul Montgomery à avoir réagi. Vous allez arranger ça tous les deux. Tu le sais bien.

— Vraiment ? Austin, j'ai merdé. Je suis un raté et je sors avec ta sœur. Tu ne comprends pas ça ? Grif avait toutes les raisons du monde de me cogner. Ce qu'il n'avait pas le droit de faire, c'était d'insulter Miranda en même temps.

— Tu sais qu'il ne le pensait pas.

— Peut-être. Mais il l'a dit et j'ai réagi. Tu comprends ? J'ai réagi, et j'ai mis le visage de mon meilleur ami en sang. Au travail. Sur le chantier de *ta* famille. Storm m'a demandé de rentrer chez moi hier, alors je n'y vais pas aujourd'hui. J'avais des jours de congé, donc, jusqu'à ce que j'aie décidé quoi faire, je les prends. Storm et Wes se débrouilleront. Ils s'en sortent mieux sans moi.

La dernière phrase était sortie toute seule et il poussa un soupir. Tout le monde était peut-être mieux sans lui. Il aurait pu aller sur un chantier dépendant de la compagnie, mais hors de l'État. Ou peut-être qu'il pouvait carrément se trouver un autre boulot. S'il était le seul à partir, tout serait réglé.

Mais ça voulait dire quitter Miranda, et il était trop égoïste pour ça. Il la voulait, il l'aimait, même, s'il était honnête avec lui-même, et il n'avait plus qu'à en accepter les conséquences.

Ça ne voulait pas dire pour autant que c'était facile.

— Ils ne s'en sortent pas mieux sans toi, Decker. Tu ne comprends pas ? Tu fais partie de la famille aussi. Ça nous a simplement surpris. Même si, d'après Sierra, ça n'aurait pas dû. Je ne comprends pas comment elle peut être au courant de ce genre de choses avant que ça arrive. Ça doit être un super-pouvoir féminin.

Decker sourit malgré lui.

— Je dirai à Sierra que tu la trouves chelou.

— La ferme, ducon.

— Moi aussi, je t'aime.

Austin soupira.

— Oui. On t'aime tous, Deck. Mais ne lui fais pas de mal, d'accord ? On tient tous beaucoup à elle, et si tu la rends heureuse, alors, tu seras la meilleure chose qui lui sera arrivée. Et si elle te rend heureux... Putain, oui ! C'est la perfection !

Decker ferma les yeux et se pinça l'arête du nez.

— Ça ne fait même pas un mois. Arrête de te faire des idées. Laisse-moi respirer.

— Tu es dedans jusqu'au cou, Deck, et tu le sais. Mais l'idée me plaît bien, je crois. Alors essaie de ne pas foirer et tout ira bien.

Plus facile à dire qu'à faire.

— Et comme tu vas broyer du noir à ce sujet un moment, je

te laisse. Donne un peu de temps à Grif. C'est un idiot, mais c'est notre idiot. Le tien aussi. Et viens au prochain dîner de famille. Ça rendra les choses moins bizarres.

— En faisant sortir tout ce qui est bizarre d'un coup ?

— En gros.

Austin marqua une pause.

— En parlant de dîner de famille, tu as eu des nouvelles d'Alex ?

Decker fronça les sourcils.

— Non. Pas depuis qu'il nous a dit que Jessica l'avait quitté. Ça ne va pas fort, hein ?

— Ça pète de tous les côtés dans cette famille, et je ne pense pas être assez solide pour continuer à faire tenir tout ça.

C'était la chose la plus franche et la plus ouverte qu'Austin lui avait jamais dit, et Decker entendit la supplication contenue dans cette déclaration.

— Je ferai de mon mieux pour ne pas tout casser.

— Et tant qu'à faire, si tu trouvais comment régler les problèmes des autres en même temps, ça serait cool.

— À un moment donné, il faut que tu laisses les gens vivre leur vie.

— C'est ce que je fais, mais il faut aussi que je sois là s'ils ne s'en sortent pas, ou s'ils se croient seuls.

Les propos d'Austin manquaient de subtilité, mais Decker laissa couler. Quand tout se casserait la gueule, il n'irait pas demander l'aide des Montgomery. Si, quand, Miranda le quittait parce qu'elle voyait enfin qui il était, ce que son passé faisait de lui, alors il perdrait la famille qu'il s'était trouvée pour toujours.

Mais Miranda en valait le coup.

Elle valait même plus que ça.

— Merci d'avoir appelé, dit-il au bout d'un moment.

Il n'y avait pas grand-chose de plus à dire en attendant que les choses se mettent en place pour eux tous.

— Porte-toi bien, Decker. Prends soin de toi et fais en sorte que ma petite sœur soit heureuse. C'est compris ?

Decker sourit.

— C'est compris.

Ils se dirent au revoir et il raccrocha. Il ne se sentait pas mieux qu'avant, mais au moins, il ne se sentait pas pire. Austin était comme ça. Il ne semblait peut-être pas super enthousiaste, mais il ferait de son mieux pour prendre soin de sa famille et ses amis.

Et Decker ferait tout ce qu'il pouvait pour s'assurer de ne jamais blesser Miranda.

Il retourna au travail et mit toute son ardeur dans ce projet. Il aimait travailler avec ses mains. Il trouva un certain réconfort dans l'idée que canaliser sa frustration de cette façon pouvait produire quelque chose de beau et d'utile pour quelqu'un d'autre.

Il n'entendit pas la sonnette tout de suite, mais quand sa playlist passa à une autre chanson, il se rendit compte que quelqu'un appuyait encore et encore sur le bouton. Gunner se mit à aboyer en rythme avec la sonnette, et Decker fronça les sourcils.

Il s'essuya les mains et se dirigea vers la porte d'entrée. Il y avait intérêt à ce que ce soit une foutue urgence pour défoncer sa sonnette comme ça. Les gens qui le connaissaient auraient appelé pour le prévenir qu'ils attendaient dehors, et il aurait vu la lumière de son téléphone pendant qu'il travaillait.

Il ouvrit la porte sans regarder par le judas et il essaya de la refermer aussi sec.

— Gamin, ne t'avise pas de faire ça, putain, marmonna Frank Kendrick en posant la main sur la porte pour l'empêcher de claquer. Il avait aussi placé un pied dans l'entrebâillement si bien qu'il ne pouvait pas la refermer.

— Dégage de chez moi, assena Decker d'une voix basse et froide.

Il refusait de hurler. Ça ne ferait qu'encourager l'autre. S'il restait calme et maître de lui, il avait plus de chances de gagner cette bataille. Decker était peut-être plus fort, mais Frank ferait un scandale. Les scandales de ce type impliquaient souvent la police et des mensonges.

— Tu te prends pour quelqu'un parce que tu travailles pour les Montgomery ? Tu n'es qu'une merde, petit con. Tu as de la chance qu'ils ne voient pas qui tu es réellement, qu'ils ne se rendent pas compte de la vérité. Parce que dès que ce sera le cas, tu seras foutu. Peut-être qu'ils ont pitié de toi. C'est pour ça qu'ils te laissent rester là.

Les mots le frappèrent de plein fouet et Decker retint une grimace. Il se força à garder un visage de pierre.

— Va-t'en, Frank. Je ne suis pas d'humeur à gérer tes conneries.

Il croisa le regard vitreux de son père et retint un juron. Il évita de penser à ce dont sa mère devait avoir l'air en ce moment. Si Frank était là et déjà sur sa lancée, ça devait être terrible à la maison. Decker pourrait appeler les flics, mais qu'est-ce qui se passerait ?

Il retint un soupir. Il appellerait quand même. Tant pis si elle leur demandait de partir. Il n'arrêterait jamais d'essayer de protéger sa mère de l'homme qui se tenait devant lui.

— Va te faire foutre. Tu aurais dû venir quand ta mère te l'a demandé.

Frank lui adressa son sourire rusé et l'estomac de Decker se tordit. Il retint à grand-peine la bile qui lui montait à la gorge. Il ne pouvait pas le supporter, il ne pouvait pas supporter les souvenirs associés à ses mains épaisses qui maintenaient la porte ouverte. Si Decker y regardait de plus près, c'étaient ses propres mains qu'il verrait. Cette ressemblance qui lui donnait envie de se tenir loin de Miranda et de tout ce qu'elle représentait pour lui.

Il n'était pas sûr de pouvoir se contenir beaucoup plus longtemps si Frank ne partait pas.

— Qu'est-ce que tu lui as fait ? demanda-t-il avant de pouvoir s'en empêcher.

Un éclair de satisfaction passa dans le regard de Frank, et Decker retint un juron.

— Elle est là où est sa place, petit con. À la maison. À genoux.

Frank vacilla.

— La prochaine fois qu'elle appelle, tu viens dîner. On est une famille, gamin. Ces Montgomery ne sont pas de ton sang. Moi, oui. Souviens-t'en. Rappelle-toi le sang qui coule dans tes veines. Tu n'es pas un crétin de luxe qui pense qu'il vaut mieux que tout le monde. Tu n'es rien.

Peu importait le degré d'alcoolémie de Frank, il parvenait toujours à trouver les mots qu'il fallait pour taper là où ça faisait mal. Peut-être qu'un jour il ne se laisserait plus atteindre par elles, mais les paroles de Frank semblaient reprendre le refrain qui tournait en rond dans sa tête. Ce qui n'aidait pas. Tout ce qu'il voulait, c'était que Frank se tire de là pour pouvoir se bourrer la gueule.

Se bourrer la gueule comme son vieux.

Voilà : rien. Il n'était *rien*.

Decker en eut marre. Il poussa la porte de toutes ses forces en ignorant les jurons de Frank. Si l'un de ses voisins appelait les flics, ce serait le problème de Frank, pas le sien. Et franchement, ce n'était pas nouveau pour les flics de se déplacer quand Frank était dans le coin. Mais ce n'était encore jamais arrivé à l'adresse de Decker.

Frank jura et hurla encore un moment avant de s'en aller. Decker n'avait pas vu de voiture garée dans son allée ou dans la rue, il avait dû venir à pied depuis un des bars du secteur. Il l'espérait, en tout cas.

Il alla téléphona à la police pour les prévenir à propos de sa mère. Ils connaissaient la maison et savaient que leur intervention n'apporterait rien de bon, mais avec un peu de chance, ils feraient de leur mieux pour aider.

Après avoir raccroché, il se sentit épuisé et pas d'humeur à voir des gens. Ce qu'il voulait, c'était boire un coup et tout oublier. Il ne finirait pas aussi bourré que son vieux, du moins il l'espérait, mais il ne pouvait pas rester chez lui et boire seul. Alors il partit à pied vers un bar non fréquenté par son père, car il s'en était fait virer et interdire de séjour des années auparavant.

Il mit son téléphone sur silencieux au cas où la police le rappellerait pour lui donner des nouvelles, mais il n'avait pas grand espoir. Il ne voulait parler à personne d'autre. Plus que tout, il était incapable de faire face à Miranda dans l'état où il se trouvait. Il avait une mine abominable et se faisait l'effet d'un moins que rien, il valait mieux qu'elle ne le voie pas comme ça.

Un point de plus sur la longue liste de raisons pour lesquelles Miranda ferait mieux de le quitter.

En se mentant à lui-même, il pouvait prétendre que ce n'était que du sexe et rien de sérieux, mais il en était incapable. Ils avaient un lien qui n'avait rien à voir avec leurs corps en sueur et la façon dont ils s'encastraient. Il y avait la façon dont elle le réchauffait de l'intérieur. Elle lui donnait envie d'être quelqu'un de meilleur, pourtant il s'en savait incapable.

Il s'assit au bar, leva deux doigts et soupira quand le barman fit glisser deux shots de bourbon devant lui. Il se fichait de ce qu'il buvait tant que ça faisait disparaître la douleur. Il lui fallut une bonne minute avant de réaliser qui était assis à côté de lui.

— Tu as une sale gueule, mon vieux, dit Alex, la voix pâteuse et le regard vitreux.

Il ne savait pas depuis quand il était là en train de boire tout seul, mais Decker n'était pas en position de juger.

— Toi aussi, dit Decker avant de vider ses shots.

La brûlure de l'alcool ne le réchauffa qu'un instant avant que le froid ne s'infiltre en lui à nouveau.

— Tu veux en parler ? demanda Alex.

Il regardait son verre plutôt que Decker.

— Pas trop, répondit-il franchement avant de commander une bière.

Il valait mieux qu'il évite les alcools forts, s'il voulait avoir une chance de se réveiller le lendemain matin.

— Tant mieux, parce que j'ai pas envie de t'écouter.

Alex leva son verre pour porter un toast.

— Au plaisir d'en avoir rien à foutre.

Il but avant même que Decker puisse entrechoquer son verre avec le sien. Ça allait mal. Il avait *toujours* été mal, mais ça ne faisait qu'empirer. Il ne savait pas comment arranger ça, ni même si c'était à lui d'essayer.

Les murs se resserraient autour de Decker et il n'était pas sûr de pouvoir trouver la sortie. Le lendemain viendrait, et il devrait gérer tout ça, mais pour l'instant, il voulait simplement boire jusqu'à ne plus avoir mal.

Si c'était possible.

CHAPITRE SEIZE

ÇA COMMENÇAIT à être compliqué au travail.

Miranda se pinça l'arête du nez et essaya de se rappeler pourquoi elle aimait son boulot. Elle ne l'aimait pas à cause des gens avec qui elle travaillait, mais pourvoir le visage de ses élèves au moment où la lumière se faisait. Quand ils comprenaient comment résoudre l'équation, calculer le volume d'une masse non conventionnelle ou factoriser l'opération. Quand ils comprenaient *ça*, le mal qu'elle se donnait dans son travail en valait le coup.

Ce qui ne valait pas le coup, c'était de travailler tard un vendredi soir alors que les élèves étaient partis et que le connard qui s'était invité dans sa vie se trouvait à proximité.

La police n'avait rien fait pour la protéger.

Pas la moindre chose.

Ils avaient pris sa déposition puis ils avaient pris celle de Jack.

C'était sa parole contre la sienne.

Elle donnait l'impression de s'être pris un mur en pleine

face parce que, eh, c'est ce que Jack lui avait fait subir, mais il n'existait aucune preuve matérielle. En tout cas, aucune que la police ait daigné examiner. Jack avait reçu un avertissement et son avocat et son argent avaient acheté sa liberté.

En attendant, Miranda devait travailler avec lui chaque jour. Il ne venait plus en salle des profs, heureusement. Au lieu de ça, il mangeait à son bureau ou quelque part où elle n'était pas obligée de le voir. Elle en était reconnaissante, car plus elle le voyait, moins elle se sentait capable d'empêcher ses frères de le réduire en bouillie.

Ses frères *et* ses sœurs, corrigea-t-elle en pensant à Maya et Meghan.

Ça l'agaçait terriblement d'être coincée dans cette position. D'un côté, elle aurait pu s'en vouloir d'être sortie avec un collègue, mais elle s'y refusait. Ce n'était pas de sa faute si Jack l'avait frappée. Ce n'était pas de sa faute si Jack pouvait se balader à sa guise tandis qu'elle vérifiait si le couloir était libre avant de quitter sa salle de classe.

Non, Jack était entièrement responsable de la situation.

Ce qui ne rendait pas les choses plus faciles à accepter.

Avec un soupir, elle parcourut ses copies à nouveau. Il fallait qu'elle termine les évaluations et les laisse sur le bureau du principal avant de partir. Son patron sortirait de l'école dans moins d'une heure, il fallait qu'elle se dépêche. Heureusement, elle avait presque fini, mais elle n'avait imaginé passer son vendredi soir de cette manière.

À vrai dire, elle ne savait pas *comment* elle passerait le reste de sa soirée. Elle n'avait pas eu de nouvelles de Decker depuis qu'elle était partie la veille après avoir passé la nuit chez lui. Après avoir fait de son mieux pour soulager ses blessures, et les siennes, tant qu'à faire, elle avait dû partir travailler. Elle avait appelé pour savoir s'il voulait dîner avec elle, mais il n'avait pas répondu. Elle avait laissé un message, mais il n'avait pas rappelé. S'il voulait lui parler, ce serait à lui de faire un geste à présent.

Elle se passa une main sur le ventre. Ce n'était pas bon. L'idée qu'il n'ait pas envie de lui parler après ce qui s'était passé avec sa famille lui faisait venir des larmes, mais elle ne pleura pas. Ça ne faisait qu'une journée. Il avait le droit à un peu d'espace. Elle n'était pas du genre pot de colle, mais après une journée chargée en émotions et une séance sur sa table de cuisine tout aussi chargée, elle pensait qu'il voudrait lui parler.

Apparemment, elle se trompait.

Elle refusait de paniquer, mais aurait souhaité qu'il fasse preuve de la courtoisie élémentaire qui consistait à rappeler les gens.

Elle soupira et se remit au travail. Quand elle aurait fini, elle s'arrêterait chez lui ou rentrerait directement chez elle. Elle n'était pas d'humeur à gérer une crise.

Ça lui prit encore une demi-heure, mais elle finit par ramasser ses affaires et passer chez le principal avec son sac et ses dossiers. Ensuite, elle récupérerait sa voiture et, avec un peu de chance, irait chez Decker.

Le principal était au téléphone alors elle posa les formulaires sur son bureau, obtint un signe de tête de sa part et ressortit. Elle poussa un soupir et se dit qu'elle allait simplement rentrer chez elle et, pourquoi pas, appeler Maya.

La semaine avait été difficile et elle ne se sentait pas de gérer davantage de problèmes. Ça pouvait attendre le lendemain matin. Peut-être même qu'il l'appellerait d'ici là.

— Sale conne.

Miranda se figea et un frisson glacé lui parcourut l'échine.

Tellement concentrée sur Decker et la fin de la semaine, elle n'avait pas vérifié qu'il n'y avait personne dans le couloir, ou du moins qu'*il* n'était pas là.

— Tu ne devrais pas m'approcher, Jack, dit-elle doucement.

Elle se retourna pour le voir la fusiller du regard, les épaules voûtées.

— Pourquoi ? Qu'est-ce qui t'est arrivé, hein ? Rien. Alors que moi, je me suis fait harceler par les flics.

Il était sérieux, là ? Les flics n'avaient *rien* fait parce que ce connard les avait embobinés.

— Va-t'en, Jack.

Elle déglutit, un goût métallique et amer de la peur sur la langue.

Il avança vers elle, mais elle redressa le menton. Elle se mettrait à courir s'il le fallait, et ce serait probablement le cas, mais elle ne voulait pas passer tout son temps de travail à avoir peur. Elle savait se défendre et comptait bien le faire si nécessaire.

— Pourquoi ? C'est mon lieu de travail à moi aussi. C'est toi qui te faufiles ici comme une pauvre petite souris, la queue entre les jambes.

— Ça suffit, Jack. Tu m'as frappée. Tu m'as balancée contre un mur et m'as menacée de faire pire. Tu penses peut-être que tu t'en es sorti parce que tu es doué pour parler aux flics ou je ne sais quoi, mais je n'oublierai jamais. Ma famille n'oubliera jamais.

— Tu gâches *tout*, cracha-t-il.

Elle ne voyait pas de quoi il voulait parler, mais il était de toute évidence mentalement instable. Il fallait qu'elle s'en aille le plus rapidement possible. Elle se tourna pour partir, mais il agrippa son bras.

— Lâche-moi, Jack, dit-elle le plus calmement possible.

— Il y a toujours une fille hystérique qui vient tout gâcher.

— Jack, murmura-t-elle d'une voix moins calme que précédemment.

Elle ne comprenait pas son attitude, mais devinait qu'elle n'était qu'une petite partie d'un problème plus large.

— Il y a un problème ?

Jack la lâcha aussitôt et Miranda soupira de soulagement, surprise par cette voix familière.

— Luc ?

L'homme, autrefois un bon ami de la famille, et plus spécifiquement de Meghan, fronça les sourcils en la regardant. Sa peau sombre se plissa au coin de sa bouche tandis qu'il tournait les yeux vers Jack. Son regard couleur de miel donnait l'impression qu'il s'apprêtait à commettre un meurtre. Miranda ne savait pas ce qu'il faisait là, mais elle était contente de sa présence.

— Jack allait partir, dit-elle d'une voix sèche.

Jack gronda, mais hocha la tête.

— J'étais simplement en train de discuter avec Miranda.

Luc haussa un sourcil sombre.

— Vraiment ? Parce que de mon point de vue, tu semblais plutôt la forcer à quelque chose dont elle ne voulait pas. Tu veux que j'appelle la police, Miranda ?

L'espace d'un instant, elle se dit que ce serait une bonne idée, mais elle se rappela l'expression du plus vieux des deux flics. Jack n'avait rien fait de mal, cette fois. Il lui avait fait peur, mais c'était surtout à cause de ce qu'il s'était passé la dernière fois. Même si elle avait un témoin en la personne de Luc, elle ne voulait pas forcer sa chance.

Elle secoua la tête.

— Non, je veux simplement rentrer chez moi.

Luc l'examina attentivement avant de hocher la tête.

— Tu ferais mieux de te tirer d'ici avant que je change d'avis.

Jack eut un reniflement moqueur, mais partit vers la sortie. Aussitôt, Miranda se mit à trembler. Luc passa un bras autour de ses épaules et elle s'appuya contre lui. Elle ne l'avait pas vu depuis des années, pourtant elle se sentait à l'aise avec lui, comme avec un autre frère. Il la conduisit à l'extérieur vers l'un des bancs et elle poussa un soupir.

— Qu'est-ce que tu fais là ? demanda-t-elle quand son corps commença à se calmer.

Luc serra ses épaules encore une fois avant de bouger pour lui laisser de l'espace.

— Je travaille sur le circuit électrique. C'est mon premier boulot depuis que je suis revenu à Denver.

Luc était électricien et, pendant un moment, il avait travaillé pour Montgomery Inc. avec sa famille. Il avait déménagé soudainement un jour, elle n'avait jamais su pourquoi. Ça ne la regardait pas, après tout.

Elle se tourna vers lui, un vrai sourire sur le visage.

— Tu reviens t'installer ici ?

Il hocha la tête, même s'il ne souriait pas.

— J'ai déjà emménagé. Maintenant, je cherche un boulot un peu plus stable.

Elle secoua la tête.

— Parle à Wes et Storm. Tu sais qu'ils t'embaucheraient aussitôt.

Il haussa les épaules.

— On verra. Je suis parti de façon un peu soudaine, la dernière fois.

Elle n'allait pas lui demander pourquoi puisque, effectivement, ça ne la regardait pas, et qu'elle avait ses propres soucis.

— Parle-leur. Au pire, ils diront non.

Il lui fit un petit sourire et son regard s'illumina. Il était terriblement canon.

— Je suppose.

Il regarda autour du parking et fronça les sourcils à nouveau.

— Je n'aime pas la façon dont cet homme te touchait.

— C'est une longue histoire, mais je suis en train de la mettre derrière moi.

Il le fallait, ou elle aurait peur pour le reste de sa vie.

— Je serai là encore une semaine pour remettre les choses en ordre, alors je garderai un œil ouvert.

Cette fois, elle leva les yeux au ciel.

— Et je me retrouve avec un frère de plus ? J'en ai déjà assez comme ça, non ?

Il croisa son regard et haussa les épaules.

— Tu es la petite sœur de Meghan. Je ne laisserai personne te harceler.

Elle sourit et secoua la tête.

— Vous êtes tous si protecteurs et j'aime bien ça, même si des fois c'est énervant.

Elle se leva et attrapa son sac.

— Merci encore d'être intervenu. J'aurais pris la fuite, mais ça m'a aidée que tu sois là. Il faut que j'y aille maintenant, mais merci.

Il se leva à son tour et la raccompagna jusqu'à sa voiture.

— Je te dirais bien « je recommence quand tu veux », mais je n'ai pas envie que ça se reproduise. Fais attention à toi, et à bientôt.

Elle le serra dans ses bras et il lui rendit son étreinte.

— Merci, murmura-t-elle en montant en voiture.

Ça faisait du bien de voir un visage familier, surtout quelqu'un qui était intervenu au moment où elle en avait besoin.

Au lieu de partir vers chez elle, elle conduisit jusque chez Decker. Elle voulait lui laisser de l'espace pour gérer les choses de son côté, mais elle ne pouvait pas. Elle avait besoin de le voir, de savoir qu'elle n'était pas seule. Seigneur, elle donnait l'impression d'être en manque d'affection, mais Jack lui avait fait plus peur qu'elle ne voulait bien se l'avouer. Elle faisait de son mieux pour avoir l'air d'une dure, mais elle ne se sentait pas si solide, en ce moment.

Elle se gara et vit son pick-up. Au moins il était à la maison. Quand elle sortit, elle prit une grande inspiration avant d'avancer vers la porte d'entrée.

Decker ouvrit sans qu'elle ait besoin de frapper. Il avait dû la voir se garer. Il tira Gunner pour qu'il arrête de la renifler et elle se pencha pour caresser le chien.

— Qu'est-ce qui ne va pas ? demanda-t-il d'une voix basse.

Ses yeux étaient sombres dans son visage pâle. Il donnait l'impression de se réveiller d'une cuite.

Sérieusement ?

Elle secoua la tête et prit une inspiration tremblante.

Il ouvrit ses bras et elle se laissa aller contre lui. Elle inspira son odeur et la laissa la calmer. Il ferma la porte derrière elle et la souleva dans ses bras. Il venait de prendre une douche et son odeur virile se mêlait à celle du savon dans une combinaison entêtante.

— Qu'est-ce qui s'est passé ? demanda-t-il une fois assis sur le canapé, elle sur ses genoux.

Gunner les renifla et s'assit à leurs pieds.

Elle lui raconta ce qui s'était passé avec Jack et l'intervention de Luc. Ses bras autour d'elle se resserrèrent au fur et à mesure qu'elle parlait. Elle frotta son épaule, essayant de l'apaiser, même si cela aurait dû être le contraire. Elle se montrait injuste et elle le savait. Elle était simplement de mauvaise humeur parce qu'il n'avait pas appelé, sauf qu'elle ne valait pas beaucoup mieux.

— Seigneur Jésus, marmonna-t-il quand elle eut terminé. Heureusement que Luc était là, ma puce.

Il l'embrassa sur la tempe et caressa sa cuisse. Sa grande main était possessive et pourtant protectrice.

— Je sais, répondit-elle avec franchise. Je ne vais pas mentir et dire que je n'ai pas eu peur, parce que si. Mais j'étais prête à partir en courant. Je ne l'ai pas fait immédiatement, car je me pensais capable de lui faire face, mais c'était idiot.

Decker laissa échapper un soupir.

— Oui, c'est possible. Je sais que tu as révisé les mouvements d'autodéfense, et on va continuer à travailler dessus, mais t'enfuir est toujours la meilleure des défenses si c'est une possibilité. Tu ne sais pas s'il a une arme ou pas. Il travaille dans ce lycée avec toi, mais ça ne l'a pas empêché de venir s'en prendre à toi. Je déteste que tu doives le côtoyer ainsi.

Elle soupira et s'appuya davantage contre lui.

— La seule façon pour lui de partir, c'est qu'il le fasse de lui-même ou que quelque chose de pire arrive. J'aimerais autant éviter.

Les bras de Decker se resserrèrent autour d'elle, et elle prit une brève inspiration avant qu'il relâche la pression.

— Putain, je le tuerai s'il te touche à nouveau, Mir.

Elle se tourna et prit son visage entre ses mains.

— Je ne veux pas te voir en prison, alors ne fais pas ce genre de promesses. D'accord ?

Elle croisa son regard et y vit la douleur batailler avec l'inquiétude. Elle ne savait pas ce qui se passait dans sa tête et ressentit un pincement au cœur à l'idée qu'il ne lui fasse pas assez confiance pour lui en faire part. Ils n'étaient pas ensemble depuis longtemps, mais ils avaient été amis pendant des années avant ça. Elle aurait voulu qu'il partage ses tourments, mais elle n'était pas sûre qu'il le ferait. Et maintenant qu'il devait aussi gérer ses problèmes à elle, elle ne pouvait lui demander de tout partager.

— Tu m'as manqué aujourd'hui, dit-elle avant de pouvoir s'en empêcher.

Il croisa son regard et hocha la tête.

— Tu m'as manqué aussi.

Le soulagement l'envahit et elle se maudit. Pourquoi se souciait-elle tant de ce qu'il pensait ? De ce qu'il ressentait ? Elle avait été parfaitement à l'aise toute la journée et avait même prévu de le laisser en paix. Puis Jack l'avait vue dans le couloir et elle avait eu besoin d'être rassurée. Après ce soir, elle prendrait ses distances et ferait en sorte de se rappeler qu'elle fonctionnait très bien toute seule.

Mais elle n'avait pas *envie* d'être seule, elle devait l'accepter.

Il ne semblait toujours pas dans son assiette et elle ne savait pas comment arranger ça.

— Qu'est-ce qui ne va pas, Decker ?

— Rien, répondit-il aussitôt.

Trop vite.

— Tu peux me le dire. Tu n'es pas obligé de garder les choses pour toi. J'espère que tu le sais.

Il parcourut son visage des yeux et poussa un soupir.

— Je suis un peu perdu depuis hier et j'ai besoin de me retrouver. Ça n'a rien à voir avec toi, ne va pas te sentir coupable. C'est moi, d'accord ? Tu peux me pardonner ?

Elle secoua la tête.

— Il n'y a rien à pardonner. Mais rappelle-toi que je suis là si tu en as besoin. On est ensemble, pas vrai ? On peut se dire les choses.

Le coin de la bouche de Decker se souleva.

— C'est vrai.

Elle fit courir ses doigts dans sa barbe et soupira.

— Je n'ai plus envie de penser à tout ce qui ne va pas.

Quand elle effleura ses lèvres des siennes, il crispa les doigts sur sa cuisse.

— Ah oui ? À quoi tu as envie de penser alors ? demanda-t-il d'une voix rauque.

— Fais-moi oublier. Rien que pour cette nuit.

Il l'observa et hocha la tête.

— Tout ce que tu veux, Mir. Tout ce que tu veux.

Elle déglutit et ignora la façon dont son cœur se serra. Ce n'était que temporaire. Ils n'avaient pas parlé du futur et il était encore trop tôt pour le faire, mais Decker avait tout fait pour l'effrayer au début. Il avait essayé de lui montrer l'homme qu'il était, ou du moins qu'il pensait être, et elle ne réussirait pas à le changer.

— Lève-toi et mets-toi derrière le canapé, ordonna Decker. Mets tes mains sur le dossier et fais ressortir tes fesses.

Elle frissonna et se leva. Une fois en position elle se lécha les lèvres en se demandant ce qu'il avait en tête.

Elle entendit des chuchotements puis des griffes sur le parquet tandis que Gunner sortait de la pièce.

Decker vint se place derrière elle et fit glisser ses mains sur ses flancs. Quand il agrippa ses hanches et appuya la longueur rigide de son sexe couvert par le jean contre ses fesses, elle prit une brève inspiration. Elle portait toujours sa robe du travail, et comme elle lui arrivait aux genoux, elle ne pouvait pas écarter les jambes comme elle l'aurait voulu. Il tira sur le pull fin qu'elle portait par-dessus sa robe et elle le laissa le retirer lentement. Elle se retrouva en robe, bas et sous-vêtements. S'il ne faisait pas gaffe, elle se débarrasserait de tout ce qu'elle portait pour sentir sa chaleur contre sa peau.

— De quoi tu as envie aujourd'hui, Mir ? Tu veux ma queue dans ton sexe ? Dans ta bouche ? Tu as envie que je rende tes fesses toutes rouges ? Je pourrais t'attacher au lit et te baiser pendant que tu me supplieras pour que j'y aille plus fort. J'ai tellement d'idées avec toi. Tu veux que je continue ?

Elle gigota contre lui. Tellement de possibilités.

— À toi de décider. J'aime bien quand tu décides.

Il passa la main sous elle, la posa sur son sein et la ramena vers lui. Il prit son visage de l'autre main et amena ses lèvres aux siennes.

— C'est ce que j'ai envie d'entendre, ma puce, dit-il quand il se retira.

Il mordit sa lèvre inférieure et tira légèrement. La respiration de Miranda s'accéléra et elle frotta ses cuisses l'une contre l'autre.

Seigneur, cet homme la rendait folle.

— J'avais envie de te prendre sur le canapé, mais finalement, je crois que je te veux au lit. Comme ça je pourrai voir tes seins et ta petite vulve rose une fois que tu seras à poil. Tu veux que je te baise dans mon lit, Mir ?

Elle hocha la tête.

— Fais des phrases, Mir.

Il pinça son téton à travers la robe et elle poussa un hoquet.

— Oui. Baise-moi contre la porte.

— Ça, c'est bien.

Il sourit, et elle tomba encore plus amoureuse de lui.

Elle n'avait pas envie d'y réfléchir pour le moment. Son cœur avait envie de lui et c'était tout ce qui comptait.

Il les conduisit vers le fond de la maison et s'arrêta devant la chambre d'ami. Il écrasa sa bouche sous la sienne et elle gémit contre ses lèvres. Il enfonça ses doigts dans ses fesses et elle se balança contre lui.

— J'en. Peux. Plus.

Il la souleva et la plaqua contre la porte fermée. Elle enroula ses jambes autour de lui et il donna un coup de reins. Son pénis vint appuyer au-dessus de sa culotte. Il arracha sa bouche à la sienne, la respiration haletante.

— Tu es tellement belle, Miranda.

— Baise-moi, gémit-elle en enfonçant ses talons dans ses reins.

Il fit remonter sa main le long de sa jambe et se figea.

— Seigneur. C'est des bas que tu portes ?

Elle gigota pour que le bout de son sexe appuie sur son clitoris.

— Oui. Mais il n'y a pas de porte-jarretelles, c'est de bas up.

— Waouh. Tu vas les garder toute la nuit, ma belle.

— Prends-moi, on parlera de ma garde-robe plus tard.

Il gronda et fit remonter sa robe jusqu'à sa taille.

— Quelle petite cochonne. Je vais prendre mon pied à vérifier à quel point tu es cochonne.

Il fit coulisser sa culotte sur le côté et la pénétra de deux doigts. Elle hoqueta et son corps se crispa autour de lui.

— Tu es trempée, Mir. Je ne t'ai même pas encore touchée et tu dégoulines.

Une main passée sous ses fesses pour la maintenir en place, il retira ses doigts et les porta à ses lèvres. Elle se lécha les lèvres ainsi que le bout de son doigt.

— C'est ça. Goûte ça. Tu aimes ton goût ?

Elle hocha la tête, elle avait envie qu'il la goûte lui aussi. Elle poussa sa main vers sa bouche et il sourit.

— Tu es une petite garce. J'aime ça.

Elle ignora le verbe aimer et faillit jouir rien qu'à le voir lécher sa cyprine sur ses doigts.

— Tellement bon, dit-il avant de s'emparer de sa bouche à nouveau.

Le goût de son excitation féminine sur sa langue était encore meilleur.

— Prends-moi. Je t'en prie, hoqueta-t-elle.

Il se retira en gardant une main sous ses fesses. Il hocha la tête et défit son pantalon d'une main. Quand elle voulut l'aider, il secoua la tête.

— Accroche-toi à mes épaules. Ça va secouer.

Là-dessus, il écarta de nouveau sa culotte et s'enfonça en elle d'une seule poussée.

Ils se figèrent tous les deux. Miranda se contracta autour de son pénis avec de petits spasmes.

— Putain, tu as joui rien qu'avec ça, ma belle.

Il l'embrassa à nouveau.

— C'est. Tellement. Sexy.

À chaque mot, il s'enfonçait en elle avant de se retirer, l'amenant vers un second orgasme. Il croisa son regard et elle déglutit. Il se mit à aller et venir en la faisant claquer contre la porte à chaque mouvement. Elle s'accrocha et agita ses hanches pour venir à sa rencontre. Ils étaient encore tout habillés et elle ne s'était jamais sentie aussi sexy, aussi *désirée*.

Il faufila sa main entre eux et frotta son clitoris, le titillant d'un ongle. Elle eut un petit cri et son corps se contracta avant que sa jouissance ne la terrasse d'une vague puissante. Il la rejoignit aussitôt et cria son nom en se vidant en elle.

Pas de capote.

Elle le sentait dans les moindres détails, la moindre giclée profondément en elle. Son piercing appuyait pile là où il fallait, et elle frissonna. Il croisa son regard, les yeux écarquillés.

— Oh putain, je suis désolé, ma puce. Je ne voulais pas oublier la capote.

Elle secoua la tête et prit son visage entre ses mains avant de l'embrasser.

— Je prends la pilule. Je ne suis pas malade.

Il poussa un soupir soulagé.

— Mon non plus. J'ai des papiers et tout, mais... Je suis désolé, Miranda. J'aurais dû y penser.

Elle l'embrassa à nouveau.

— Ce n'est pas grave. Tout va bien. Et j'ai aimé te sentir sans rien en moi.

Il sourit lentement à ces mots.

— Ah oui ? J'ai aimé pouvoir te sentir complètement autour de mon sexe. Tu veux qu'on arrête d'utiliser des capotes ?

Elle hocha la tête, très consciente de son pénis encore durci en elle.

— Mais c'est toi qui dors là où c'est mouillé.

Il rejeta la tête en arrière et éclata de rire.

— Seigneur, tu es incroyable. Je...

Il se figea.

— Je suis content que tu sois là.

Elle déglutit. Il n'avait pas dit les mots auxquels elle s'était attendue, et ça n'aurait été que dans le feu de l'action, de toute façon.

Peu importait ce qu'il ressentait, elle l'aimait assez pour deux.

Elle espérait simplement que ça ne la briserait pas.

CHAPITRE DIX-SEPT

IL NE S'ÉTAIT jamais senti aussi nerveux depuis... eh bien, jamais tout court. Decker prit une grande inspiration et frappa à la porte. Se cacher pendant une bonne semaine ne l'avait pas aidé, et s'il ne faisait pas face aux conséquences, il continuerait à tout faire foirer.

Miranda l'avait poussé à faire ça, mais il avait lui-même pris la décision.

Quand Grif ouvrit la porte, Decker se prépara à recevoir un coup de poing...

... Qui ne vint pas.

— Salut, dit son meilleur ami.

— Salut.

Il fourra les mains dans ses poches et se balança sur ses talons. Ça n'avait jamais été aussi étrange entre eux, depuis plus de vingt ans qu'ils étaient amis.

Mais Decker en était responsable et il ferait mieux de s'en souvenir.

— Putain, mon vieux, entre, d'accord ? Nous regarder en chiens de faïence sur le pas de la porte ne va rien arranger.

Eh bien, c'était mieux que rien, sans doute.

Grif recula et laissa entre Decker. Griffin avait une maison superbe avec un potentiel énorme. Dommage qu'il ait été le moins bricoleur des Montgomery et qu'il travaille dans un bazar pas possible chaque fois qu'il avait une date butoir à tenir.

— Ne fais pas gaffe au bordel, lança Griffin en passant dans la pièce suivante.

— Comme à chaque fois, répliqua Decker avant de retenir une grimace.

Il était là pour s'excuser, pas pour foutre l'autre en rogne.

Griffin pouffa de rire.

— C'est vrai. Je suppose que j'ai réellement besoin de ces étagères que tu me fais.

Decker baissa la tête et ferma les yeux. Si seulement ça avait été aussi simple... Enfin, si Griffin n'avait pas envie de parler des sujets difficiles pour le moment, ça lui allait.

— J'ai presque fini, dit-il.

Griffin se tourna vers lui avec un air pensif.

— Tu as continué à travailler dessus ?

Ah, bon, apparemment, ils allaient quand même parler des sujets difficiles. Tant mieux. Autant en finir.

— Oui. Je n'allais pas laisser tomber.

Il croisa le regard de Griffin.

— Je ne compte toujours pas laisser tomber.

Grif poussa un soupir.

— Ce n'est pas facile.

Decker ne dit rien. C'était à Grif de faire le prochain pas vu que Decker était venu chez lui.

— Je n'aurais pas dû te frapper. Je suis désolé pour ça.

Decker secoua la tête.

— Tu as tort. Je le méritais, Grif. J'ai caché ma relation avec Miranda et tu t'es senti pris en traître. J'ai pris ton poing dans la gueule parce que c'était nécessaire.

Grif soupira.

— Tu as peut-être raison, mais je n'aurais pas dû dire tout ça sur Miranda. J'étais si surpris et en colère, et peut-être un peu vexé, j'ai dit des choses que je n'aurais pas dû dire et que je ne pensais pas. J'en suis désolé.

Decker hocha la tête et un poids quitta sa poitrine.

— Je ne veux pas lui faire de mal, Grif.

— Je sais. J'aurais dû le savoir plus tôt. Apparemment, d'autres dans la famille avaient vu qu'il y avait un truc entre vous, et moi pas. Si je m'en étais rendu compte, je n'aurais peut-être pas été un tel trou du cul.

— Je te répondrais bien que tu es toujours un trou du cul, comme je le fais toujours, mais ça commence tout juste à aller mieux entre nous.

Grif renifla et lui fit un doigt d'honneur.

— Enfoiré, dit-il sans agressivité. Je ne sais pas ce qui va se passer ensuite et comment on gérera ça, mais tant que Miranda est heureuse, je le suis aussi. Je n'aurais pas dû faire tourner tout ça autour de moi, et je suis désolé.

— Je... Je ne sais pas ce qui va se passer ensuite ni comment ça va se terminer, mais...

— Mais... lui fit écho Griffin. Oui, c'est ça, et ça fout la trouille. Je n'ai pas envie de te perdre si ça se passe mal, Deck. Alors fais en sorte que ça se passe bien. D'accord ?

— Je ferai de mon mieux.

Grif laissa un soupir lui échapper puis claqua des mains.

— Très bien alors. Tu veux voir où je compte mettre les étagères ?

Decker le savait puisqu'il avait déjà coupé le bois, mais il laissa Griffin reprendre leur amitié telle qu'elle était avant, ou plutôt telle qu'elle serait maintenant que les choses avaient changé. Le fait qu'il lui ait pardonné malgré leur bagarre lui donnait de l'espoir. Les autres n'étaient pas venus le voir et lui dire en face qu'ils étaient heureux, mais ça n'avait rien à voir avec la situation avec Griffin.

Peut-être qu'il y avait une possibilité que ça fonctionne, tant que l'héritage de son père ne lui faisait pas tout foirer.

Le truc flippant, avec l'espoir, c'est que tout s'écroulait généralement dès qu'il s'autorisait à en avoir.

APRÈS AVOIR QUITTÉ GRIFFIN, il retourna chez lui pour retrouver Miranda. Elle était libre, car c'était le week-end, mais il fallait qu'elle corrige des copies. Apparemment, elle avait du mal à se concentrer sur ses stylos rouges et ses devoirs de maths quand il était là, alors elle travaillait depuis son appartement. Elle était censée le retrouver chez lui pour faire du sport et qu'il voie comment elle s'en sortait en autodéfense. Peut-être qu'ils feraient carrément de la boxe, ce jour-là.

Si la justice ne la protégeait pas, alors il lui apprendrait à se défendre elle-même. Il prenait plaisir à la voir taper dans le punching-ball de toutes ses forces et gagner en précision à chaque fois. Elle ne serait plus sans défense s'il avait son mot à dire.

Il arriva chez lui et se mit en tenue de sport. Il venait de sortir deux bouteilles d'eau du frigo quand il entendit frapper à la porte. Il faudrait qu'il lui donne une clé pour qu'elle n'ait plus à frapper. Ils étaient amis depuis suffisamment longtemps pour que ça ne soit pas un problème, et vu qu'il s'était retrouvé en elle jusqu'à la garde sans capote ce matin-là, ça semblait une suite logique.

Et voilà : il grandissait.

Il apprenait à faire confiance.

Il pouvait s'en sortir.

Il ouvrit la porte et ne put retenir un sourire devant sa tenue de sport. Il faisait encore relativement chaud dehors, si bien qu'elle portait un short court et moulant et un débardeur par-dessus une brassière de sport. S'il ne se contenait pas, il risquait de la déshabiller pour la prendre à même le sol avant même qu'ils aient le temps d'arriver au sous-sol.

Il déglutit et la fit entrer en essayant de cacher sa verge tendue dans son pantalon. Elle enroula ses bras autour de sa nuque et planta un baiser sur ses lèvres.

— Mmh, c'est bon, murmura-t-elle.

Elle s'incrusta contre lui et il n'eut plus de moyen de dissimuler son érection.

— Tu es d'une sacrée humeur, la taquina-t-il en prenant sa main.

Il la conduisit jusqu'au sous-sol parce que s'il ne le faisait pas, il allait la baiser contre le mur. La sécurité de Miranda était plus importante que sa queue.

— Et ? demanda-t-elle en lui pinçant les fesses.

Il sursauta.

— Seigneur, Miranda. Laisse-moi voir comment tu te débrouilles à la boxe, et ensuite, je verrai comment tu te débrouilles tout court.

— Des paroles, des paroles...

Il pinça ses fesses à elle et la poussa vers le punching-ball.

— Tu t'es étirée comme je te l'avais demandé ?

Il préférait qu'elle fasse son échauffement chez elle, car la dernière fois qu'elle s'était étirée devant lui, il s'était retrouvé à la prendre en levrette et ils avaient oublié le reste de la leçon.

Elle haussa un sourcil et rougit. Elle se rappelait cette scène, elle aussi.

— Oui, je me suis bien échauffée.

— Très bien, gronda-t-il.

Il sortit des bandes de gaze.

— Je vais te bander les mains pour les protéger, mais on ne va pas faire grand-chose aujourd'hui. C'est compris ? Je ne veux pas que tu te fasses mal.

Elle hocha la tête et tendit les mains. Il les banda avec soin et embrassa chaque paume avant de la relâcher. Elle poussa un soupir qui descendit droit dans ses testicules, mais il se leva et passa derrière le punching-ball malgré tout.

— Maintenant, mets-toi dans la bonne position. Non, il faut que tes bras soient plus bas, tu te rappelles ?

— Oui.

Elle avait les yeux sur la cible plutôt que sur lui. Très bien.

— Je veux que tu donnes un petit coup. Pas trop de force. Rappelle-toi où se trouve ton pouce. Je ne veux pas que tu le casses.

Elle hocha la tête et fit ce qu'il demandait. Il sourit avec approbation et continua la leçon en faisant de son mieux pour lui montrer comment se défendre en espérant secrètement qu'elle n'aurait jamais à utiliser ces techniques.

— Tu as une bonne posture, dit-il après un autre coup de poing.

Elle lui sourit et il fut perdu.

Bon sang, ce qu'il l'aimait.

Il aimait la façon dont elle se donnait à fond dans ce qu'elle faisait. Il aimait son aspect sans maquillage, avec, et de manière générale, tout simplement. En cet instant, elle avait ces bonnes couleurs qui résultaient du sport, mais sans être complètement en sueur. Elle avait aussi une queue de cheval haute qui rebondissait à chaque fois qu'elle bougeait.

Il voulait l'enrouler autour de sa main pendant qu'il la baiserait. Il voulait la sentir se contracter autour de lui tandis qu'il éjaculerait avec force.

Mais ce qu'il voulait le plus c'était qu'elle reste... qu'elle reste ici, avec lui, dans sa maison, dans son lit, dans sa vie.

Et ça l'effrayait plus que tout.

— Je fais de mon mieux, répliqua-t-elle.

Il cligna des yeux pour revenir à la réalité.

Ce genre de rêves était dangereux, il valait mieux s'en souvenir.

— Tu veux faire encore quelques rounds ?

Elle s'essuya le front avec le bras et hocha la tête.

— Oui, mais est-ce que tu veux boxer avec moi ? C'est comme ça qu'on dit, hein ?

Il renfila.

— Oui, c'est comme ça, mais tu n'es pas prête pour ça.

Elle leva les yeux au ciel.

— Je ne parle pas d'un vrai combat ou d'un match, Deck. Je *sais* que je suis une débutante, mais je me disais que ça serait marrant de frapper tes mains ou je ne sais quoi. Voir ce que ça donne quand tu me bloques.

Il hocha la tête.

— Ça, c'est une meilleure idée.

Elle eut un grand sourire et il sut que sa prochaine phrase allait lui plaire.

— Et si tu me plaques au sol, je te laisserai me peloter un peu.

Oui. Ça lui plaisait. Beaucoup.

Il tendit la main et saisit son sein en faisant courir son pouce sur son mamelon. Elle prit une brève inspiration et il sourit quand son téton durcit contre sa paume.

— Je peux te peloter sans essuyer tes coups, Mir.

Elle saisit sa main et le fit se rapprocher d'elle. Il gémit puis agrippa sa hanche de l'autre main. Il la colla contre son torse et posa sa bouche sur la sienne, se languissant de ses baisers. Elle se balança contre lui et enserra sa jambe de la sienne pour qu'il sente sa chaleur.

Quand il se retira, il déglutit et se força à ne pas la jeter sur le tapis de sol et à la prendre sans plus de façons. Il tira sur sa queue de cheval et elle eut un petit hoquet.

— Je croyais que tu voulais boxer.

Il mordit la lèvre inférieure de Miranda et lui donna une petite tape sur les fesses à travers son short court avant d'en serrer une dans sa main. Elle se souleva sur la pointe des pieds pour lui offrir un meilleur accès. Il fit courir son doigt le long de sa raie puis vers la zone la plus brûlante. Elle écarta davantage les jambes, ce qui le fit sourire. Il poussa légèrement le short de côté et effleura ses grandes lèvres. Le frisson qui la parcourut agrandit son sourire quand il vint mordre le lobe de son oreille.

— Tu mouilles pour moi, murmura-t-il.

— Je mouille toujours quand tu es dans le coin. Ça va finir par devenir un problème.

Il sourit et recula, posant les deux mains sur ses hanches. Elle geignit, mais ce serait meilleur s'il les faisait attendre. Vite et fort c'était bien, et ils finiraient par en venir là, mais pour l'instant, il leur fallait s'allumer mutuellement.

— Montre-moi ta posture.

Elle cligna des yeux et fronça les sourcils.

— Quoi ?

— Montre-moi ce que je sais faire.

Ses sourcils froncés le firent sourire.

— Je sais déjà ce qu'il y a sous tes vêtements, Mir. Je veux voir la force que tu peux mettre dans tes coups.

Il avait aussi envie de voir sous ses vêtements, mais ça viendrait ensuite.

Elle eut un grand sourire.

— Tu vas le regretter.

Il pouffa de rire et la poussa par les hanches jusqu'à ce qu'elle recule.

— Je vais en apprécier chaque seconde. Maintenant, mets-toi en position. Je veux que tu tapes dans mes paumes. Pas aussi fort que tu le ferais dans une situation normale. Je veux simplement te tester.

Elle se lécha les lèvres et il retint un gémissement.

— Tu vois ce que je veux dire.

— Oui, et je suis un peu triste que tu ne veuilles pas me tester autrement.

— Tout à l'heure, Mir. Je te jure que je te testerai dans toutes les positions et que je te laisserai même me sucer.

Elle renversa la tête en arrière, morte de rire

— Tu es un crétin, mais admettons. Montre-moi comment frapper comme il faut, et je te sucerai. J'aime t'avoir dans ma bouche, de toute façon.

Il gémit de façon audible cette fois-ci, et remit son short en place.

— Tu ne m'aides pas à me concentrer, mais je vais persévérer. Je ferai n'importe quoi pour avoir cette jolie bouche sur mon sexe.

Elle se lécha les lèvres à nouveau et il fit de son mieux pour l'ignorer.

— Maintenant, montre-moi ce que tu vaux.

Elle plaça ses pieds en position et leva les poings à la bonne hauteur. Il hocha la tête et tendit ses mains devant lui. Elle vint frapper sa paume gauche de son poing droit et il sourit.

— Bonne posture. Recommence.

Il la laissa donner deux directs de plus avant de la lancer sur les *jabs*. Elle se tenait bien, et même si elle ne mettait pas toute sa force, elle ne prenait pas peur quand elle touchait de la peau. C'était la moitié de la leçon, mais aussi plus simple, parce qu'il ne rendait pas les coups. Ils travailleraient là-dessus plus tard.

Quand il sentit ses bras se fatiguer, il leva le menton.

— OK, on peut s'arrêter pour aujourd'hui. J'aime bien te voir taper comme ça.

Elle leva les yeux au ciel et secoua les bras. Un drôle d'air passa sur son visage et il s'insulta intérieurement. Elle s'entraînait à la boxe pour une raison précise, et le fait qu'elle doive envisager de se défendre lui donnait envie de tabasser quelqu'un.

Il la ramena vers lui et la serra contre son corps. Quand il posa le menton sur le haut de son crâne, ils poussèrent tous deux un soupir.

— Je ne serai pas une victime, murmura-t-elle.

— Tu ne le seras pas, ma belle. Tu ne l'as jamais été. Tu t'es défendue cette nuit-là aussi. Tu te rappelles ? Tu es parvenue à te mettre en sécurité à chaque fois. C'est Jack le seul responsable et je prie pour que tu n'aies jamais à mettre en pratique ce que je t'apprends ici.

Elle bougea les bras et attrapa ses fesses.

— Enfin, je ne suis pas contre un petit entraînement au corps-à-corps. Tu vois ce que je veux dire ? Si jamais j'avais une mauvaise posture ? Qu'est-ce que tu ferais pour me punir ?

Il poussa un petit grognement et recula assez pour pouvoir la voir en entier. Apparemment, la conversation à propos de Jack était terminée, ce qui lui allait très bien. Il préférait les voir en sueur à se donner du plaisir plutôt qu'à taper dans le punching-ball.

— À genoux, gronda-t-il.

Elle écarquilla les yeux, mais fit ce qu'il demandait. Des tapis se trouvaient au sol, elle ne s'agenouillait pas sur du béton, mais il la ferait se déplacer vers une zone plus rembourrée si besoin. Peu importait. Tant qu'il avait ses lèvres autour de sa verge, il était content.

Elle voulut baisser son short, mais il tira sa queue de cheval et la força à le regarder.

— Le prince Albert est en place, mais je veux que tu fasses de la gorge profonde. On fera attention, mais si tu veux, je peux le retirer. C'est toi qui vois.

Elle se lécha les lèvres puis fit lentement descendre son short pour dévoiler son érection.

— J'ai envie de toi tout entier et je veux sentir le prince Albert en moi. C'est parfait quand il frotte contre mon point G et je suis du genre gourmande.

Il sourit et saisit la base de son sexe.

— C'est moi qui suis en contrôle, là, Miranda. Je te laisserai me sucer, te laisserai prendre mes boules dans tes mains, mais c'est moi qui décide.

Elle prit une brève inspiration.

— Comme si je voulais autre chose.

Parfaite. Elle était tellement parfaite pour lui.

— Ouvre la bouche.

Elle obéit immédiatement, la langue tendue et prête pour lui.

Il tapota sa lèvre inférieure avec son pénis en faisant attention à ne pas heurter ses dents avec le piercing. S'il l'enlevait, il pouvait se montrer plus brusque à l'entrée de sa bouche, mais ce n'était pas un problème, il aimait la sentir sur sa peau.

Il prit sa mâchoire dans la main et lui fit ouvrir la bouche plus grande. Avec précaution, il fit coulisser son gland d'avant en arrière en appréciant la façon dont les pupilles de Miranda se dilataient à chaque fois. Il y allait un peu plus profondément à chaque coup, restait un peu plus longtemps. Quand il arriva au fond de sa gorge, elle inspira brusquement et il se retira, ne voulant pas qu'elle s'étouffe. Ils n'avaient pas encore eu ce souci, quand ils tentaient de passer en gorge profonde, mais il ne voulait pas lui faire de mal.

— Prends mes boules dans ta main. Joue avec.

Il continua à aller et venir dans sa bouche en appréciant la façon dont sa langue caressait sa verge quand il ressortait. Miranda posa les mains sur ses testicules et les fit rouler entre ses paumes. Quand elle l'effleura de ses ongles, il tira sur sa queue de cheval pour garder le contrôle.

— C'est bon, ma puce.

Elle hoqueta quand il se retira, sa verge luisante de salive.

— Laisse-moi finir.

— Tu veux que j'éjacule au fond de ta gorge ? Tu es sûre que tu ne préfères pas que je fasse ça dans ton vagin ?

Elle sourit et serra ses testicules entre ses doigts. Il loucha et grinça des dents.

— Tu te remets très vite, Decker. Quand tu auras fini de me lécher, tu seras prêt à repartir.

Il prit son visage dans ses mains et fit taper son pénis contre sa joue.

— Tu es une petite cochonne, Miranda Montgomery.

— Uniquement pour toi.

Oh que oui, rien que pour lui.

— Prépare-toi.

Il glissa tout au fond de sa gorge et se mit à baiser sa bouche en faisant attention de ne pas se retirer trop fort et à ne pas taper ses dents avec le piercing.

Quand elle serra ses testicules à nouveau, il cria son nom. Il maintint sa tête en place grâce à ses cheveux enroulés dans sa main et il jouit au fond de sa gorge. Quand il se retira, elle le lécha sur toute la longueur sans oublier la moindre goutte.

— J'adore quand tu me nettoies comme ça !

Elle sourit.

— Tu ferais mieux de nettoyer ma chatte, alors.

— Il va t'arriver des bricoles si tu ne surveilles pas ton langage.

— J'aime quand il m'arrive des bricoles avec toi.

Il pouffa de rire et la fit se relever avant d'écraser sa bouche de la sienne. Le goût salé sur sa langue ne fit que l'exciter davantage. Il agrippa ses fesses à pleines mains et la frotta contre lui.

— Enlève ta brassière et montre-moi tes jolis tétons roses.

Elle l'enleva rapidement, plus vite qu'il ne l'aurait cru

possible vu à quel point c'était serré, mais bon, tant mieux. Au lieu d'attendre qu'il vienne s'occuper de ses seins, elle les prit elle-même dans ses mains et gémit.

— Tu es tellement sexy, Mir. Tire sur tes tétons. Oui, comme ça. Fais-les rouler entre tes doigts.

Il se débarrassa rapidement de ses vêtements et retira ses chaussures et ses chaussettes. Il se lécha les lèvres tandis qu'elle ôtait son short et le faisait glisser sur ses jambes. Elle portait toujours ses chaussures, mais ça aurait pris trop de temps à Decker de s'en occuper. Au lieu de ça, il s'agenouilla entre ses cuisses et posa sa bouche sur son clitoris.

— Decker !

Elle posa une jambe sur son épaule tandis qu'il léchait son clitoris et l'ouverture de son corps. Il arrêta quand elle commença à vaciller. Il la regarda dans les yeux et adora l'air d'extase qu'il y vit.

— Tiens-toi à mon autre épaule d'une main. Et je veux que tu continues à stimuler tes tétons pendant que je te fais jouir sur mon visage.

Elle hocha la tête et recommença à se pincer et à tirer sur sa chair. Oh oui, elle savait ce qu'il aimait.

Les mains sur ses fesses, il les écarta pour pouvoir accéder à l'anus. Les yeux dans les siens, il utilisa sa lubrification naturelle pour venir mouiller cette zone. Elle écarquilla les yeux et il sourit.

— Rien qu'un peu pour le moment, Mir.

— Est-ce que ça veut dire le bout de ton sexe ?

Il pouffa de rire et frotta sa barbe sur la soie de ses cuisses.

— Pas tout à fait. On essaiera ça un autre soir. Pour l'instant, je veux faire connaissance avec ce petit orifice vierge pendant que je te lèche.

Elle hocha la tête et il se sut perdu.

Il frotta doucement la zone avant de la pénétrer de son index. Elle prit une brève inspiration, mais il ne comptait pas aller plus loin. Il voulait simplement lui faire découvrir la sensation. Ils seraient tous les deux récompensés de leur patience.

Il revint à son sexe et lécha et suçota son clitoris. Quand il fredonna contre elle, son corps se tendit et se mit à trembler. Il continua à la lécher pendant son orgasme et apprécia la façon dont sa peau rosissait.

Alors qu'elle tremblait toujours, il se retira et la fit s'asseoir pour qu'elle se retrouve sous lui sur le tapis de sol. Il la pénétra d'une seule poussée qui les laissa tous les deux le souffle coupé.

— Seigneur, j'oublie toujours à quel point elle est grosse, dit-elle.

Ça le fit rire et il l'embrassa avant de se mettre à aller et venir avec peu d'amplitude.

— Tellement. Parfaite.

Elle écarquilla les yeux et il l'embrassa à nouveau, essayant de lui donner la certitude qu'il avait envie d'elle, d'elle toute entière.

Quand elle enfonça ses chaussures dans son dos, il passa sur un seul bras et souleva ses fesses de l'autre, tout en maintenant son rythme.

— Joue avec tes seins, ma puce. J'adore quand tu fais ça.

Elle lui adressa un petit signe de tête, la bouche entrouverte, et fit rouler ses tétons entre ses doigts.

Il la pénétra avec plus de force jusqu'à ce qu'elle pousse un petit couinement et s'arc-boute en jouissant. Il était incapable de tenir plus longtemps et il la rejoignit, s'enfonçant en elle jusqu'à la garde une dernière fois et se vidant en elle, conscient qu'il n'avait jamais été aussi proche d'une autre personne, qu'il ne serait jamais aussi proche de quiconque.

Leurs poitrines se soulevaient en rythme et les mains de Miranda couraient paresseusement dans son dos.

— J'ai toujours mes chaussures.

Ça le fit rire.

— Eh bien, c'était du sport, après tout.

Elle leva les yeux au ciel.

— La prochaine fois que tu me baises avec mes chaussures, ça sera des talons hauts. D'accord ?

Il l'embrassa.

— Ça marche.

Avec cette image à l'esprit, il donna un nouveau coup de reins, son sexe à nouveau dur.

Miranda écarquilla les yeux puis elle sourit.

— Oh oui, j'aime *vraiment* faire du sport avec toi.

— Quand tu veux, Mir, quand tu veux.

CHAPITRE DIX-HUIT

IL N'Y avait aucune raison à la présence de valises sur le sol. Meghan cligna des yeux. Une fois. Deux fois. Pourquoi est-ce qu'il y avait des valises sur le sol ? Richard ne lui avait pas parlé d'un voyage d'affaires. Ils ne partaient pas en vacances ensemble ; ils ne l'avaient jamais fait depuis leur lune de miel.

Il lui était déjà arrivé d'oublier de dire qu'il partait en voyage d'affaires, mais d'habitude il lui demandait de faire ses valises, vu qu'il était très occupé. Toujours le même argument : parce qu'elle ne travaillait pas et ne devait s'occuper que des enfants, elle avait le temps de l'aider avec ce genre de choses.

Elle le faisait parce que c'était plus simple que de se disputer avec lui.

Alors pourquoi est-ce qu'il y avait ses valises ici ?

Au fond d'elle, elle savait ce qui était en train d'arriver, que son monde allait s'effondrer, mais elle n'était pas prête à y faire face.

Si elle autorisait son esprit à former la pensée, alors ce serait réel.

Elle déglutit et passa ses mains sur son pantalon de ville. Elle aurait préféré porter un jean ou une robe d'été, mais elle avait voulu s'habiller classe pour Richard vu que c'était leur anniversaire de mariage.

Oh, ça devait être ça. Peut-être qu'il voulait lui offrir un voyage surprise pour fêter leurs huit ans de mariage.

Mais à peine l'eut-elle pensé qu'elle sut que c'était faux. Elle se lécha les lèvres et pria pour avoir tort.

Le bruit de pas rapides, les cris d'une petite fille, le rire d'un petit garçon, et les griffes d'un chien sur le plancher atteignirent ses oreilles, et elle pâlit. Non, il ne fallait pas qu'ils voient ça. Elle ne savait pas ce qui se passait, mais ses bébés ne devaient pas en être témoins. Son instinct maternel était au moins certain de cela. Elle se tourna vers le son et tendit les bras.

Sasha fonça vers elle, Cliff à sa suite. Sa petite fille n'était pas en train de pleurer, ses cris étaient dus à un jeu. Leur croisé labrador, Boomer, les suivait. Il prenait au sérieux ses devoirs de baby-sitter. Ce chien aimait ses enfants plus qu'elle ne l'aurait cru possible. Elle avait de la chance que Richard ait bien voulu le garder.

— Maman ! Je t'ai eue ! C'est toi le chat !

Sasha pouffa de rire et des larmes montèrent aux yeux de Meghan. Elle passa la main sur les cheveux tout doux de sa petite fille et soupira.

Il fallait qu'elle ramène les enfants dans la cour, ou au moins hors du salon.

— Nunuche, c'est *moi* le chat, et je vais t'attraper, dit Cliff avec un sourire fier.

Il tendit la main et effleura la joue de Sasha d'une caresse si douce que Meghan dut lutter contre ses larmes.

— C'est toi le chat.

Sasha pouffa de rire.

— D'accord. Maman. C'est toi le chat maintenant.

Meghan hocha la tête et colla un sourire sur son visage.

— C'est moi le chat ? Eh bien, il va falloir que vous vous mettiez à courir alors, sinon je vais vous attraper. Pourquoi on n'irait pas plutôt jouer dans le jardin ?

Elle essayait de garder une voix calme, mais les yeux pleins d'intelligence de Cliff voyaient derrière la façade.

Il en voyait toujours trop.

La porte d'entrée s'ouvrit derrière elle et elle leva le menton. Trop tard. Toujours trop tard.

— Tu es là. Très bien. Nous pouvons nous passer des formalités alors.

La voix sèche de son mari lui porta sur les nerfs, mais elle fit de son mieux pour l'ignorer. Elle pivota sur elle-même et garda les mains sur ses enfants pour qu'ils restent derrière elle.

— Richard, dit-elle d'une voix calme. C'est quoi ces valises ?

Richard la gratifia d'un de ses fameux regards méprisants et quelque chose en elle se tordit.

— Tu n'es quand même pas bête à ce point, si ?

Il secoua la tête.

— Eh bien, si. Tu es incapable de comprendre une situation. Il faut toujours que je mette les points sur les i pour toi. Sans moi pour te dire quoi faire, tu deviendras une incapable, mais j'en ai fait assez.

Il croisa son regard et sourit.

Il avait le culot de sourire !

— Je te quitte. Je me suis trouvé un appartement. Mon avocat t'appellera pour gérer les détails. Ne t'inquiète pas,

Meghan, je ne te laisserai pas sans rien. Tu ne m'as rien offert que des méchancetés et du sexe pourri pendant huit ans, mais je te paierai pour ça comme la pute que tu es.

La respiration de Meghan se bloqua. Les enfants se mirent à pleurer derrière elle.

— Sors d'ici, dit-elle doucement.

Richard pouffa de rire.

— Pardon ?

— Sors. D'ici.

Elle attrapa deux de ses sacs et les poussa vers lui.

— Sors d'ici. Tu peux t'en aller. Va-t'en et ne me parle plus jamais comme ça devant mes enfants.

Cliff poussa un sac à son tour pour le poser à côté des deux autres. Le cœur de Meghan se brisa. Il explosa en un millier de morceaux, mais elle refusait de craquer complètement. Elle refusait de pleurer.

— Cliff, emmène Sasha et Boomer en haut.

— Maman ! brailla Sasha, mais Cliff fit ce qu'elle lui demandait.

Son petit garçon si courageux.

— Ce sont *nos* enfants, Meghan. Tu ferais bien de t'en souvenir.

Il prit ses valises et les tira sous le porche.

— Mon avocat te contactera. Ne t'effondre pas et ne fais pas l'idiote, Meghan. Ce serait inconvenant.

Là-dessus, il referma doucement la porte, mais dans la tête de Meghan, ce fut comme si elle avait claqué. L'écho résonna un long moment, jusqu'à ce qu'il n'y ait plus rien.

Rien.

Elle secoua la tête. Elle ne pouvait pas se permettre de

craquer, pas encore. Au lieu de ça, elle appela sa mère et expliqua avec des paroles douces que Richard l'avait quittée.

Non, elle n'avait pas besoin que quelqu'un vienne la voir.

Ce soir, elle n'avait besoin que de ses bébés.

Demain, elle s'occuperait des détails. Après tout, c'était ce pour quoi elle était douée.

Ce soir, elle ferait en sorte que ses bébés sachent qu'elle les aimait.

Elle leur servit à dîner, une pizza, car elle n'avait ni l'envie ni l'énergie de cuisiner, leur fit prendre leur bain et répondit à leurs questions du mieux qu'elle le pouvait. Puis elle les tint dans ses bras jusqu'à ce qu'il soit l'heure de dormir. Ils ne parlèrent de rien d'important, mais elle leur répéta qu'elle serait toujours avec eux.

C'était sûrement la chose la plus importante.

Les enfants avaient entendu les paroles de Richard, ils savaient qu'il était parti. Ça faisait des années qu'il n'était plus réellement là, de toute façon.

Quand elle remonta, elle trouva leurs chambres vides et le lit de la chambre d'amis plein d'enfants et de chien.

— On veut dormir ici. Avec toi, déclara Cliff, la lèvre inférieure tremblante.

Elle hocha la tête. Elle n'avait pas envie de dormir dans son lit, et les enfants semblaient l'avoir compris.

Elle les cala de chaque côté d'elle et laissa Boomer dormir à leurs pieds. Après avoir lu et s'être chuchoté des petits riens, les enfants s'endormirent. Elle, par contre, se sentait incapable de dormir. Elle n'était pas certaine de retrouver le sommeil un jour.

Alors elle se leva en silence et passa dans la salle de bains de sa chambre. Elle évita de contempler le grand lit et l'armoire à moitié vide. Elle s'occuperait de ça le lendemain et dans les jours à venir.

Elle ouvrit l'eau chaude pour remplir la baignoire et y ajouta de la lavande et du bain moussant pour s'emplir les narines d'autre chose que de l'odeur de la trahison.

Une fois le bain rempli, elle s'y laissa glisser en ignorant l'eau brûlante. Elle la sentait à peine, en réalité. La porte fermée sur la pièce emplie de vapeur, elle se laissa aller. Son corps se mit à trembler sous la force de ses sanglots incontrôlables.

Elle pleura sur ce qu'elle avait perdu.

Sur ce qu'elle n'aurait plus jamais.

Sur les erreurs qu'elle avait commises.

Joyeux anniversaire de mariage.

CHAPITRE DIX-NEUF

LUC DODD ÉTEIGNIT son moteur et tapota du bout des doigts sur le volant. Il ne savait pas pourquoi il était si nerveux à l'idée de parler à des gens qu'il connaissait depuis des années, ou plutôt, des gens qu'il avait connus des années plus tôt. Il était revenu vivre à Denver quelques semaines auparavant et, le temps de s'installer et de commencer à chercher du travail, il avait su qu'il faudrait prendre son courage à deux mains et faire ce qui devait être fait, même si ce n'était pas facile.

De toute façon, rien de tout cela n'était facile.

Il avait quitté Denver pour des raisons personnelles et les Montgomery avaient été curieux, mais également sympas, même s'il démissionnait et les laissait sans électricien. Il était sûr qu'ils en avaient embauché un autre, voire une équipe, durant son absence. Il espérait simplement qu'il y aurait de la place pour lui. Le nombre de missions en free-lance s'avérait limité pour quelqu'un qui avait un BTS d'électricien, mais pas d'entreprise. Il ne souhaitait pas monter une boîte. Ce n'était pas dans son tempérament. Il n'avait pas non plus envie de travailler pour la ville contre un salaire minable et avec des horaires encore plus minables.

Il aurait pu trouver une autre entreprise, mais non. Ça lui aurait fait bizarre de ne pas essayer de retourner travailler dans la boîte qui avait lancé sa carrière à l'époque. Il les connaissait depuis le lycée, quand il venait réviser avec l'aînée des filles Montgomery, Meghan. Les Montgomery lui avaient ouvert leur porte et leurs bras, jamais inquiets du fait que leur fille soit amie avec un gamin qui faisait une tête de plus qu'elle et était bien plus costaud. Elle avait été l'une de ses meilleures amies, même si s'il avait mis du temps à comprendre qu'il aurait voulu plus.

C'était déjà trop tard quand il l'avait compris et... la suite était connue.

Il vérifia que son CV n'était pas froissé et se dirigea vers l'accueil de Montgomery Inc.

Wes se tenait à l'accueil, les sourcils froncés.

— Storm ? Tu sais où Tabby a mis cette facture ? Elle va me tuer pour avoir foutu le bordel sur son bureau.

— Oui. Ça, c'est sûr. Tu devrais peut-être simplement regarder ton email. Elle te l'a probablement envoyée.

La voix de Storm venait du fond et Luc entendait son sourire à travers ses mots.

Wes passa une main dans sa chevelure bien nette.

— Normalement je ne suis pas aussi désorganisé que ça, mais il suffit qu'elle parte en vacances et je suis perdu.

Il releva la tête et se figea alors que le bout de ses oreilles rougissait. Puis il cligna des yeux et sa bouche s'élargit en un grand sourire.

— Seigneur Jésus. Luc ?

Il fit le tour du bureau et vint lui taper dans le dos en une sorte d'étreinte manquée.

Luc se détendit légèrement devant cet accueil.

— Il y a certaines choses qui ne changent jamais, on dirait, taquina-t-il.

Wes leva les yeux au ciel.

— Tabby dirige nos vies, et apparemment, je ne suis pas aussi bon que je le pense.

— C'est un jour à marquer d'une pierre blanche. Wes reconnaît qu'il n'est pas bon à quelque chose, déclara Storm en sortant de derrière.

— Va te faire...

— Heu, non merci, dit Storm avant de venir étreindre Luc. Dis donc, je ne savais pas que tu étais revenu à Denver. Qu'est-ce qui t'amène ?

Luc passa d'un pied sur l'autre et soupira.

— Je cherche du travail, à vrai dire.

Storm écarquilla les yeux et Wes sourit.

— Sérieux ? demanda ce dernier. C'est super ! C'est ton CV ?

Wes le lui prit des mains et commença à l'examiner. Storm lui jeta un regard bien trop clairvoyant.

— Tu es de retour pour de bon ? Je veux dire, à Denver. Tu ne comptes pas repartir ?

Luc secoua la tête.

— Je suis de retour à la maison. Je ne compte plus prendre la fuite.

La dernière phrase lui avait échappé, et Storm sembla comprendre à quoi il faisait allusion.

— Tu as vu du pays, dit Wes en poussant un petit siffle-ment. Je vois que tu as mis à jour toutes tes certifications pour

Denver et le Colorado, c'est parfait. Quand est-ce que tu peux commencer ?

Luc cligna des yeux.

— Comme ça ?

— Comme ça, acquiesça Storm avec un grand sourire.

Luc se détendit à nouveau.

— Tu faisais partie du groupe, et maintenant, tu es de retour. Pourquoi est-ce qu'on ne te reprendrait pas ?

Luc se passa une main sur le visage.

— J'avais tellement peur de revenir.

Wes haussa les épaules.

— Il n'y a pas de raison. Tout le monde a besoin de se construire seul à un moment donné. Et tu as fait ça pendant combien ? Cinq ans ?

— Huit, corrigea Luc.

Storm étrécit les yeux et hocha la tête.

— Tu seras content de revoir Meghan alors, je suppose.

Mince, il comprenait trop vite.

Wes laissa échapper un juron.

— Elle sera heureuse de te voir, avec ce qu'il se passe.

Luc se tourna brusquement vers l'autre jumeau.

— Pourquoi ? Il y a un problème avec Meghan ?

— Cet enfoiré l'a quitté hier soir, gronda Wes. Ce sale con lui a déjà fait passer un coup de fil par son avocat, mais on va gérer ça en famille. J'ai un ami avocat, un vrai requin spécialisé dans les affaires de divorce, il va aider Meghan. Et Alex aussi, s'il veut bien me laisser l'aider.

Luc poussa un juron.

— Alex aussi ?

Seigneur, qu'est-ce qui se passait avec les Montgomery ?

— Je te raconterai plus tard, si tu veux prendre une bière,

dit Wes.

Luc en aurait eu envie, mais une autre chose le perturbait.

— Pas ce soir, malheureusement, mais peut-être demain ? J'ai des choses à faire.

Wes hocha la tête.

— Ça me va. Oh, et est-ce que tu peux commencer demain aussi ?

Il sourit et Luc leva les yeux au ciel.

— Oui, je viendrai et tu pourras me dire ce qu'il y a à faire.

— Parfait, à demain alors. Et, franchement, ça fait plaisir de te revoir.

Il dit au revoir, conscient que Storm le fixait, puis avant d'y réfléchir trop longtemps, il prit le chemin de chez Meghan. Il connaissait son adresse par cœur puisqu'il lui envoyait une carte à Noël et pour son anniversaire tous les ans, mais il n'était jamais allé chez elle. Il n'en avait pas eu le courage, même après toutes ces années.

Il se gara dans l'allée et se morigéna. Qu'est-ce qu'il fichait là au juste ? Elle n'avait pas besoin de lui. Elle l'avait prouvé des années plus tôt. Mais c'était longtemps auparavant et maintenant, il était de retour et il travaillait pour sa famille. Il fallait au moins qu'il la prévienne de sa présence. C'était la moindre des choses.

Il sortit de son véhicule et avança jusqu'à la porte en espérant être en train de bien agir. Il frappa et retint sa respiration quand la porte s'ouvrit.

Seigneur, elle était encore plus belle qu'à l'époque.

Ses longs cheveux bruns ondulaient jusque sous ses épaules. Même si son visage était pâle, il irradiait de douceur. Elle portait un vieux tee-shirt et un jean avec un trou au genou.

Il n'avait jamais rien vu d'aussi sexy.

— Luc ? dit-elle dans un souffle.

Ses yeux se remplirent de larme et il jura.

— Oh merde, Meghan. Je ne voulais pas te faire pleurer. Je peux repartir.

Il fit un pas en arrière, mais elle tendit la main et attrapa son bras.

— Non, ne t'en va pas. C'est... *Luc*. Tu es là.

— Je... heu... je suis passé à Montgomery Inc. parce que je cherche un boulot et ils m'ont embauché. Alors je suis de retour.

— Tu es de retour, chuchota-t-elle.

Des larmes coulaient sur ses joues. Incapable de s'en empêcher, il en essuya une de son pouce.

— Ne pleure pas, Meg.

— Maman a pris les enfants pour que je puisse être seule. Mais je ne devrais pas être seule.

Il prit son visage entre ses mains et hocha la tête.

— Tu veux me faire un café et tout me raconter sur tes enfants ?

Elle lui adressa un sourire tremblant et hocha la tête. Elle fit un pas en arrière pour qu'il puisse entrer.

Il savait que c'était une erreur de se rapprocher d'elle à nouveau, et la douleur magnifique qui irradiait ses os lui rappelait ce qu'il avait perdu par le passé.

Mais il ne comptait pas partir. Il était de retour à Denver, de retour auprès des Montgomery. Il fallait simplement qu'il trouve sa place.

Et avec la beauté en larmes à ses côtés, c'était plus facile à dire qu'à faire.

CHAPITRE VINGT

LA DOULEUR ÉTAIT INIMAGINABLE, mais elle respira à fond et tint le coup. Miranda était déjà passée par là, après tout, alors ça n'aurait pas dû être si terrible. Elle refusait de se ridiculiser devant sa famille.

— Tu tiens le coup, Miranda ? demanda Austin.

Sa voix était douce, pleine d'attention.

Elle le haïssait, lui et sa machine à tatouer.

Au lieu de le maudire, elle regarda par-dessus son épaule et lui adressa un sourire rayonnant. Probablement trop rayonnant vu comment il grimaça, mais tant pis.

— Austin te fait mal ? demanda Maya en jetant un coup d'œil depuis son poste de travail. Si tu m'avais laissée le faire, je ne t'aurais pas fait mal. Ce grand dadais est un sadique.

Cette fois, le sourire de Miranda fut sincère.

— Tu as fait mon autre tatouage, espèce de tordue. Et il faisait tout aussi mal que celui-ci. Les aiguilles, ce n'est pas mon truc.

Elle aurait pu dire que la douleur n'était pas son truc, mais les fessées de Decker étaient un souvenir trop récent.

— À te voir rougir comme ça, je ne veux pas savoir à quoi tu penses, se moqua Maya.

Austin grogna et poussa un juron.

— Pour l'amour de Dieu, arrête, s'il te plaît. Je n'ai pas besoin de savoir. Bon, Miranda tu es prête à ce que je finisse ? Cette pile de manuels scolaires en train de tomber va être géniale au-dessus de ta marque Montgomery.

Elle hocha la tête.

— Je suis contente que tu en fasses un design intégré. Et une fois que j'aurai décidé quel tatouage de maths je veux, on pourra le mettre de l'autre côté.

Austin pouffa de rire.

— Tu es une vraie geek, mais on t'adore.

Miranda sourit et retint une grimace alors qu'il se remettait au travail. Elle adorait l'aspect des tatouages, mais elle n'était pas aussi fan du processus que ses frères et sœurs. Il n'y avait rien de mal là-dedans, mais il allait peut-être falloir qu'elle prenne une pause. Une vraie mauviette.

Austin et Maya se balançaient des piques pendant que Callie, la dernière arrivée dans l'équipe, en ajoutait quelques-unes. Le studio de tatouage était une petite famille et, ajoutée au reste des Montgomery, Miranda se trouvait bien chanceuse.

Quand son père entra dans le studio, elle retint ses larmes. Il était sur le point de finir son traitement et les résultats semblaient bons, mais ce n'était pas pour autant que ce serait facile. Vu sa carrure, il semblait avoir perdu dix kilos, ou peut-être plus. Il avait l'air chétif, pourtant il possédait une force intérieure, semblable à celle qu'il avait transmise à chacun de ses enfants.

Comme elle était dans le fauteuil de tatouage et qu'elle ne pouvait pas bouger, il vint vers elle, un grand sourire sur le visage.

— On dirait que tu t'amuses bien, dit-il de sa voix de baryton qui avait apaisé ses blessures quand elle était petite.

Il passa une main dans ses cheveux et elle sourit à nouveau.

— Eh oui.

Elle grimaça quand Austin commença à dessiner les ombres.

— Menteuse, chuchota son père.

Elle dut retenir un rire.

— Ne la fais pas bouger, papa, ou je vais devoir passer plus de temps là-dessus.

Miranda se figea et les deux hommes se mirent à rire.

— Vous êtes méchants.

— Mais non, c'est parce qu'on t'aime, répondit son père en lui tapotant la joue.

— Qu'est-ce que tu fais là ? Ça ne me fait plaisir de te voir, mais je ne savais pas que tu comptais passer.

Harry haussa les épaules.

— Je m'ennuyais à la maison et je voulais donner à votre mère un peu de temps à elle, sans avoir à s'occuper de moi.

Il sourit, mais Miranda vit la tristesse dans son regard.

Ses parents étaient coriaces, mais la maladie l'était tout autant.

Il n'avait pas l'air de vouloir parler de lui ou du traitement alors elle n'insista pas. Ils en parleraient plus tard chez lui.

— Alors, comment va maman ?

Harry lui sourit.

— Elle se fait masser avec Sierra. Elles en ont bien besoin, toutes les deux.

Quelque chose dans la façon dont il adressa un clin d'œil à Austin la fit se pencher en avant. Heureusement, Austin retira l'aiguille juste à temps.

— Attends. Qu'est-ce qui se passe ?

Elle regarda par-dessus son épaule et vit un Austin tout rougissant.

La lumière se fit et elle glapit.

— Sierra est enceinte, c'est ça ?

— Oh mon Dieu ! Tu nous caches un autre bébé ?

Maya déboula dans la station de travail d'Austin et Harry se mit à rire.

— Désolé, mon fils, dit-il, l'air pas désolé du tout.

Austin soupira et posa la machine tatoueuse.

— Vous allez m'attirer des ennuis. Elle voulait être là quand on vous l'annoncerait.

Miranda sauta sur son siège et se dressa sur ses pieds pour le serrer dans ses bras.

— Je suis tellement heureuse pour toi. Je te promets que je serai tout aussi excitée quand je verrai Sierra.

Austin recula et pinça l'arête de son nez.

— Je te jure, Maya Montgomery, si tu parles de ça à *qui que ce soit*, je te tue. C'est compris ?

Maya leva les yeux au ciel, mais elle eut l'air un peu triste.

— Je suis désolée. Je suis trop bavarde. Je vais essayer de m'améliorer. Et mon premier exercice ça va être de garder le secret là-dessus jusqu'à ce que vous l'annonciez officiellement. Vous faites ça quand, ce soir ?

Miranda pouffa de rire devant l'espoir dans les yeux de sa sœur.

— Oui, désolée. Il va falloir faire vite, car je ne pense pas pouvoir le cacher à Decker.

Austin lui jeta un regard.

— Ça me fait toujours bizarre de t'entendre dire ce genre de choses à propos de lui.

Elle haussa les épaules.

— Il va falloir t'y faire parce que je ne pense pas que ça change de sitôt.

C'était audacieux de dire ça, et elle le regretta aussitôt. Mais franchement, elle était *heureuse* avec lui. Il commençait à parler de choses qui auraient lieu dans un mois ou deux, ce qui était bon signe. Il lui avait finalement expliqué que son père s'était pointé chez lui, raison pour laquelle il avait été si distant ce jour-là. Ça la tuait de ne rien pouvoir faire à ce propos, mais le fait qu'il lui en parle, c'était déjà un pas dans la bonne direction.

Son père lui frotta l'épaule.

— Je suis content pour toi. Content pour tous mes enfants.

Une drôle de lueur passa dans son regard.

— Ça fait plaisir de voir que tout ce qu'on a enduré en vous élevant tous les huit, non, tous les neuf, valait le coup.

Elle déglutit et refusa de croiser le regarde de Maya ou d'Austin. Sinon, elle s'effondrerait, et aujourd'hui était un jour pour le bonheur et les tatouages, pas les regrets.

— Bon, Austin, finissons ce tatouage ou bien je vais prendre la fuite et ne plus jamais te laisser approcher avec une aiguille.

Austin laissa échapper un petit rire.

— Pas de problème, ma belle, mais rappelle-toi : Maya prend le côté droit, et ensuite, je dois en faire un autre pour qu'on soit à égalité. Alors commence à réfléchir.

Elle grimaça. Elle allait souffrir à cause de leur petite guéguerre, mais au moins ça lui vaudrait de superbes tatouages.

Quand il eut fini, elle prit un café à Taboo avec son père. Après ça, il se faisait tard et elle rentra chez elle pour corriger quelques copies. Elle n'avait rien de prévu avec Decker ce soir-là et elle préférait rattraper son travail pour ne pas être accaparée par ça la prochaine fois qu'elle serait avec lui.

Le fait qu'il lui avait passé une clé ce matin lui faisait tout voir en rose, et elle ne pouvait s'empêcher de jubiler intérieurement. L'homme qu'elle aimait, l'homme qu'elle avait *toujours* aimé, n'essayait pas de la fuir. Il semblait *heureux* avec elle et la faisait se sentir belle, la faisait se sentir chérie.

Elle n'aurait rien pu souhaiter de plus.

En tout cas pour le moment.

Elle se gara devant chez elle et grimaça en tirant sur le bandage qui couvrait son dos. Elle n'avait pas trop saigné, d'après Austin, heureusement, mais du plasma coulait encore et était absorbé par le bandage. Ce n'était pas marrant, mais avec deux artistes tatoueurs dans la famille, elle connaissait les règles d'hygiène et leur importance.

Elle sortit de voiture et respira l'air frais de la montagne qui se mêlait à l'odeur des arbres. Ce serait bientôt l'automne, elle avait hâte. Elle aimait le changement de température qui finirait par amener la neige. Connaissant la météo à Denver, ça pouvait très bien arriver dans les prochains jours, en septembre, car la région passait très vite d'une saison à une autre.

Elle avança vers chez elle et sentit les cheveux sur sa nuque se dresser. Elle se retourna à temps pour voir le capot d'une voiture foncer sur elle.

Avant qu'elle puisse hurler ou se mettre de côté, la voiture la renversa.

Elle ne sentit pas la douleur ni l'impact.

Non, tout ce qu'elle sentit fut l'oxygène qui quittait ses poumons et son corps qui partait dans les airs. Elle sentit le pare-brise éclater sous elle avant de rouler au sol.

Elle cligna des yeux deux fois et la douleur la balaya, comme une arrière-pensée. Des milliers de couteaux perçaient son corps, déchiraient sa peau et mettaient le feu à sa chair. Ses os lui faisaient mal comme s'ils avaient été réduits en miettes.

Sa tête se mit à tourner et elle lutta contre la nausée.

Elle essaya de hurler, mais tout ce qui vint fut une toux sanglante, puis il n'y eut plus que l'obscurité.

Elle rouvrit les yeux. Un homme se tenait à côté d'elle, ses chaussures de ville brillant sous la lumière.

Le coup de poing lui fit perdre connaissance à nouveau.

— Plusieurs os cassés, des contusions et de possibles blessures internes.

Miranda essaya de gémir en se réveillant, mais aucun son ne sortit.

— Mademoiselle ? Mademoiselle ? Elle se réveille ? Mademoiselle ? Est-ce que vous pouvez nous dire qui il faut appeler ?

— Decker, murmura-t-elle.

La personne, peut-être une infirmière elle n'en savait rien et elle avait trop mal pour réfléchir, hocha la tête et partit faire quelque chose.

Miranda n'arrivait pas à penser. Elle fut déplacée, branchée, mais elle ne sentit rien. Elle ne sentait que la douleur. Pourquoi est-ce que ça faisait si mal ? Pourquoi ne pouvait-elle pas simplement s'endormir ? Ça aurait été beaucoup mieux si elle avait pu dormir.

— On a trouvé sa carte d'identité et la personne à contacter. Nous allons appeler Marie Montgomery. Miranda, vous avez eu un accident de voiture. Nous allons vous donner quelque chose pour la douleur, mais ça risque de vous faire perdre connaissance.

Miranda ferma les yeux.

Elle s'en fichait. La douleur était trop forte. Elle n'était pas totalement éveillée. Il ne fallait pas qu'elle abandonne, mais le sommeil semblait tellement préférable.

Tellement. Mieux.

Decker claqua la porte de l'hôpital, conscient qu'il devait sembler complètement dingue, mais il n'en avait rien à faire. Il avait manqué ce foutu d'appel parce qu'il était au téléphone en train de gérer quelque chose à propos du chantier. Il était devenu fou quand il avait rappelé.

Putain.

Griffin l'avait appelé après pour lui dire à quel hôpital se rendre et qu'ils ne savaient *rien* sur l'état de Miranda.

Elle avait été renversée par une voiture.

Sur son propre parking.

Il fonça jusqu'à la réception et posa les deux mains sur le bureau.

— Il faut que je voie Miranda Montgomery.

L'infirmière derrière le bureau soupira, mais elle n'eut pas l'air impressionnée par sa stature ou le fait qu'il criait.

— Vous faites partie de la famille ?

Il ouvrit la bouche pour dire oui, mais s'interrompit. Avant, il n'aurait pas hésité, mais maintenant, il n'en était plus si sûr. Elle était *sienne*, mais c'était différent à présent.

— Il est avec nous, dit Griffin en s'avançant vers le bureau. Merci, Jaycee.

La femme hocha la tête et retourna à ses paperasses.

Decker déglutit et suivit Griffin dans une salle d'attente. Il ne prononça pas un mot, il en était incapable. S'il parlait maintenant, il risquait de s'effondrer et il ne pouvait pas se le permettre. Tout ce que son ami lui avait dit en appelant c'était qu'il devait venir à l'hôpital parce que Miranda était blessée. Elle avait été emmenée au bloc avant que quiconque ait pu la voir.

Il ne savait pas où elle était blessée, ce qu'il fallait réparer. Tout ce qu'il savait, c'était qu'elle était allongée quelque part sur une table d'opération avec des médecins qui essayaient de la sauver et que lui se trouvait dehors, inutile, impuissant.

Il n'aurait jamais pensé qu'il tiendrait à quelqu'un au point de se sentir aussi brisé, meurtri. Elle s'était taillé une place dans son cœur et il avait peur de se perdre lui-même s'il la perdait.

Non, ce n'était pas une crainte, c'était une certitude.

Elle était tout pour lui, sa raison de se sentir heureux en pensant à l'avenir, et maintenant, il n'avait aucune idée de ce qui allait se passer. Seigneur, il voulait trouver un moyen pour arranger les choses, mais il n'avait pas de baguette magique. Ses mains cassaient, forçaient à prendre une autre apparence, mais elles ne savaient pas soigner.

Il lui était inutile.

La salle d'attente était emplie de Montgomery.

Quand l'un des leurs souffrait, ils se regroupaient. Peu importait ce qui se passait dans leur vie, ils mettaient leurs propres soucis de côté et s'occupaient les uns des autres. Il leur avait toujours envié cela, gamin, et en ce moment, il était tellement soulagé qu'elle ait ça, qu'elle les ait, eux.

Austin se tenait dans un coin, le regard perdu par la petite fenêtre, seule source de lumière de la pièce exiguë. Une Sierra toute pâle se tenait à ses côtés, la tête posée sur son épaule. Elle faisait face à la pièce, les yeux humides, le visage fermé.

Leif était assis sur une chaise à côté d'Austin, Sasha sur les genoux. Il lisait un livre à la petite fille, à voix basse, au milieu d'adultes inquiets de ce qu'ils ignoraient. Cliff était assis à côté de Leif, la tête sur son épaule. Decker ne savait pas s'ils étaient au courant de ce qui se passait, mais ils avaient tous les trois traversé des épreuves difficiles, alors ils devaient être sensibles à l'atmosphère de la pièce.

Meghan était assise à côté de Cliff, les mains sur ses genoux. Elle avait l'air de ne pas avoir dormi depuis des semaines, et vu sa vie actuelle, il se pouvait que ce soit le cas. Decker fut surpris de constater la présence de Luc, assis à côté de Meghan, tous deux silencieux. Luc avait fait partie du clan Montgomery des années auparavant, et maintenant qu'il était de retour, il semblait avoir repris sa place sans heurt.

Pour l'instant, Decker se fichait de tout cela, seul ce qui était arrivé à la femme qu'il aimait lui importait.

Il l'aimait et ne le lui avait jamais dit.

Il fut surpris de voir Alex, debout avec une tasse qui, il l'espérait, contenait du café. Mais il n'aurait pas dû être surpris.

Même si Alex semblait égoïste, ces derniers temps, il adorait sa petite sœur.

Maya faisait les cent pas, les poings serrés. Chaque fois qu'elle revenait dans le coin de la pièce, son ami Jake la serrait dans ses bras avant de la repousser pour qu'elle continue à piétiner. Jake semblait prêt à tuer quelqu'un, et Decker se sentait sur la même longueur d'onde.

Wes et Storm se tenaient à côté de la machine à café, penchés l'un vers l'autre, en grande conversation. Ils parlaient en murmures et chuchotement, mais là encore, Decker s'en fichait. Tout ce qu'il voulait, c'était Miranda, la seule qu'il ne pouvait pas voir.

— Decker ! dit Marie avant de se jeter dans ses bras.

Il la rattrapa avec aisance et la serra contre sa poitrine. Elle se mit à sangloter sur son épaule et il dut retenir ses propres larmes tandis que sa gorge se serrait. Cette femme, qui avait été davantage une mère pour lui que sa propre génitrice, sautait toujours dans ses bras comme une petite fille. Ça avait commencé quand Decker avait pris quinze centimètres quasiment d'un coup et qu'il n'avait plus été capable de l'étreindre comme il le faisait plus jeune. Il n'était pas habitué aux étreintes et s'était mis à avoir besoin des siennes plus qu'il en avait conscience. Quelque chose dans la façon dont Marie le serrait dans ses bras communiquait tout l'amour et l'acceptation, base du lien familial chez les Montgomery. Comme il ne pouvait plus la serrer dans ses bras, elle avait pris le relais et le faisait à sa place.

Il l'aimait tellement, et maintenant, sa fille, Miranda, était blessée, et ils se retrouvaient impuissants.

— Je suis tellement contente que tu sois là, mon chéri,

murmura-t-elle en lui tapotant la joue. Il faudrait que tu te rases, mais c'est le cas de tous mes garçons.

Il eut un petit rire triste et secoua la tête.

— Tu es la seule femme pour laquelle j'accepterais de me raser.

Elle haussa un sourcil.

— Vraiment ?

Il soupira.

— Non. Je ferais n'importe quoi pour elle, Marie.

Il prit une brève inspiration.

— N'importe quoi.

— Je sais, mon petit.

Sa lèvre trembla et Harry arriva à ses côtés. Elle se tourna et le serra contre elle. Elle ne pleura pas, mais prit plusieurs grandes inspirations.

— Qu'est-ce qu'on sait ? demanda Decker.

Harry soupira.

— Une voiture l'a renversée, et, d'après des témoins, le conducteur est sorti de sa voiture pour la frapper.

Decker jura et leur tourna le dos pour leur cacher son visage assassin.

— Jack, grinça-t-il.

— Jack, gronda Griffin. La police le cherche.

Decker renifla.

— Oui, parce qu'ils ont été tellement efficaces, jusqu'à maintenant.

— Il y a des témoins et des preuves, maintenant, dit Harry d'une voix basse, mais égale.

Il ne s'enflammait pas, et Decker ne savait pas comment il faisait.

— Je sais que le système judiciaire est mal foutu, et crois-moi, on va faire ce qu'on peut pour faire justice nous-mêmes, mais pour l'instant, il faut qu'on se concentre sur Miranda. Jack ne perd rien pour attendre, mais notre petite est ici, et elle a besoin de nous.

Decker déglutit et se retourna. Harry, malgré les années que lui avait fait perdre sa maladie, se tenait la tête haute.

— Je n'abandonne pas, répondit Decker. Mais putain. Je déteste ne pas savoir.

— Il faut qu'on attende, tempéra Austin. Qu'on ait foi dans les médecins.

Decker hocha la tête et alla s'asseoir sur une des chaises. S'il se levait, il ne pourrait pas s'empêcher de faire les cent pas et il communiquerait sa nervosité aux autres. C'était déjà suffisant avec Maya.

LES HEURES PASSÈRENT et Meghan ramena les trois enfants à la maison. Luc resta un peu plus longtemps et partit deux heures plus tard. Tout le monde s'organisa pour aller chercher du café et de la nourriture. Ils s'assurèrent que Sierra et Harry faisaient attention à eux, tandis que les autres faisaient semblant de manger.

Decker serait incapable de se concentrer tant qu'il n'aurait pas vu Miranda saine et sauve. Mais il n'était pas entièrement certain que cela arriverait.

La porte du bloc s'ouvrit et un homme en blouse en sortit. Le ventre de Decker se contracta et il se leva. Les autres Montgomery se regroupèrent autour de lui. Marie glissa sa main dans la sienne et il la serra.

— Vous êtes la famille de Miranda Montgomery ? demanda le médecin.

— Oui, nous tous, répondit Harry. Comment va notre petite fille ?

Le médecin hocha la tête et passa la main dans ses cheveux couverts par une charlotte.

— Elle a survécu à l'opération, mais je vais être franc, il s'en est fallu d'un fil. Elle avait des lacérations au niveau du foie et de la rate. Nous avons dû lui retirer sa rate, mais elle pourra vivre normalement sans en prenant certaines précautions. Elle a un poignet cassé et une épaule démise. Les deux jambes étaient cassées et nous avons pu les remettre en place sans chirurgie. Elle va devoir porter des plâtres pendant un moment. Heureusement, il n'y a pas eu de dégâts au niveau de la colonne vertébrale, mais elle souffre d'un traumatisme cérébral important. Nous ne pouvons pas évaluer l'importance des lésions cérébrales tant qu'elle est sous anesthésie.

Le médecin continua à parler de choses sur lesquelles Decker poserait des questions plus tard, mais pour le moment, il ne se souciait que du fait qu'elle était *vivante*.

C'était terrible, encore pire que ce qu'il imaginait, mais elle était *vivante*.

— Quand est-ce que je pourrai la voir ? demanda Decker d'une voix bourrue.

Apparemment, il avait interrompu le médecin, mais tant pis.

Harry se racla la gorge.

— Oui, quand est-ce qu'on pourra la voir ?

Le médecin soupira, mais hocha la tête.

— Demain, au plus tôt. Pour le moment vous pouvez rentrer chez vous et vous reposer. Vous pourrez revenir demain et la voir à tour de rôle.

Decker retourna s'asseoir. Il ne bougerait pas de là. Les

Montgomery remercièrent le médecin avant de se mettre d'accord sur lesquels d'entre eux resteraient. Il s'en fichait, tant qu'ils n'essayaient pas de le faire partir. Il resterait sur place jusqu'à ce qu'il puisse la voir. On ne le ferait pas décoller de là.

Finalement, Storm vint s'asseoir à côté de lui, les avant-bras posés sur ses jambes.

— Tout le monde va rentrer dormir. Je reste, car je suis celui qui risque le moins de t'énerver et de te pousser à me crier dessus ou à foutre des coups à quelqu'un.

Decker haussa un sourcil.

— Tu ne t'en sors pas génial pour le moment.

Storm haussa les épaules et se renfonça en arrière.

— Les autres se relaieront. On ne va pas la laisser toute seule. Surtout avec Jack en liberté.

Decker hocha la tête.

— Si je le vois, je le tue.

— Une autre raison pour laquelle je suis là. Tu ne seras pas utile à Miranda derrière les barreaux.

La pique lui fit mal, mais il savait que Storm avait raison. Son père à lui n'était pas en prison en ce moment. Mais, il avait déjà dépassé les bornes. Maintenant, ils tiraient à la courte-paille pour déterminer lequel d'entre eux risquait le moins de l'énerver ? Était-il sur le point de devenir comme son père ? Il avait déjà les mêmes mains que lui, le même tempérament. Qu'est-ce qui pouvait le briser ? Quelle serait la goutte d'eau qui ferait déborder le vase ?

Le fait qu'il puisse si facilement s'imaginer tuer Jack sans remords ne l'inquiétait pas autant que ça aurait dû. Ça ne faisait que montrer l'homme qu'il était réellement.

L'homme que son père avait fait de lui.

D'autres heures passèrent, et quand le matin arriva, les

équipes changèrent. Une nouvelle infirmière entra dans la salle d'attente pour les prévenir qu'une personne pouvait voir Miranda à présent, et qu'ils devraient y aller à tour de rôle.

— Vas-y, dit Storm en sortant son téléphone. Tu seras incapable de fonctionner tant que tu ne l'auras pas vue. Le reste de la famille arrive, je les tiens au courant.

Decker hocha la tête et suivit l'infirmière d'un pas raide. Miranda était toujours en soins intensifs, mais elle serait déplacée dans une autre unité plus tard si son état restait stable. Il se lava les mains avec le produit antibactérien, fit deux pas pour entrer dans la pièce et se figea.

Seigneur Marie Jésus.

Le visage de Miranda était livide et bleu. Elle avait des plâtres sur trois de ses membres, et le dernier bras en écharpe. Le peu de peau qui n'était pas couvert par des bandages ou des couvertures était soit bleu, soit rouge. Ses yeux étaient fermés, elle dormait, donc sa douleur était gérable. Mais quand elle se réveillerait, ça n'allait pas être marrant.

Il marcha jusqu'à elle et faillit toucher la main qui n'était pas dans un plâtre. Il se retint au dernier moment. Il n'y avait pas un seul endroit de son corps qu'il puisse toucher sans lui faire mal. Il laissa ses larmes couler dans sa barbe et prit une inspiration tremblante.

Il n'arrivait à penser qu'à ses fesses rougies, aux bleus sur ses hanches quand il l'avait prise contre le mur, dans son lit, par terre. Il s'était montré tellement brutal avec elle, alors qu'elle était si fragile.

En quoi valait-il mieux que Jack ?

Les marques qu'il avait laissées sous ses vêtements ne se voyaient pas, mais elles n'en étaient pas moins douloureuses.

Il s'effondra sur la chaise à côté d'elle, conscient qu'il fallait mettre fin à tout ceci. Que se passerait-il quand elle reviendrait à elle ? Quand il deviendrait inévitablement semblable à son père ? Il ne pouvait pas être la personne qui ferait du mal à Miranda. Il ne pouvait pas lui causer plus de douleur.

C'était comme si quelqu'un arrachait son âme de son corps, mais c'était pour le mieux. S'il ne la quittait pas maintenant, il ne ferait que la blesser dans le futur.

Il se leva, les jambes tremblantes, et se pencha pour effleurer délicatement un carré de peau intact de ses lèvres.

— Je t'aime tellement, Miranda. C'est pour ça que je suis obligé de faire ça. J'espère que tu comprendras. Je sais que tu vas me détester, mais c'est mieux ainsi.

Elle ne l'entendait pas et ne comprendrait pas, quand elle se réveillerait, pourquoi il n'était pas là.

Mais il était incapable de devenir la personne qu'il lui aurait fallu.

Il lui écrirait une lettre, lui expliquerait les raisons pour lesquelles elle était mieux sans lui, puis trouverait un moyen de continuer à vivre.

Là-dessus, il sortit de la pièce et passa devant la salle d'attente sans s'arrêter pour parler à Storm. Lui et le reste de la famille finiraient par comprendre ce qui s'était passé. Ils seraient mieux sans lui. Tout le monde était mieux sans lui.

Decker était fait pour être seul. Même si les Montgomery avaient été un refuge pour lui, il ne les méritait pas.

Il était temps qu'ils le comprennent.

Decker l'avait enfin compris.

CHAPITRE VINGT-ET-UN

MIRANDA LEVA le bras et poussa un juron. Austin la rejoignit aussitôt et tint le gobelet de jus de fruits de manière à amener la paille à ses lèvres. Elle la prit en bouche avec hésitation et aspira en ignorant la douleur causée. Elle n'avait pas de lésions cérébrales, mais une sacrée migraine.

Tout le monde lui répétait qu'elle avait de la chance d'être en vie, pourtant, une semaine après l'accident, elle n'en était pas si sûre. Elle n'avait pas le droit de se montrer si sombre, si déprimée, mais guérir faisait un mal de chien. Le moindre centimètre carré de son corps était douloureux quand elle bougeait. Enfin, les zones qu'elle avait le droit de bouger. Certaines parties de son corps étaient immobilisées ou dans un plâtre, si bien que dans certains cas, elle ne pouvait rien faire de plus qu'agiter les orteils. Tant qu'elle ne remuait pas trop vite, ou encore mieux, qu'elle restait immobile, ça allait.

Vivre sans avoir le droit de bouger s'annonçait pénible.

Ce n'était que temporaire, mais elle ne savait pas combien de temps ça allait prendre. Les médecins étaient très évasifs pour le moment en ce qui concernait les échéances, car ils ne voulaient pas qu'elle se dépense trop. Ils disaient que ça prendrait probablement plus de temps qu'elle ne le pensait et qu'elle devait avant tout se reposer avant de pouvoir passer à la prochaine étape. Ses parents avaient probablement plus de détails, mais ils ne les lui transmettaient pas. Au moins, ils pouvaient faire des recherches sur le temps et les méthodes de rééducation, alors qu'elle était clouée au lit. Mais ça n'allait pas durer, car elle comptait bien exiger des réponses prochainement. Personne ne voulait qu'elle s'inquiète, ils s'étaient montrés vagues, mais positifs. Dommage, elle aimait les chiffres. Les chiffres l'aidaient à rester saine d'esprit. Elle avait besoin d'un but final, et le fait que les médecins se montrent vagues parce qu'ils manquaient eux-mêmes de réponses ne l'aiderait pas à guérir.

Elle était enfin capable de rester éveillée plus d'une heure ou deux à la suite, elle pourrait bientôt demander quand commencerait la rééducation physique et quand elle pourrait redevenir elle-même.

Elle déglutit difficilement et lutta pour ravaler ses larmes.

Elle n'était pas certaine qu'elle puisse redevenir elle-même un jour.

Seigneur, elle avait eu tellement peur. Elle avait cru que c'était la fin.

Heureusement, elle se rappelait à peine la collision avec la voiture. Elle ne se souvenait que de sa confusion et de la terreur quand elle avait volé. Elle ne se rappelait pas la douleur. Enfin, elle s'en rappelait une partie, mais ça ne lui revenait que par à-coups. Mais l'angoisse atroce qui se manifestait dans ses rêves, c'était celle d'après l'impact... avec Jack. Elle ne se souvenait que de ses chaussures, elle ne pouvait donc pas être certaine qu'il s'agissait de lui sans les témoins qui avaient hurlé et couru vers eux.

Elle ne se souvenait pas des témoins. La première chose qu'elle se rappelait, c'était son réveil avec ses parents à ses côtés, qui tenaient chacun un de ses doigts. Ils avaient peur de toucher quoi que ce soit d'autre, et vu son état, elle ne pouvait pas leur en vouloir. Elle n'était pas belle à voir.

Sa peau présentait maintenant un joli dégradé de noirs et de bleus, avec quelques touches de violet et de vert par-ci par-là. Son ventre lui faisait mal et elle ne pouvait pas se courber à cause de la cicatrice laissée par l'opération qui courait d'un bout à l'autre de son ventre. Elle n'avait plus de rate et son foie était toujours en train de guérir. Ça aurait pu être bien pire, cependant, elle le savait. Son cœur, ses poumons et ses reins étaient tous en bon état.

Dieu merci.

— Miranda ? Tu as mal ? Il faut que j'appelle un médecin ?

Elle secoua la tête et grimaça.

— Ça va. Enfin, tant que je ne secoue pas la tête trop fort.

Austin soupira et s'assit sur la chaise à côté du lit.

— Ils disent que tu as de la chance de ne pas avoir de lésions cérébrales, mais avec toutes les parties de ton corps que tu dois reconstruire, c'est normal que tu te sentes mal. Tiens, bois encore un peu de jus de fruits. Tu es sûrement encore déshydratée, ce qui ne doit pas aider ton mal de tête.

Elle prit une gorgée et ferma les yeux.

— Si seulement je savais quand je pourrai sortir d'ici.

Austin gronda.

— Même si tu sors, tu ne rentreras pas chez toi. Tu viendras chez l'un d'entre nous. Probablement chez moi, vu que j'ai assez de place et qu'on ne veut pas fatiguer les parents.

— Argh. Je déteste cette situation. Mais oui, je n'ai pas franchement envie de remettre les pieds dans cet appartement. Tu comprends ?

Et encore moins sur le parking. Trop de mauvais souvenirs. Elle aurait pu aller chez Decker… mais il n'était pas là.

Elle déglutit avec difficulté et repoussa cette pensée. Elle ne voulait pas réfléchir à ça.

— Donc ça te va de venir chez nous jusqu'à ce que tu sois suffisamment remise pour retrouver quelque chose ?

Elle soupira.

— Sierra est enceinte, Austin. Je devrais peut-être aller chez Griffin.

— Griffin est trop en colère pour être agréable à vivre en ce moment.

Elle grimaça et retroussa la lèvre.

— Eh bien, il a raison d'être en colère. Je ne suis pas non plus franchement ravie.

Austin soupira.

— Je suis désolé, ma belle. Je ne voulais pas remettre ça sur le tapis.

— Remettre quoi sur le tapis ? Le truc gros comme le nez au milieu de la figure ? Le fait que l'homme que j'aime m'a à peine regardée et s'est enfui la queue entre les jambes ? Ou le fait qu'il n'a même pas eu la décence de me le dire en face ? Non, il s'est enfui au plus noir de la nuit, enfin, c'était le matin, mais peu importe et il n'a même pas pris la peine de me dire qu'il me quittait.

Des larmes lui montèrent aux yeux et elle se mordit la lèvre, refusant de pleurer pour lui.

— Il a laissé une lettre, murmura Austin.

Oui. La lettre.

— Une foutue lettre, Austin ! Il dit qu'il n'est pas assez bien pour moi, qu'il a peur de devenir comme son père ou comme Jack parce qu'il n'est pas quelqu'un de bien. Mais c'est de la merde, Austin ! Ce qu'il a écrit dans cette lettre, c'est le truc le plus franc et le plus honnête qu'il m'ait jamais dit, mais c'est des conneries. Il s'est enfui parce qu'il avait peur, et il m'a laissée toute seule.

Les larmes vinrent cette fois-ci et elle renifla. Pleurer lui donnait la migraine et elle n'avait pas envie de pleurer pour lui. Ça lui faisait trop mal à la tête... trop mal tout court.

— Je lui casserais bien la gueule pour toi, mais maman dit que tu me crieras dessus si je le fais.

Elle laissa échapper un petit rire et gémit de douleur à cause de son ventre.

— Ne me fais pas rire. Ça tire sur la cicatrice.

Austin écarquilla les yeux et il referma la bouche.

Elle rit à nouveau devant la tête qu'il faisait et grimaça à nouveau.

— Ce n'est rien, Austin. Je vais avoir mal pendant un petit moment et il n'y a rien qu'on puisse y faire à part attendre que mon corps guérisse. Et si tu lui casses la gueule, oui, je te crierai dessus. De un, je l'aime toujours et ça m'énerve. De deux, tu ne crois pas qu'il y a eu assez de violence comme ça dans cette famille ?

Austin eut la bonne grâce d'avoir l'air penaud et il se renfonça dans sa chaise.

— Il va peut-être revenir, Miranda. Il a eu la trouille. On a tous eu la trouille.

— Mais aucun d'entre vous n'a pris la fuite.

Austin soupira.

— Aucun d'entre nous n'a le même passé que lui. Son père

est sorti de prison et qu'il vient le faire chier. Sa mère reste là-bas et Decker n'arrive pas à la faire partir. Il est tiraillé dans tous les sens et il a fait une erreur.

Elle déglutit et jeta un regard égal à son grand frère.

— C'est vrai, mais ça ne change rien au fait qu'il m'a fait du mal. Il m'a fait *mal* alors que j'étais déjà à terre. Il m'a quittée sans un mot. Je savais déjà que ce qu'il y avait entre nous risquait de ne pas durer, mais je ne pensais pas qu'il se montre-rait aussi cruel. Seigneur, je *déteste* ses parents. Je les déteste. Mais il n'est *pas* comme eux. Et tant qu'il n'aura pas compris ça, il ne pourra jamais être avec moi. Pas complètement.

Austin observa son visage.

— Tu n'es plus une petite fille.

— Non, en effet. Je suis une adulte qui s'est fait tabasser et s'en est repris plein la gueule par derrière. Je ne veux plus être une victime, Austin. Je ne veux plus être laissée pour compte.

Son frère se passa une main sur le visage et poussa un juron.

— Seigneur, j'ai envie de tuer cet enfoiré.

— Lequel ? demanda-t-elle, pince-sans-rire.

Austin la fusilla du regard.

— Les deux. L'un a brisé ton corps, l'autre t'a brisé le cœur, et personne n'a le droit de faire ça à ma petite sœur. Decker a de la chance d'avoir fait partie de la famille fut un temps. C'est la seule raison pour laquelle je ne vais pas frapper à sa porte pour lui foutre une branlée. Ça, et le fait que tu ne veuilles pas que je le fasse. Quant à Jack ? Il est taule, alors ça serait difficile.

Elle ferma les yeux et déglutit. Elle n'avait envie de penser à aucun de ces deux hommes, mais elle dormait mieux la nuit en sachant que Jack se trouvait en prison. La police l'avait arrêté le lendemain matin de l'accident. Il se trouvait dans un chalet en sa possession à trois heures de Denver. Cet abruti pensait que personne n'allait vérifier ses investissements. Enfin, vu à quel point la première équipe sur cette affaire s'était plantée, il croyait sûrement qu'il pourrait toujours s'en tirer.

À vrai dire, il s'en était déjà beaucoup trop bien tiré dans sa vie.

Apparemment, il avait été violent avec son ex-petite amie. Très. Au point de devoir quitter la ville et se trouver un nouveau boulot dans une nouvelle région pour échapper aux poursuites. Quand l'histoire de Miranda avait été rendue publique, l'autre fille s'était manifestée à son tour. Miranda était sûre que ce connard de blond aux yeux bleus avait fait du mal à d'autres femmes par le passé. La justice l'avait enfin rattrapé, mais au prix de la santé de Miranda. Il était accusé de tentative de meurtre ainsi que d'autres chefs d'accusation auxquels elle n'avait pas envie de penser pour le moment.

Il ne lui ferait plus jamais de mal.

Il ne ferait plus de mal à personne.

Le lycée avait appelé, en la personne de Mme Perkins. La vieille prof d'anglais avait peut-être donné l'impression de vouloir voir Miranda se planter, mais elle l'aiderait de toutes les façons possibles. Tout le monde s'était regroupé autour d'elle et lui avait dit que son travail l'attendrait quand elle voudrait reprendre. Apparemment, elle manquait à ses élèves, et même si ça se passait bien avec la remplaçante, ce n'était pas pareil. Quand Miranda serait capable de tenir sa tête droite sans développer une migraine, elle apprécierait tout cela.

Un futur l'attendait. Elle guérirait, et serait en aussi bonne santé que possible avec un cœur brisé. Son travail était toujours là et elle trouverait un moyen de parcourir les couloirs du lycée sans penser à l'homme qui l'avait envoyée à l'hôpital.

Un jour, elle parviendrait peut-être même à vivre sans penser à l'homme qui l'avait abandonnée, brisée, dans un lit d'hôpital.

Elle savait que Decker avait des choses à régler dans sa vie, et qu'il la quittait non parce qu'elle n'était pas digne de lui, mais parce qu'il pensait que *lui* ne l'était pas.

Elle aurait été capable de lui pardonner de l'avoir quittée à un moment où elle ne souffrait pas, n'était pas quasi mourante, mais vu les circonstances, elle n'était pas sûre de le pouvoir.

Tout ce qu'elle pensait vouloir avec lui avait sauté, et maintenant, il fallait qu'elle ramasse les miettes et passe à autre chose.

Si seulement ça avait été aussi simple.

Si seulement elle ne l'aimait pas encore.

Mais l'amour ne suffisait pas. Decker l'avait prouvé.

Pour la deuxième fois de ce mois, Decker se retrouva à l'hôpital. Il avait mal à la tête à cause d'un manque de sommeil, pas d'une gueule de bois. Il n'avait pas bu une seule goutte d'alcool depuis la dernière fois où il avait passé ces portes après avoir vu la femme qu'il aimait, brisée et en sang.

Il l'avait quittée parce qu'il ne voulait pas devenir comme son père, et que boire pour chasser la douleur l'aurait fait descendre dans un tourbillon de noirceur.

C'était une étape, mais il avait déjà bousillé toutes ses chances de bonheur. Maintenant, il fallait qu'il apprenne à vivre avec ce qui lui restait. Il l'avait fait pendant des années, de toute façon ; il n'avait plus qu'à recommencer. Le goût de perfection que lui avait fait apercevoir Miranda était terminé, et c'était sa faute à lui.

Mais pour son bien à elle.

Il ne ferait que la blesser davantage, et elle avait déjà assez souffert comme ça.

Voilà qu'il se trouvait à nouveau à l'hôpital, mais pas pour Miranda. Non, il parcourait ces couloirs pour retrouver l'autre femme de sa vie, même si, à vrai dire, ça faisait bien longtemps qu'elle ne faisait plus partie de sa vie.

Mais elle aurait dû, bon sang.

Il avait reçu un appel des urgences pour l'informer que sa mère était à l'hôpital. Apparemment, Frank l'avait tabassée si violemment qu'il n'y avait pas eu moyen de cacher les bleus. Decker ne savait même pas comment sa mère s'était retrouvée à l'hôpital puisqu'elle était normalement très douée pour ignorer ses douleurs. Ça faisait tellement souffrir Decker qu'elle ne puisse pas ou ne veuille pas se battre. Il était assez grand pour le faire pour elle, désormais, mais elle refusait de demander de l'aide ou d'accepter celle qu'on lui offrait. Il espérait qu'un jour, elle comprendrait qu'elle n'était pas obligée d'être avec Frank... et que ce jour-là ne viendrait pas trop tard.

Il marcha jusqu'à l'accueil et demanda Francine Kendrick. Cette fois-ci, il était réellement de la famille, même si ce n'était que par le sang.

La dernière fois, il avait été paniqué, son corps rigide, sa voix brisée. Cette fois, il approchait la situation avec davantage de résignation. Il ne voulait pas voir à quoi ressemblait sa mère, détestait se sentir aussi impuissant. Il ne pouvait rien faire pour garder sa mère loin de son père, à moins de la kidnapper. Et même ça n'aurait pas suffi. Frank avait manipulé l'esprit de

Francine, et Decker ne connaissait pas de solution à ça. Elle venait d'une famille où la femme restait aux côtés de son mari, quelles que soient les circonstances. Les vœux conjugaux étaient des vœux à tenir coûte que coûte.

Même si ces vœux causaient sa mort.

L'infirmière l'accompagna jusqu'à la chambre. Apparemment, ce qui s'était passé n'était pas aussi grave que l'agression subie par Miranda.

Seigneur.

Il revoyait encore son visage pâle sous ses hématomes sombres. Il avait entendu dire sur le chantier que Miranda avait été autorisée à aller vivre chez Griffin le temps de se remettre. D'après Luc, il avait d'abord été question qu'elle aille chez Austin, mais avec le bébé qui arrivait et la grossesse de Sierra qui était déjà difficile, elle se sentait plus à l'aise chez Griffin.

Le fait qu'il continuait à travailler pour Wes et Storm rendait les choses très compliquées, mais comme Tabby était de retour de ses vacances forcées, elle servait de médiateur. Wes refusait de lui parler, mais lui faisait passer ses instructions par Tabby. Storm ne lui parlait que de travail et le laissait tranquille. Il n'y avait que Luc pour lui parler comme s'il n'était pas un enfoiré de première, mais Decker n'était pas sûr que ça durerait.

Il aurait mieux valu qu'il fasse ses valises et se trouve un autre boulot. Le mieux serait probablement de quitter Denver pour ne pas blesser davantage de Montgomery. Il était un Kendrick, il savait que les choses ne faisaient qu'empirer avant de pouvoir aller mieux, si elles s'arrangeaient jamais.

— Decker. Tu es là.

La petite voix de sa mère l'atteignit en plein plexus solaire et il prit une grande inspiration pour se préparer. Il avança dans la chambre et fit de son mieux pour garder un visage neutre.

Frank s'était déchaîné sur son visage et lui avait cassé le bras. Decker ne savait pas ce qu'il en était du reste, mais cela se voyait au premier abord. C'était déjà trop.

— Maman. Seigneur. Tu as mal ?

Elle secoua la tête ce qui la fit grimacer.

— Ça va aller. Ils me mettent des trucs qui font du bien. Decker. J'ai besoin de ton aide.

L'espoir lui brûla la poitrine et il fit trois grandes enjambées pour rejoindre sa mère. Il prit sa main libre et poussa un soupir.

— Dieu merci. Pas de souci, tu peux venir habiter chez moi. Je te garderai en sécurité le temps de porter plainte contre Frank. Et on verra ce qu'il faut faire ensuite. Je suis là pour toi, maman. D'accord ?

Elle eut l'air perdu et retira sa main.

— Non, Decker. Je suis tombée.

Le visage de Decker se ferma et il se redressa lentement, incrédule.

— Tu es tombée, dit-il doucement, d'une voix dépourvue d'émotion. C'est un mensonge et tu le sais.

Elle ravala des larmes et se détourna de son regard. Il jura et recula à nouveau. Elle avait tellement peur de Frank, mais ne ferait rien pour lui échapper. Et maintenant, voilà qu'elle le regardait comme si lui aussi était un monstre.

Peut-être était-ce le cas, mais bon sang, il ne pouvait pas laisser sa mère continuer comme ça.

— J'ai... j'ai pris la mauvaise marque de bière. Elle était à côté de celle en promo et je me suis trompée. Ce n'est pas grave, chéri, je ne le referai pas. Mais j'ai besoin de ton aide.

Il avait déjà entendu cette histoire des dizaines de fois quand il était gamin. Pourquoi ne parvenait-elle pas à accepter ce que faisait son mari ? Pourquoi Decker ne réussissait-il pas à l'aider ?

— Maman. Laisse-moi t'aider.

— Tu peux m'aider, mon chéri. Tu peux. La police cherche ton père. Ils veulent l'accuser pour ça, et il va être en colère. J'ai besoin de ton aide pour la caution. Tu sais que je déteste te demander de l'argent, mais j'ai besoin d'aide pour ton père.

Tout l'espoir qui lui restait, soufflé par ce qui restait en lui de ce petit garçon effrayé, disparut d'un coup. Elle avait choisi son mari plutôt que son fils. Peu importait combien de fois Frank l'enverrait à l'hôpital, elle le choisirait toujours lui.

Decker n'avait aucune idée de comment briser ce cycle. Il savait seulement où était sa place.

Il serait le refuge qu'elle n'atteindrait jamais.

Il devait s'assurer qu'elle sache qu'il était là et trouver un moyen pour la faire sortir, mais à moins qu'elle tente d'échapper à sa situation...

Tout était perdu.

— Maman. Je ne vais pas faire ça.

Son visage s'effondra et il eut l'impression de s'être pris un coup en pleine poitrine. Son regard... bon sang. Il n'était *pas* son père.

Il cligna des yeux.

Il n'était pas son père.

Putain de merde.

Qu'avait-il fait ?

Qu'avait-il fait à Miranda ?

— Decker, mon chéri, j'ai besoin de toi.

Troublé, il déglutit et fit un autre pas en arrière.

— Je ne peux pas, maman. Si tu veux t'en aller, si tu as besoin d'un endroit où tu seras en sécurité, je serai là. Mais je ne vais pas aider l'homme qui t'a envoyée ici. Je ne vais pas t'aider à te faire tabasser à nouveau.

Là-dessus, il laissa sa mère en larmes dans son lit. La prochaine fois qu'elle lui demanderait de l'aide, ce serait peut-être pour elle et non pour l'homme qu'ils détestaient tous les deux. La prochaine fois, peut-être, ce serait différent.

Decker n'avait peut-être pas d'espoir, mais il avait la capacité de ne pas laisser tomber.

En tout cas, il le croyait.

Il avait laissé tomber Miranda. Non, ce n'était pas vrai. Il s'était laissé tomber lui-même et avait tout gâché. Il l'avait abandonnée au moment où elle avait le plus besoin de lui, et il ne pouvait pas revenir en arrière. Même si elle voulait encore de lui, elle ne lui ferait plus jamais confiance et il ne pouvait pas lui en vouloir.

Il avait tout gâché parce qu'il avait eu peur.

Il blâmait son père et ses cicatrices pour cela, mais ce n'était qu'une excuse. Il avait tout gâché parce qu'il avait eu peur et maintenant, il ne se le pardonnerait jamais.

En arrivant chez lui, il avait mal au ventre et ses mains tremblaient. Il ne savait pas ce qui se passerait, ne savait pas ce qu'il ferait ensuite, mais il savait qu'il ne pouvait pas continuer comme ça. S'il passait le reste de ses jours à se cacher et à avoir peur, alors il deviendrait l'homme qu'il avait toujours craint, il ne serait plus un homme du tout.

Il ne savait pas quoi faire.

Il avait souvent pensé ne pas être digne de Miranda, mais maintenant c'était réellement le cas.

Il l'avait *quittée*.

Non, il n'était pas son père, mais l'avoir quittée rendait tout plus compliqué.

Rien ne serait plus jamais pareil après ça.

Avec un soupir, il sortit de son pick-up et rentra dans la maison. Gunner passa par la chatière et aboya en faisant le fou autour de lui. Decker se pencha et le gratouilla. Ça faisait plaisir d'avoir au moins quelqu'un, même si c'était un chien, qui soit content de le voir. À vrai dire, Gunner avait été un peu déprimé, ces dernières semaines, en l'absence de Miranda. Apparemment, Decker n'était pas le seul qu'elle avait charmé dans cette maisonnée.

Et il avait tout gâché.

Quelqu'un frappa à la porte et Decker fronça les sourcils. Gunner gronda à son côté et il le fit taire.

— Va dans le placard, ordonna-t-il en pointant vers la porte.

Ça n'eut pas l'air de faire plaisir au chien, mais il obéit.

Quelque chose clochait et Decker ne voulait pas que son chien soit blessé. Des années à essayer de protéger son entourage lui avaient beaucoup appris.

Un bruit de verre éclaté résonna contre la porte et Decker soupira. Au lieu de sortir et de faire face à la situation, quelle qu'elle soit, il appela les flics. Ils dirent qu'ils arrivaient et lui demandèrent de rester à l'intérieur.

La fenêtre du devant explosa.

Le verre fut pulvérisé dans le salon et Decker bondit derrière le plan de travail pour éviter d'être blessé.

— Gamin ! Ramène tes fesses. J'ai besoin de ton aide, putain.

Ce type était un abruti. Un abruti de première qui fuyait la police, mais décidait d'annoncer sa présence en beuglant à tue-tête. Decker se releva et attrapa un rouleau à pâtisserie. Il préférait ne pas prendre de couteau. Vu la démarche chancelante de son père, Decker risquait d'être celui qui finirait poignardé.

— C'est quoi ce délire, Frank ?

— Ne réponds pas, gamin. J'ai besoin que tu me caches. Les flics sont à mes trousses.

Decker ignorait comment il avait réussi à leur échapper jusqu'à maintenant. Mais il pouvait s'assurer que son père reste là où il était. La police arriverait bientôt, et avec un peu de chance, son effraction chez lui allongerait sa sentence.

— Tu ne peux pas rentrer chez moi comme ça. Tu n'es pas le bienvenu. Tu ne l'as jamais été. Et quand les flics t'arrêteront, je ne t'aiderai pas. Tu mérites d'être en taule. Tu mérites de finir en Enfer.

Frank vacilla sur ses pieds.

— Je t'ai élevé, gamin. Il faut que tu m'aides.

— Non. Certainement pas. J'en ai fini avec toi. J'ai arrêté de croire que tu peux contrôler ma vie et mes actions. Même quand je pensais m'en être sorti, tu étais toujours dans un coin de ma tête à me faire tout planter.

— Tu ne peux pas me rendre responsable de tous tes problèmes. Tu t'es démerdé tout seul pour perdre cette gonzesse de chez les Montgomery.

— Je ne peux pas le nier, mais je ne veux plus que tu hantes mes pensées et mes actions. Je ne suis pas toi. Je n'ai jamais été l'homme comme toi, et je ne le serai jamais.

Les sirènes au loin se firent plus fortes et Frank écarquilla les yeux.

— Fils de pute.

Il bondit, mais Decker s'écarta et le laissa tomber par terre. Frank se releva, vacilla et essaya de balancer un coup de poing à Decker.

Celui-ci l'évita et le saisit par le bras avant de le plaquer au mur.

— C'est fini, gronda-t-il. Fini.

Frank donna un grand coup de tête qui atteignit Decker dans le menton. Il partit en arrière et leva les mains devant lui tandis que Frank essayait de le frapper à nouveau.

Les flics enfoncèrent la porte et crièrent à tout le monde de se coucher. Frank bondit une fois de plus, mais le plus grand des policiers le mit hors d'état de nuire avant qu'il puisse frapper Decker.

C'était fini.

Il le fallait.

Les policiers prirent sa déposition et embarquèrent Frank, menotté. Decker se sentait prêt à dormir pour des jours d'affilée. Au lieu de ça, il posa des planches sur sa fenêtre et expliqua la situation à ses voisins. Ils se montrèrent compatissants et ne le regardèrent pas comme un rebut humain. Au lieu de ça, leur mépris fut réservé à son père, pas à lui.

S'il avait compris ça plus tôt, il n'aurait peut-être pas perdu la seule personne qui ait jamais compté pour lui.

Non, ce n'était pas vrai. Il y avait d'autres personnes qui comptaient énormément, mais il n'était tombé amoureux que d'une d'entre elles.

Avant d'avoir pu y réfléchir à deux fois, il se retrouva sur le pas de la porte des Montgomery. Il lui fallait... il lui fallait une *maman*. Il frappa et cligna des yeux pour sortir de son hébétude. À quoi pensait-il ? Il avait coupé les ponts avec cette famille. Il avait quitté Miranda et maintenant, il pouvait dire adieu au soutien familial dont il n'avait jamais cru avoir besoin.

Il se détourna et partit vers sa voiture, l'âme en miettes.

— Decker ?

La voix de Marie l'atteignit et il se figea.

— Decker, chéri, qu'est-ce qui ne va pas ?

Il se retourna, les mains tremblantes.

— Je... Je...

— Rentre, mon chéri. On va arranger ça.

Elle avait l'air si sûre d'elle, mais il savait que c'était une façade.

— Frank est en prison de nouveau, et ma mère veut que je paie la caution pour le faire sortir, balança-t-il. Je ne peux pas rester, Marie. Tu le sais. J'ai merdé. J'ai tout fait foirer. Je ne retrouverai jamais Miranda. Je l'ai perdue parce que je l'ai repoussée.

Marie leva le menton.

— Entre, mon chéri. On va arranger ça. On est une famille, mon cœur.

Il secoua la tête et elle le rejoignit d'un pas décidé. Elle était si frêle, comparée à lui. Elle ne devait pas être beaucoup plus grande que Miranda.

— Tu es mon fils, Decker. Je sais que nous n'avons jamais pu le rendre officiel, mais je t'ai élevé comme mes autres enfants. Oui, tu as merdé avec ma petite fille, mais l'homme que j'ai élevé est capable d'arranger ça. Il va falloir que tu rampes, que tu te mettes à genoux devant elle et que tu lui montres que tu es l'homme dont elle a besoin. Tu dois être là pour elle, quelles que soient les circonstances, ne plus prendre la fuite.

— Elle ne devrait pas me pardonner.

Marie secoua la tête.

— Mais elle le pourrait bien. Elle n'oubliera pas, mais de toute façon, toi non plus. Maintenant, rentre dans cette maison, et viens sauver cette soirée. Il te faut à manger et de la compagnie. Cet homme...

Elle secoua la tête.

— Cet homme qui se prétend ton père n'est *rien*. Il est sorti de ta vie et on va s'assurer que ça reste ainsi. Quant à Francine, si elle a besoin d'aide, on est là. Je ne pourrai jamais pardonner ce que tu as vécu enfant, mais je ne rendrai *jamais* cette femme responsable des actions de Frank. Viens, maintenant, Decker. Nous t'aimons, mon chéri. Nous allons arranger ça.

Il déglutit et hocha la tête avant de passer son bras autour des épaules de Marie. Elle fit de même avec sa taille et il soupira.

Harry et Marie étaient les parents qui l'avaient élevé, ceux qu'il voulait prendre comme modèle, au lieu du bazar dans lequel il était né.

Si seulement il avait compris ça plus tôt, peut-être qu'il n'aurait pas perdu Miranda. Marie avait peut-être raison et qu'il pourrait la supplier de le reprendre. Il aurait fait n'importe quoi pour la retrouver.

Il espérait seulement qu'elle voudrait bien de lui.

CHAPITRE VINGT-DEUX

MIRANDA COUVRIT son visage de ses mains.

— Je t'avais prévenue que ce n'était pas joli, dit Griffin d'une voix douce. Mais maintenant, Frank n'est plus dans le paysage, et Decker a fait déménager Francine chez sa sœur. C'est terminé.

Elle hocha la tête et prit une brève inspiration. Elle avait toujours des plâtres aux jambes et à l'un de ses bras, mais le reste était sur la bonne voie. Elle ne pouvait pas marcher ou faire quoi que ce soit toute seule, mais elle n'avait plus envie de pleurer à chaque fois qu'elle bougeait.

Elle et Griffin étaient devenus *vraiment* proches.

Dieu merci, elle pouvait se laver s'il plastifiait ses plâtres parce que bon, voilà quoi.

— Je n'arrive pas à croire que son père a cassé une fenêtre pour entrer chez lui. Il déconne complètement.

Elle reposa la tête sur le canapé et essaya de trouver une position confortable. C'était plus facile à dire qu'à faire.

Griffin s'assit sur la table basse en face d'elle.

— Maman dit que Decker commence à tourner la page.

Elle fronça les sourcils.

— Quelle page ?

Son cœur accéléra et elle se mordit la lèvre. Son frère secoua la tête et jura.

— Ce n'est pas ce que je voulais dire. Je suis désolé. Je veux dire, il tourne la page par rapport à son *père*. Pas par rapport à toi.

Il ferma les yeux.

— Je suis désolé. Mais c'est bizarre. Je ne suis pas habitué à devoir marcher sur des œufs avec lui ou toi. Enfin, peu importe parce que c'est toi qui souffres, au propre et au figuré. Je vais me taire, d'accord. Je devrais être plus doué que ça avec les mots, vu mon métier, et pourtant...

Une larme roula sur la joue de Miranda et elle secoua la tête, heureuse que ce ne soit plus un geste douloureux. Ce n'était pas la faute de Griffin si les choses étaient bizarres. C'était sa responsabilité à elle, et celle de Decker. Elle ne voulait pas être la personne qui avait coupé Decker du reste du groupe. Elle devrait gérer le fait que Decker *avait besoin* de faire partie de sa famille, même s'il n'était pas avec elle. Il n'avait peut-être pas leur nom, mais ses parents l'avaient adopté bien avant qu'elle tombe amoureuse de lui.

Maintenant, il fallait qu'elle en assume les conséquences.

Elle ne voulait pas forcer les gens à choisir, même si c'était déjà le cas. Mais ses parents ne l'avaient pas fait. Ils les soutenaient tous les deux, bien que pour des raisons différentes. Et c'était pour ça, entre autres, qu'elle les aimait.

Mais là, elle était en train de guérir, elle était seule, et Decker était en train de se trouver et il était... seul.

C'était nul.

— Tu veux que je te fasse un truc à manger ? demanda Griffin, visiblement désireux de changer de sujet.

— Je n'ai pas faim, mais si toi oui, vas-y.

Il ne bougea pas et elle haussa un sourcil.

— Va travailler ou faire un truc, Grif. Tu n'es pas obligé de rester là à me surveiller. Ce n'est pas comme si ta présence allait ressouder mes os.

Elle avait essayé de plaisanter, mais en le voyant grimacer, elle comprit qu'elle n'avait pas dit ce qu'il fallait.

— Je suis désolée. Je vais bien, Grif. Juré. Va travailler sur le prochain grand roman américain, et si j'ai besoin de quelque chose, j'ai ma petite sonnette.

En guise de démonstration, elle souleva la cloche du canapé et la fit sonner plusieurs fois.

Griffin étrécit les yeux et puis se frotta la mâchoire.

— Je te jure, le timbre de ce truc me fait mal aux dents. À quoi est-ce qu'Austin pensait ?

Miranda rit.

— Je crois qu'il voulait être sûr que je puisse t'appeler quand j'avais besoin de toi.

Griffin se leva en maugréant.

— Je vais offrir une batterie à Leif pour Noël.

— Je pense que c'est déjà le plan de Maya.

Il poussa un juron et se passa une main sur le visage.

— Très bien, une guitare électrique alors. Ce gosse pourra être un groupe de rock à lui tout seul et rendre Austin chèvre.

— Je crois qu'avec le bébé qui arrive, il y aura déjà assez de bruit comme ça.

Son frère lui adressa un petit sourire et lui fit un signe de la main avant de retourner dans son bureau. Il fallait qu'il travaille et depuis qu'elle était là, il n'en faisait pas assez.

En plus de ça, entre elle qui était immobilisée et lui qui était un souillon, la maison commençait à être un peu dégueu. Heureusement, avec l'aide de Wes et Storm, Meghan avait embauché une femme de ménage pour les aider. Meghan aurait voulu venir elle-même, mais Miranda lui avait dit non. Sa sœur avait déjà assez de bordel à gérer dans sa vie comme ça, et il fallait qu'elle se concentre sur ses enfants et son futur. Miranda était en pleine guérison, et elle serait dans les pattes de Meghan, sans compter que, pour l'instant, il y avait d'autres priorités à considérer.

Se retrouver seule dans le salon la laissait face à ses pensées, et parfois, ce n'était pas une bonne chose. Elle ne pouvait s'empêcher de penser à Decker et sa soi-disant guérison psychologique.

Peut-être était-il enfin en train de trouver un moyen de vivre avec l'homme qu'il était et non celui qu'il pensait être, mais elle n'en était pas sûre.

Son ami lui manquait, l'homme dont elle était tombée amoureuse lui manquait, mais elle ne pouvait pas consacrer son énergie à sa propre guérison et l'aider à soigner son âme s'il s'y refusait. Elle voulait bien être celle qui le sortirait de là, mais ça aurait été sympa s'il avait fait le ménage dans sa tête *avant* de lui arracher le cœur.

Seigneur, elle détestait avoir l'air aussi faible. Elle devrait le faire sortir de ses pensées et de son cœur si elle voulait avancer. Il fallait qu'elle se rappelle qu'elle avait un travail qui l'attendait, une famille qui l'aimait et, vu la façon dont les choses se cassaient la gueule, une famille qui avait *besoin* d'elle, et un futur dont elle pourrait décider... toute seule.

Elle en était capable, mais ça ne voulait pas dire qu'elle en avait envie.

Elle n'était pas certaine de pouvoir faire entrer à nouveau Decker dans sa vie. Il n'avait pas voulu mettre en danger ce qu'il y avait entre eux, alors il l'avait jeté aux orties. Maintenant, d'après ses parents, il était de retour dans *leurs* vies, donc il finirait par être de retour dans la sienne. Elle ne trouvait pas égoïste de la part de ses parents de l'avoir accueilli. Loin de là. Il avait toujours été là et elle était celle qui avait changé les règles. Et puis, Decker avait besoin d'eux.

Elle aurait voulu qu'il ait également besoin d'elle.

La sonnette de la porte d'entrée retentit et elle soupira. Elle aurait voulu aller répondre elle-même, mais c'était impossible avec ses plâtres.

Elle attendit que Griffin sorte de son bureau pour répondre, mais il ne bougea pas.

La sonnette retentit à nouveau et Miranda ferma les yeux. Son frère avait dû se mettre à écrire. Parfois, il était tellement immergé dans ce qu'il faisait qu'il oubliait des choses comme les sonnettes... et l'hygiène élémentaire.

Ce n'était pas étonnant qu'Austin ait choisi une clochette qui lui faisait mal aux dents. Il ne pouvait pas l'ignorer. Elle la prit et l'agita plusieurs fois jusqu'à ce que son frère déboule dans le couloir.

— Seigneur, arrête. Pour l'amour de Dieu, je t'en prie, arrête.

Elle désigna la porte d'entrée avec sa clochette et Griffin leva les yeux au ciel, les joues légèrement rougissantes.

— Désolé, je me suis laissé prendre par ce que je faisais.

La sonnette retentit à nouveau.

— J'arrive, j'arrive.

Il ouvrit la porte et Miranda vit son corps se figer.

— Qu'est-ce que tu fous là ?

Elle essaya de voir au-delà de son frère, mais elle n'arrivait pas à bouger pour se placer correctement. Elle avait cependant le sentiment de savoir qui se trouvait là, vu la réaction de Griffin. Elle ne savait pas si elle voulait d'avoir raison ou non.

— J'aimerais parler à Miranda, s'il te plaît.

La voix de Decker glissa jusqu'à elle et elle frissonna. Elle ne savait pas si c'était de désir, de douleur, de tension ni si elle était prête. Seigneur, elle détestait être faible. Non, ce n'était pas de la faiblesse. C'était simplement trop à la fois. Elle ne l'avait pas vu depuis l'accident. Les autres avaient dit qu'il avait passé la nuit dans la salle d'attente et qu'il avait été le premier à la voir. Le fait qu'il l'ait quittée à ce moment-là lui donnait envie de crier, mais il lui avait écrit qu'il le faisait pour la protéger.

Quel idiot.

Elle n'avait pas besoin d'être *protégée*.

Elle regarda ses plâtres. Bon, il s'agissait de circonstances atténuantes.

— Elle ne veut pas te voir, répondit Griffin. À vrai dire, je ne suis pas sûr d'avoir envie de te voir non plus. Tu as été un gros connard avec elle.

— Je sais, Grif. Et je suis par-dessus tout un foutu abruti. Je suis désolé d'avoir brisé ta confiance, mais j'ai besoin de voir Miranda.

Les larmes lui montèrent aux yeux, mais elle les ravala. Elle avait assez pleuré sur ce qu'elle avait perdu. Elle ne voulait pas recommencer.

— Elle ne veut pas te voir, répéta Griffin. Il faut que tu partes.

Son frère poussa un soupir qui déchira l'âme de Miranda.

— Peut-être... peut-être qu'un jour je voudrai bien te

revoir, mais pour l'instant, la seule chose que je vois quand je te regarde, c'est un type qui a fait du mal à ma petite sœur, et je ne peux pas le gérer.

Une larme solitaire roula sur sa joue et elle se maudit. Elle n'avait *pas* envie de pleurer à nouveau, pourtant, le fait que son frère souffre lui aussi de cette situation la rendait impossible à supporter.

— Griffin, appela-t-elle d'une voix rauque. Laisse-le entrer. Je vais lui parler.

Griffin jeta un coup d'œil par-dessus son épaule et fronça les sourcils.

— Tu n'y es pas obligée. Il peut partir et nous, on peut passer à autre chose. Je ne veux pas que tu te fatigues alors que tu es en pleine guérison.

Elle leva son bras plâtré.

— Je suis en train de guérir en ce moment même, et lui parler n'y changera rien. Laisse-le entrer. Ça ne fera que retarder l'inévitable si on le fout à la porte maintenant. D'accord ?

Griffin soupira et se retourna vers Decker.

— Je te dirais bien que si tu lui fais du mal, je te tue, mais tu l'as déjà fait.

Miranda grimaça en l'entendant dire ça.

— Simplement... ne fais rien qu'on regretterait tous, dit Griffin doucement.

Il s'écarta du passage et regarda sa sœur.

— Je retourne dans mon bureau. Sonne cette fichue cloche si tu as besoin de moi.

Il l'embrassa sur le front avant de repartir vers son bureau.

Son frère désormais hors de la pièce, elle se tourna enfin vers Decker.

Son cœur tambourinait.

Idiot de cœur.

Il se tenait sur le seuil et le soleil derrière lui illuminait sa silhouette, lui donnant l'air d'un ange déchu. Apparemment, les médicaments que prenait Miranda lui montaient au cerveau.

Elle refusa de croiser son regard, craignant ce qu'elle pourrait dire si elle le faisait. Au lieu de ça, elle baissa les yeux vers Gunner qui se tenait aux pieds de son maître. La longue langue du chien pendait de sa bouche, mais son regard semblait solennel.

— Salut, mon grand, dit-elle d'une voix un peu plus aiguë que d'habitude. Tu m'as manqué.

Il était plus facile de parler au chien qu'à son propriétaire.

Gunner regarda Decker et vint jusqu'à elle. Decker siffla et Gunner s'arrêta.

— C'est bon. Tant qu'il ne me saute pas dessus, ça ira.

Elle prononça ces mots toujours sans regarder Decker.

— Fais attention, Gunner, prévint Decker.

Le chien avança lentement vers elle et renifla ses plâtres avant de poser sa truffe humide dans sa main. Elle pouffa de rire, surprise que le chien lui ait manqué autant que cela.

— Oh, mon cœur, tu fais plaisir à voir, dit-elle doucement.

Gunner haleta et elle lui caressa le crâne. Elle ne pouvait rien atteindre d'autre, mais ça semblait lui convenir. Elle ne faisait que retarder l'inévitable, mais n'était pas sûre d'être capable de relever la tête.

— Miranda.

Elle ferma les yeux et continua à caresser Gunner. Seigneur, ça faisait tellement mal.

— Tu m'as abandonnée, lui reprocha-t-elle doucement. Tu m'as laissée toute seule, en sang, dans une chambre d'hôpital. Tu m'as laissé un *petit mot*, putain. Tu imagines comment je me suis sentie à cause de ça ? Comme si je n'étais *rien*. Comme si je n'étais même pas digne que tu prennes le temps de me parler en face.

Elle déglutit et ouvrit les yeux. Decker se tenait à genoux devant elle, coincé entre Gunner et le tabouret.

— Je suis tellement désolé, Miranda.

Son regard s'assombrit et elle y vit sa douleur. Elle n'était cependant pas certaine que ça en vaille la peine.

Elle aimait cet homme, elle l'aimait de tout son cœur et il avait jeté leur histoire aux orties.

— Je t'aimais, Decker.

— Aimais ? Au passé ?

Sa voix se brisa, mais elle l'ignora. Sans quoi elle risquait de changer d'avis, même si en réalité, elle ne savait pas ce qu'elle comptait faire.

Elle se lécha les lèvres et recommença à caresser Gunner. Decker ne la toucha pas, mais elle sentait la brûlure de son regard.

— Je ne sais pas Decker. Non, je sais. Je t'aime toujours.

Elle se rendit compte qu'elle ne le lui avait jamais dit avant.

— Bon sang. Ce n'était pas censé se passer comme ça. Ce n'était pas censé faire aussi mal. L'amour n'était pas censé me donner l'impression de mourir de l'intérieur, Decker. Tu ne comprends pas ? Je t'ai donné tout ce que j'avais et tu l'as jeté. Je ne t'ai pas dit que je t'aimais avant l'accident, mais ça se voyait dans tout ce que je faisais. Je ne voulais pas te faire peur comme ce premier jour dans la cuisine, mais tu as eu peur quand même. Je ne sais pas quoi faire, Deck. Je ne sais pas quoi penser.

Il tendit la main pour toucher son visage, mais se ravisa. Tant mieux, parce que s'il la touchait, elle ne savait pas comment elle réagirait.

— Je le savais, Miranda. Au fond de moi, je le savais. Mais je me disais que non. Je me répétais que tu ne pouvais pas aimer un homme tel que moi, un homme avec une famille comme la mienne. J'avais tort, complètement tort. J'ai fait passer ma peur de ce que j'aurais pu être avant ce que nous avions devant nous. J'aurais dû te dire la même chose, Miranda. J'aurais dû te dire que je t'aimais.

Elle hoqueta et cligna des yeux.

— Non. Tu n'as pas le droit de faire ça. Tu n'as pas le droit de me renvoyer mon amour au visage et de me dire la même chose. Ce n'est pas comme ça que ça marche.

Elle ne pouvait pas bouger et elle détestait se sentir prise au piège. Pourtant, elle ne sonna pas la cloche pour que Griffin vienne la sauver.

Elle se sauverait elle-même.

— Ce n'est pas ce que je fais, Miranda. Je t'en prie. Je t'en prie, écoute-moi. D'accord ? Je sais que je n'ai pas le droit de te demander ça, mais je te le demande quand même. Quand j'aurai fini, si tu ne veux plus me voir, je partirai. Je te laisserai seule, je quitterai Denver, je quitterai tout. Je ferai ce que tu voudras tant que tu es heureuse.

Elle secoua la tête.

— Je ne suis pas heureuse, Decker, et ce n'est pas en partant que tu pourras me rendre heureuse. Je ne vais pas te faire du mal parce que j'ai mal. Mais je vais écouter ce que tu as à dire.

Elle croisa son regard et y vit l'amour mêlé à l'espoir. Cette fois, elle ne se détourna pas. Elle ne savait pas ce qu'elle ferait ensuite, mais Il fallait qu'elle l'écoute. Sinon, elle commettrait la même erreur que Decker l'hôpital. Si elle prenait la fuite parce qu'elle avait peur, elle le regretterait. Decker regrettait visiblement de son côté, mais ça ne voulait pas dire que tout allait bien.

— Je ne suis pas comme mon père. Ça m'a pris bien trop longtemps pour le comprendre. Il est alcoolique, infidèle, menteur et violent. Il a volé la vie de ma mère de toutes les façons possibles, sans la tuer. S'il reste là, il finira par aller trop loin et par la tuer pour de bon. J'avais tellement peur qu'un jour je pète un câble et devienne comme lui.

Elle secoua la tête.

— Ça ne marche pas comme ça, Decker.

— Je le sais maintenant. Nos actions font de nous ce que nous sommes. Pas nos peurs. Je n'ai jamais fait les choses qu'il fait. Je ne suis pas alcoolique. Je ne suis pas violent. Ce qui m'a fait le plus peur, c'est de penser aux bleus et aux marques que j'avais laissées sur ta peau avant l'accident.

Elle écarquilla les yeux et comprit enfin.

— Decker, non. C'est... ça, c'est quelque chose entre nous. Je *voulais* que tu me donnes une fessée. Je voulais que tu agrippes mes hanches de cette manière. C'est quelque chose qu'on peut faire dans un couple où les deux partenaires s'aiment. Ça n'a *rien à voir* avec ce que ton père faisait à ta mère.

Elle se lécha les lèvres.

— Si tu penses comme ça, ça salit tout ce que nous avons fait ensemble. Tu comprends ?

Elle grimaça en se rappelant que Griffin pouvait probablement entendre tout ce qu'elle disait, mais tant pis. Ça n'avait pas d'importance. Ils avaient tous leurs secrets et leurs besoins. Griffin allait devoir l'accepter.

— Je comprends, Miranda. Je comprends. J'ai utilisé ça comme une excuse. J'avais peur. J'ai suffisamment de courage pour le reconnaître. Mais en faisant ça, j'ai blessé la personne à qui je tiens le plus au monde.

Il tendit la main et effleura ses doigts. C'était la seule partie de son bras qu'il pouvait atteindre puisqu'elle portait encore son plâtre.

— Je t'aime, Miranda Montgomery. J'aime ce que nous avions ensemble, ce que nous aurions pu avoir. J'ai été un idiot de m'en aller en pensant que je le faisais pour te protéger. Je n'aurais jamais dû décider à ta place. Et j'en suis doublement désolé. Tu n'es pas le genre de femme à laisser un homme décider pour elle, or c'est ce que j'ai fait. Je ne sais pas comment je pourrais me faire pardonner, mais je vais passer le reste de ma vie à essayer, si tu veux bien.

Il serra ses doigts et elle serra les siens sans réfléchir. L'espoir dans ses yeux se fit plus vif et elle déglutit.

— Je ne sais pas si je peux te faire confiance, Decker.

Voilà. Elle l'avait dit.

Il hocha la tête, mais l'espoir ne déserta pas son regard.

— Je sais. J'en suis tellement désolé. Je peux faire toutes les promesses et savoir que je les tiendrai, mais, à moins que tu acceptes de prendre ce risque avec moi, je ne sais pas quoi faire.

Il leva sa main et embrassa le bout de ses doigts.

Elle le laissa faire.

— Je ferai tout ce que je peux pour prouver que je suis digne de toi, Mir.

Elle secoua la tête et la mine de Decker s'effondra.

— Decker, tu as toujours été digne de moi. Ce n'était pas ça, le problème, mais le fait que tu penses ne pas me mériter.

Il hocha la tête.

— Je ne vais pas devenir comme mon père, dit-il d'une voix plus forte, cette fois-ci. Je t'aimerai jusqu'à ma mort, Miranda. Laisse-moi t'aimer. Soyons ensemble. Tu n'as pas à me pardonner, car ce que j'ai fait était impardonnable, mais aime-moi quand même.

Elle se mordit la lèvre.

— Je te pardonne, Decker. Tu as fait ça parce que tu étais idiot et que tu n'as pas réfléchi. Ou peut-être que tu réfléchissais trop.

Il déglutit et elle regarda sa gorge se contracter.

— Est-ce que tu veux bien continuer à m'aimer ? Est-ce que tu veux bien me laisser essayer de me rattraper ?

Elle prit une grande inspiration et hocha la tête, comme un saut dans le vide. Elle aimait Decker Kendrick depuis quasi toujours. Elle avait toujours su qu'il y aurait des embûches sur leur chemin, mais sans imaginer qu'elles feraient aussi mal. Si elle renonçait parce qu'elle avait peur d'avoir mal, alors elle ne l'aimait pas assez.

Mais elle l'aimait.

Elle l'aimait assez.

Elle tendit sa main libre et toucha son visage. Il se tourna et embrassa sa paume.

— Je t'aime, Decker. Je t'aime assez pour oublier ce qui s'est passé.

Il sourit, les yeux brillants.

— Je vais tout te montrer, Mir. Je vais te montrer à quel point je t'aime. Je ne veux pas que tu aies un jour l'impression de ne pas pouvoir me faire confiance ou te reposer sur moi. Je serai l'homme dont tu as besoin, l'homme que tu veux.

Elle sourit alors.

— Oh, Decker. Tu l'es déjà.

Il se pencha et effleura ses lèvres des siennes. Elle se laissa aller contre lui, désespérée de le sentir. Ça lui avait manqué, *il* lui avait tellement manqué qu'elle arrivait à peine à respirer.

Il se recula et appuya son front contre le sien.

— Je n'irai pas plus loin que ça tant que tu n'es pas guérie. Je ne veux pas te blesser.

Elle vit la vérité dans ses yeux et sourit.

— Je peux l'accepter.

— J'espère bien. Et pendant qu'on y est, pourquoi tu ne viendrais pas chez moi ?

Il se racla la gorge.

— Chez *nous*. Je pourrai t'aider pendant ta guérison.

Elle croisa son regard et se sentit réchauffée de l'intérieur.

— J'aime bien cette idée.

Il l'embrassa à nouveau et elle tomba amoureuse de lui à nouveau. Les choses ne seraient jamais faciles, mais c'était ça, l'amour. Pas le conte de fées d'une petite fille qui avait le béguin pour le garçon d'en face. L'amour était quelque chose qui prenait vie entre deux personnes qui avaient besoin l'une de l'autre, même si elles ne le comprenaient pas tout de suite.

Elle avait aimé Decker Kendrick depuis l'enfance. Maintenant, elle était adulte et vivait sa vie avec l'homme qu'elle avait pensé ne jamais avoir.

Ce n'était pas une mauvaise façon de guérir.

Ou de vivre.

～

Trois mois *plus tard*

Decker sourit tandis que Miranda s'arc-boutait contre lui.

— C'est ça, ma puce, prends-moi. Prends-moi en entier.

Elle enroula ses jambes autour de lui et l'attira plus profondément en elle.

— Bouge, Decker. Je te jure, je vais me prendre en main toute seule et me faire jouir si tu ne commences pas à faire ton boulot.

Decker se pencha pour un baiser colombin, il pénétra sa bouche de sa langue au rythme de ses hanches. Elle hoqueta sous lui et se tortilla en gémissant.

Il recula et prit un de ses tétons dans sa bouche. Il mordit la petite pointe et apprécia la façon dont elle tremblait sous lui. Les doigts de Miranda vinrent s'emmêler dans ses cheveux pour le rapprocher d'elle. Il passa sa langue sur son téton avant de reculer pour offrir la même attention à son autre sein.

— Decker, je vais...

Sa jouissance l'interrompit, et son sexe se contracta autour de Decker.

C'était trop et il la rejoignit, se vidant en elle alors qu'il continuait à agiter les hanches.

— Seigneur Dieu, je t'aime.

Elle lui sourit, les yeux dans le vague, et fit paresseusement courir ses mains dans le dos de Decker.

— Je t'aime aussi.

Elle toucha une zone sensible sur son dos et il grimaça.

— Merde. Désolée. J'avais oublié ton nouveau tatouage.

Il sourit et l'embrassa.

— C'est pour ça que j'étais au-dessus.

Elle renifla et leva les yeux au ciel.

— Je suis contente que tu aies la marque des Montgomery sur ton dos. Tu es officiellement l'un des nôtres.

Son cœur se serra à ces mots et il hocha la tête. Austin et Maya avaient travaillé ensemble sur le tatouage, et il ne s'était jamais senti aussi à sa place.

Le tatouage était dans son dos, comme un lien avec une famille qu'il pensait ne jamais avoir, et l'amour d'une femme qui lui donnait envie de s'accomplir toujours davantage.

Il avait franchi une ligne interdite pour cela, mais il aurait recommencé sans l'once d'une hésitation.

Il n'aurait rien pu demander de plus.

Il avait sa Montgomery et il était sacrément chanceux.

Fin

À SUIVRE : *D'encre et de chair, où Luc entrevoit enfin une chance avec Meghan.*

NOTE DE CARRIE ANN

Je vous remercie d'avoir lu *À dessein prémédité*. Si vous avez aimé cette histoire, j'espère que vous envisagerez de laisser un avis ! Les avis sont utiles pour les auteurs *et* les lecteurs.

Je suis honorée que vous ayez lu ce livre et que vous aimiez les Montgomery autant que moi !

La série se poursuit avec *D'encre et de chair*, suite des Montgomery de Denver.

Pour vous assurer d'être informé de toutes mes nouvelles parutions, inscrivez-vous à ma newsletter sur www.CarrieAnnRyan.com ; suivez-moi sur Twitter @CarrieAnn-Ryan, ou sur ma page Facebook. J'ai également un Fan Club Facebook où nous discutons de sujets divers, avec annonces et autres goodies. C'est grâce à vous que je fais ce que je fais, et je vous en remercie.

N'oubliez pas de vous inscrire à ma LISTE DE DIFFU-SION pour savoir quand les prochaines publications seront disponibles, participer à des concours et obtenir des *lectures gratuites*.

Tome 1 : À l'encre déliée
Tome 2 : À dessein prémédité
Tome 3 : D'encre et de chair
Tome 4 : Attrait pour trait
Et d'autres encore !

DE LA MÊME AUTRICE

Montgomery Ink:

    Tome 1 : À l'encre déliée

    Tome 2 : À dessein prémédité

    Tome 3 : D'encre et de chair

    Tome 4 : Attrait pour trait

Redwood:

    1. Jasper

    2. Reed

    3. Adam

    4. Maddox

    5. North

Pour plus d'informations, abonnez-vous à la LISTE DE DIFFUSION de Carrie Ann Ryan.

Carrie Ann Ryan n'avait jamais pensé devenir écrivaine. C'est seulement quand elle est tombée sur un roman sentimental alors qu'elle était adolescente qu'elle s'est intéressée à cette activité. Lorsqu'un autre romancier lui a suggéré d'utiliser la petite voix dans sa tête à bon escient, la saga *Redwood* ainsi que ses autres histoires ont vu le jour. Carrie Ann a publié plus d'une vingtaine de romans et son esprit foisonne d'idées, alors elle n'a guère l'intention de renoncer à son rêve de sitôt.